追憶の夜想曲《ノクターン》

中山七里
Shichiri Nakayama

講談社

目次

装幀　岡　孝治＋佐藤智子
カバー写真　©Martin Suchanek-Fotolia.com

追憶の夜想曲《ノクターン》

第一章　弁護人の策謀

1

初めて首筋にナイフを入れた時、まるでバターを切るような感触に驚いたが、それも二センチまでだった。切っ先が骨に当たると、突いても捻《ひね》っても刃先は先に進まない。

しかし、これは事前に予想されたことだ。御子柴礼司《みこしばれいじ》は大して慌《あわ》てる風もなく、道具を目の細かい鋸《のこぎり》に持ち替えた。これは一週間前にホームセンターで購入したのだが、学校の技術科で使用しているのと同様の物で小型ながら切れ味もまずまずだった。

鋸を挽《ひ》く度《たび》に血が流れ出たが、それもチューブを搾《しぼ》ったような出方で噴出するという形容には程遠い。きっと死後の解体だからだろう、と御子柴は解釈した。難儀なのは血よりも脂《あぶら》で、刃先に絡むと途端に切れなくなる。いちいち引き抜いては雑巾で拭き取り、また肉と骨を裂く。こんなことなら鋸も数本用意しておくべきだったと御子柴は少し反省する。

季節は秋に向かおうとしていた。

淡い残照と鈴虫の声。三年前に倒産し、すっかり廃屋となったこのメッキ工場跡にも晩夏の気配が忍び込んでくる。だが、それ以外の侵入者は御子柴一人だけだった。閉鎖しても尚《なお》、メッキ工場特有の有機溶剤と鉄錆《てつさび》の臭いが鼻腔に入ってくる。手元から噴き上がる血肉と臓物の臭いすら掻《か》き消してしまう。

その中で御子柴は黙々と鋸を挽き続ける。

佐原《さはら》みどりの死体を解体しようとした一番の理由は何よりも運搬を容易にするためだった。さつき肩に担いで分かったことだが、こんな小さな女の子でも、死体になると予想以上に重たい。棄《す》てるにしてもこの大きさのままでは運ぶのが大変なことを改めて思い知ったのだ。別に死体を切り刻みたかった訳ではない。もちろん最初にナイフを入れた時には快感にも似た戦慄《せんりつ》が背筋を走ったが、やがてそれも感じなくなった。細い首を渾身の力で絞め上げ、生命の息吹《いぶき》を搾り出した至高の瞬間に比べれば、所詮《しょせん》解体は作業の一部でしかなかった。

三時間かけて首と四肢《しし》を切断し終えた時には、鋸と指先は血糊《ちのり》でぬらぬらしていた。バケツに汲《く》んでいた水でよく洗ったが、手の表面に纏《まと》わりついた滑《ぬめ》りはなかなか落ちてくれなかった。

解体した死体をいったん廃工場の隅に隠して家に戻った。もう夕飯の時間だった。戻らなければ家族から怪しまれてしまう。

家に戻ると母親と妹がバラエティ番組を見て笑い興じていた。

「あら。帰ってたの。ちょっとこれ終わるまで待ってて。すぐに夕飯、チンするから」

「あーはっはっ。こいつのギャグ最っ高」

そうかよ。そんな、笑わせているのか笑われているのか分からないお笑い芸人の立ち居振る舞いが最高かよ。だから兄妹でもツボが全然違うんだな。僕もたった今最高の気分だけど、それが何故《なぜ》なのかお前らには一生かかっても理解できないだろうな――。

　夕飯は冷凍食品の炒飯《チャーハン》だった。砂を嚙《か》むような思いで掻き込むと、風呂に飛び込んで指先の滑りを丹念に洗い落とした。

　二階の自室に閉じ籠《こ》もって聞き耳を立てていると十時過ぎに父親が帰宅した。この男の生活習慣は学校の時間割りのように正確で変わり映えがしない。いつもの通り、食事と風呂を済ませ深夜のスポーツニュースを見終わるとそそくさと床に就《つ》いたようだった。

　午前二時を過ぎた。家人が寝静まったのを確認してから御子柴は服を着替える。窓を開けると手の届く位置に電柱がある。これを伝って下りればすぐ外に出られる。音を殺して自転車で再び廃工場に向かう。そう、自転車。この後ろの籠《かご》に収まるくらいに分断しないと死体を運搬できないのだ。

　廃工場ではみどりがおとなしく御子柴の到着を待っていた。

　その夜のうちにまず頭部を始末するつもりだった。最初は飽きるまで手元に置いておくか、さもなければもっと細かく砕いてから破棄する予定だったが、すぐに取りやめた。物珍しかった愛《いと》しい生首も今ではすっかり魅力を失い、ガラス玉のようだった眼球も白く濁り始めていた。それに何より――気味が悪かった。生前は生命力そのものだったみどりが死者になった途端《とたん》、得体の知れない化け物になったような気がしたのだ。白濁した瞳がじっと自分を見据えているようで何度も目蓋《まぶた》を強引に閉じさせようとしたが、これが死後硬直というものなのだろうか、下ろした目蓋はすぐ元に戻ってしまった。

　頭部は隣町の公民館前にある郵便ポストの上に置いた。

みどりの首を晒《さら》せば、警察をはじめとして世間が騒ぎ出すのは分かりきったことだった。しかしそんな不安の一方、一刻も早く自分の所業を公に告知したい気持ちがはち切れそうになっていた。御子柴は時限爆弾をセットしたような気分で郵便ポストを後にした。

果たして時限爆弾は炸裂した。

起爆剤になったのは、配達の途中で生首を発見した牛乳屋の女性従業員だった。てっきりマネキンか何かだと思い込んでいた彼女はその正体に気づくや否や、一区画中に響き渡るような悲鳴を上げ、やがて警察と野次馬が現場に殺到した。

御子柴自身の耳に第一報が入ったのは下校直後だった。

「相生町《あいおいちょう》の女の子がとんでもない殺され方をしたんだって」

興奮気味にそう報告する母親の顔には恐怖と、そして明らかに好奇の色があった。御子柴はその顔に向かって「みどりちゃんを殺したのは僕だよ」と口走りそうになる自分を抑えるのに必死だった。

夕方、薄暗くなると御子柴はまた廃工場に向かった。まだ、ここまでは捜査の手も伸びていなかった。そして右脚を台所から失敬したバゲット・サイズのナイロン袋に収めた。生首の発見で夜の徘徊《はいかい》には警戒の目が光るだろうが、この時刻はまだそれほどでもない。右脚の入った袋も、お使いで買ったばかりのフランスパンにしか見えない。

夕闇迫る幼稚園は既に閉園して人影もなかった。みどりの通っていたのとは別の幼稚園なので報道陣の姿もない。御子柴は辺りを見回してから袋の中身を玄関前に置いて、すぐにその場から走り去った。

二つ目の爆弾も見事に炸裂した。新聞やテレビは佐原みどり殺しをどんな政治問題よりも大きく扱った。警察は捜査人員を倍増し、各地域の各幼稚園と小学校は緊急集会を開催して登下校の保護者同伴を決定した。

御子柴は愉快でならなかった。世の中の大人どもが自分の仕掛けた爆弾にあたふたと右往左往しているのだ。

喜んでよ、みどりちゃん。僕と君との共同作業は世界から拍手喝采《かっさい》を浴びている——。

まだ朝靄《あさもや》のかかる三日目の早朝、御子柴はまたバゲット・サイズの袋に入れた左脚を神社の賽《さい》銭箱《せんばこ》の上に置き、そのまま学校に向かった。

三つ目の爆弾は犯人に輝かしい称号を与えた。〈死体配達人〉——御子柴はこの称号をいたく気に入った。几帳面で実直そうな名前は自分にぴったりだと思った。

ただ配達を三回も行うと、さすがに近辺は警官や消防団員が四六時中警戒にあたり、おいそれと廃工場に出向くのも困難になり始めた。登下校もお節介たちの目が光っており、その途中に立ち寄ることもできない。

幸い、両腕は先に回収して天井裏に隠していた。あまり嵩張《かさば》らないので頭部や脚部のような面倒さはない。いったん搬出さえできれば、警戒の緩《ゆる》やかなスーパーの駐車場や一般家庭の玄関先に放置しておくのはさほど難しくなかった。

そして、いよいよ一番の難物である胴体をどこにどうやって配達しようかと考えあぐねている頃に彼らがやって来た。

「御子柴礼司。君を佐原みどりちゃん殺害の容疑で逮捕する」——。

その途端、御子柴はベッドから跳《は》ね起きた。

マンションの一室、まだ窓の外は暗いままだ。空調のタイマーはとうに切れて室温が下がっているはずなのに、額《ひたい》にはべっとりと不快な汗が纏わりついている。手の平で拭《ぬぐ》ってみたが、不快感は少しも減じない。枕元に置いた携帯電話を開いて時刻を確かめるとデジタル表示は04:24を示していた。

ふん、と御子柴は鼻を鳴らす。別段この時間に目覚めたところで体調に影響が出る訳ではないが、悪夢に安眠を妨げられたことが癪《しゃく》に障《さわ》った。佐原みどりを殺した記憶はまだ鮮明に残っている。首筋にナイフを入れた感触も手の中に残っている。それをわざわざ夢で追体験する必要などなかった。

ベッドから下りて立ち上がると、左の脇腹にちくりと痛みが走った。反射的に患部を押さえるが傷口が開いた訳ではない。抜糸をしてからはや二ヵ月が経過している。手術直後は悶絶《もんぜつ》するような痛みだったが、今は蚊に刺された程度にしか感じなくなっていた。

折角《せっかく》、早くに目覚めたのだから時間を有効に使うべきだ。御子柴はいったん部屋を出、集合ポストから朝刊を引き抜いて戻って来た。御子柴の新聞の読み方は経済面と社会面が中心になる。経済界での相克《そうこく》、社会に巻き起こる悲劇はいつでも弁護士の飯のタネだ。

現在、御子柴法律事務所は企業三社と顧問契約を結んでいる。この顧問料だけで事務所の家賃は賄《まかな》えるが、もちろんそれで充分ということはない。昨今の経済状況を考えれば三社の顧問契約が永続する保証はどこにもなく、新規開拓は当然の業務となる。その場合、御子柴の選択する条件は依頼人の懐具合と置かれた立場に拠《よ》る。一番理想的な依頼者は後ろ暗い資産家だ。後ろ暗い人間ほど名声を尊び地位にしがみつく。これは個人も組織も変わりはなく、出自《しゅつじ》の怪しい組織団体がそれを隠したいがために催事を派手にするのと同じ理屈だ。そして、そういう人間や組織は己の保身のためならいくらでもカネを出す。

社会面のトップは先日行われた夫殺しの判決公判に関する記事だった。

〈十六日、津田伸吾《つだしんご》さんの殺害事件について裁判員裁判の判決公判が東京地裁で開かれた。被害者の妻である津田亜季子《あきこ》被告（三五）に地裁が下した判決は懲役十六年。亜季子被告は当初から殺害事実を認めており、裁判はその量刑に注目が集まっていた。大塚俊彦裁判長は判決理由を、夫の生活能力が乏しいことに加え他の男性と再婚したかったことを理由にした身勝手きわまりない犯行と断じ検察側の主張をほぼ受け入れた。被告の代理人宝来兼人《ほうらいかねと》弁護士は量刑不当として即日控訴の手続きを行った。亜季子被告は今年五月五日に痴情《ちじょう》のもつれから夫の伸吾さんを殺害した容疑で逮捕され東京拘置所に収監されていた〉

他に関心を惹《ひ》くような記事は見当たらない。御子柴は新聞を畳むと、調査中の事案に目を通し始めた。

今回の事案は全てが自分の手になるものではない。退院したのが今月の半ば、それまでは事務員の日下部洋子《くさかべようこ》に調査を指示していたので、子細な部分で詰めが甘いところもある。だが致命的というほどのものではないので後追い調査までする必要はなさそうだった。

入手した資料に誤謬《ごびゅう》はないか。それは外部に対しては苛烈で、仲間内には寛大な弁護士会の面々を沈黙させるに充分なものなのかどうか——御子柴は内容を吟味した上で大丈夫だと判断した。

熱いシャワーを浴びてから七時にマンションを出る。いつもより二時間ほど早いが構わない。途中で馴染《なじ》みのコーヒー・ショップに立ち寄り、パン二切れと砂糖の入ったブレンドを一杯。病み上がりの身体でも、このくらいなら許容範囲だろう。

虎ノ門の事務所に到着したのは八時少し前だった。まだ洋子は出勤していない。御子柴は自分のデスクで資料を揃え始める。

やがて事務所のドアを開けて洋子が入って来たが、御子柴の姿を見るなり非難するような声を上げた。

「先生！　どうしてこんな時間に」

「たったの二時間早いだけだ」

「でも、一昨日退院したばかりだっていうのに……お医者さんもまだ本調子じゃないから一週間は休養するようにと仰《おつしや》って」

「休んでいる間の収入を医者が補償してくれる訳じゃない」

御子柴は煩《うるさ》そうに手を振って洋子の言葉を遮《さえぎ》る。法律事務所の事務員として有能なのはいいが、御子柴自身の体調や生活にまで口を出してくるのは有り難迷惑でしかなかった。

「依頼していた案件の調査、ご苦労だった」

仕事の話に戻ると、洋子の表情は目に見えて緊張した。

「ただし、聴取の際に解約件数も確認しておけば完璧だったな。このテの案件は案外解約された事案の中に本質が隠れているものだ」

「あの……その調査結果を何に使うつもりなんですか」

「うん？」

「弁護士会で懲戒請求を出すんですか。それとも刑事告発を考えていらっしゃるんですか」

いつになく詰問《きつもん》口調だったので洋子の顔色を窺《うかが》うと、その目がわずかに非難の色を帯びている。普段は懲戒される側からの意趣返しなのか、それとも気紛れな正義感の発露なのか——そう質《ただ》しているような目だった。

「懲戒請求も刑事告発も今のところ考えていない。どちらにせよ、カネにはならないからな。とりあえずは交渉カードの一枚だ」

「交渉カード？」

「他人が気にも留めないことでも、本人が人に知られたくないこと言われたくないことは交渉の材料になる。使い方次第で釘一本が殺傷能力充分の凶器にもなり得る」

「……凶器に使う可能性もあるんですか」

脅迫に使うつもりか、と訊かなかったのは洋子本来の慎み深さと思えた。

「今のは言葉の綾《あや》だ。気にするな」

しかし気にするなと言っても、この事務員には無理な話だろう。その証拠に非難めいた色が一段と濃くなっている。

「また、何か危険な仕事をするおつもりですか。だったらやめてください。ここは先生の個人事務所でパートナーもいなければイソベ……アソシエイトもいません。もしもまたあんなことが先生の身に降りかかったら、事務所が立ち行かなくなります」

「それでも三ヵ月は持ち堪えただろう」

「期間のことを言ってるんじゃありません」

「揉《も》め事の渦中にいる一方を助ければ、別の立場の人間から恨まれるのは当然だ」

洋子はまだ納得していない様子だった。以前であったら事務員に何を思われたところで歯牙にもかけなかったが、今回は三ヵ月間に亘《わた》って事務所を留守にしたという弱みがある。

「弁護士なんて憎まれて何ぼの商売だ。大体儲かる商売というのは大抵憎まれるものさ。それに、儲からなければ事務員の給料も払えん」

御子柴なりに情理を尽くして説明したつもりだったが、洋子は尚も睨《にら》んでいる。刺されるほど憎まれては元も子もないというところか。

病院で起き上がれるようになってから新聞報道を確認すると、弁護士が相手側の遺族に襲われた事実から先に踏み込んだ記事は一つもなかった。事件を担当したあの老獪《ろうかい》な刑事が気を利かせて伏せてくれたのか、御子柴が過去に起こした事件については公にされなかったようだ。従って洋子の耳にもその事実は伝わっていないはずだが、もしもそれを告げたら、この事務員はいったいどんな顔をするだろうか。

しばらく黙っていると、やがて抗弁を諦《あきら》めたように洋子は軽い溜息を吐いた。

「昨日帰られた後、谷崎先生から電話をいただきました」

「谷崎先生から?」

「退院したなら一度会いたいと伝言を承りました」

恩を売るのも売られるのも性に合わなかったが、相手が谷崎ともなれば話は別だ。前回の事件を引き継いでくれた件もあり、何より御子柴に対する懲戒請求をことごとく収めてくれた経緯がある。いったい自分の何が気に入ったのかは知らないが、やはり退院後に礼の一つはしておくべきだ。少なくとも東京弁護士会の前会長を敵に回していい理屈はない。

「今日、何か予定はあったかな」

「ありません」

それなら余計に好都合だ。今回の案件で出掛ける途中に谷崎の事務所がある。

「ちょうどいい。今から伺うからと先方にアポ取っておいてくれ」


谷崎の事務所は同じ港区の赤坂にあった。瀟洒《しょうしゃ》な高層ビルの建ち並ぶ中、今ではあまり見かけなくなった低層ビルの二階が彼の根城《ねじろ》だった。

外壁のくすんだ色だけで建築年数の古さが分かるが、その佇《たたず》まいは老朽化というよりは古色蒼然という形容が正しい。中に入るとその印象は一層強くなり、まるで由緒正しい明治建築の中に迷い込んだような錯覚すらする。

昨今、羽振りのいい弁護士たちの流行《はや》りは事務所移転だ。辺鄙《へんぴ》な場所から華やかな場所へ、中古ビルから新築ビルへ、そしてマンションの一室から高層ビルの一フロア貸し切りへと例外なくステップ・アップを誇示する。事務所の器で仕事をする訳でもないのに、よほど外観が大事と見える。もっとも御子柴自身が見映えの良さからベンツを乗り回しているのだから偉そうなことは言えない。

その点、谷崎はここに事務所を構えて以来、現在に至っている。ビルと同様に本人も齢を重ねたが、古さが不安よりも安心感を醸成《じょうせい》しているところは人徳というべきだろう。

受付で来訪の意を告げるとすぐ応接室に通された。さすがに応接セットはアンティークとまではいかず、落ち着いた色合いだが真新しいソファだった。

「やあ、御子柴先生。しばらくだったね」

現れた谷崎はいつものようにぴっしりと銀髪を撫《な》でつけ、温和な表情で御子柴を迎えた。瞳は吸い込まれそうなほど深く、常に叡智《えいち》を感じさせる光を湛《たた》えている。

だが、この外面《そとづら》に騙《だま》されてはいけない。紳士然と振る舞っているが、かつて東京弁護士会では革新派の急先鋒として名を上げた男だ。他所《よそ》から洩《も》れてくる以前の武勇伝を聞く限りでは、決して温和でも紳士でもない。対立する者は年上であろうが学閥の先輩であろうが、問答無用で潰しにかかったらしい。そこでついた渾名《あだな》は〈鬼崎〉だ。

谷崎完吾《かんご》、八十歳。前東京弁護士会会長、弁護士番号10000番台。東京弁護士会で最大派閥を誇る自由会の領袖《りょうしゅう》であり、それゆえに会長を辞した現在においても未だ隠然たる発言力を保持している。

現状どこの弁護士会も同様だが、登録順になっている弁護士番号が10000番台の人間は高齢化でめっきり数が少なくなった。言い換えれば上席の寡占状態であり、各県の弁護士会の頂点にはまず彼らが君臨している。本来、弁護士は一人一人が独立した身分なので上下関係はないのが建前なのだが、権威の存在するところには例外なくヒエラルキーも存在する。さしずめ谷崎はその生きた見本のようなものだった。

「もう、怪我の方はいいのかね」

「お蔭様で……先日の事件では先生にご迷惑をおかけしました」

「礼には及ばんよ。あそこまで筋ができ上がっていれば誰が弁護人になっても結果は一緒だ。検察側と裁判長までが同じ意見の裁判など高裁以上では椿事《ちんじ》ではないかな。被告人は終始文句ばかり垂れておったが、懲役十五年は妥当な量刑だろう。ああ、そうそう。眞鍋《まなべ》裁判長は大学の後輩でね。あの後、久しぶりに旨い酒が呑めた。これは却《かえ》って君に感謝すべきかな」

それは初耳だった。

「眞鍋くんが君のことを称賛しておったよ。今日びの弁護士には珍しく外連味《けれんみ》のある論理展開をするとな。いや、これは皮肉でも何でもない。裁判員裁判が日常となった今、演出効果というのはもう無視のできない要素になった。できれば、派生した別の事案でも君の弁論を聞きたかったらしいが」

御子柴の依頼人が懲役刑を申し渡されたのはベッドの上で知らされた。それに付随したもう一つの事件は現在も係争中だが、そちらの案件は被告人と意思の疎通が円滑でないため、弁護人はひどく苦労しているとのことだった。

「先生にはもう一つお礼を言わなければなりません。今回も弁護士会での懲戒請求を収めていただいたようですね」

「ああ、あれか。あれも別に礼には及ばん。例の破廉恥《はれんち》な男が、ここぞとばかり紙のように薄っぺらい倫理観なぞを振り翳《かざ》したからな。いつもは自身が倫理規程の境界線上を行ったり来たりしておるのに、他人が踏み越えたとなると鬼の首を取ったかのように舞い踊る。傍《はた》で見ていても不愉快だから即刻潰してやったよ」

そう言って谷崎はからからと笑う。自分の意に添わぬ者、自身の信条に外れる者を容赦なく叩くところは往年の〈鬼崎〉を彷彿《ほうふつ》させた。

「綱紀委員会の席上であの男は、言うに事欠いて君のことを犯罪者と罵《ののし》りおった。弁護士資格を剝奪《はくだつ》するに足る重大な犯行要件であるとな。確かに一般常識において誉められた行為ではないが、弁護人という立場からすれば全否定できるケースではない。あれを一種の虚偽と考えれば同情する同業者もいよう」

あれ、とは自分の犯した死体遺棄のことを指しているのだ。御子柴は沈黙するより他ない。

「世間広しといえども虚偽を容認する常識はない。しかし、この世には三つだけ嘘を吐いても良いとされる職業がある。日銀総裁と物書きと、そして弁護士だ。弁護士は依頼人の利益を護《まも》るためなら知っていることでも知らないと言える。いや、言わなくてはいかん。何となれば弁護人たるもの世界中を敵に回してでも依頼人を守り抜く使命があるからだ。あの破廉恥はそれを全く理解しておらん」

「その趣旨を委員会で仰ったのですか」

「うむ。あの男が請求を提出した時はいくぶん同調する空気もあったが、元より人品卑しい男の戯言《ざれごと》だ。わしに反論してでも手を挙げようなどという者はいなかったな」

「先生は警察方面にもわたしの弁護をされたと聞きました」

御子柴はそう切り出した。先の事件の顚末《てんまつ》について新聞報道で触れられていない点は洋子を通じて聞き知ったのだが、御子柴の犯した犯罪について所轄が色めき立った際も、谷崎が先手を打ってくれたというのだ。

「ああ、検察庁に乗り込んだ件のことを言っておるのかね。あれとて大したことではないし骨を折った内にも入らん。旧知の検事を訪ねて、立件するに足るだけの物的証拠があるのかと訊いただけさ」

そうだ。この老獪な弁護士は担当の検事正を前に、たとえ御子柴を死体遺棄で起訴しようとしても物的証拠は何一つとして存在していないことを念押ししたのだ。

「その検事も道理の分かった男でな。君を死体遺棄罪で起訴することの危うさはわしごときが説明するまでもなかった。話は三分でケリがついた。後は共通の知り合いについて悪口雑言《あっこうぞうごん》を垂れるだけの愉快な時間だったよ」

つまり、こういう経緯だ。

先の事件で、御子柴は被告人が殺害した被害者の遺体を現場から移動させた。もちろんその時点では被告人が犯人とは知らず、死体を移動させたのも揉め事に巻き込みたくなかったからだった。

ところがこの人物が容疑者になるや否や、所轄署の刑事が御子柴の死体遺棄を疑い出した。当時、容疑者の置かれていた状況では御子柴以外に死体を移動できる者がいなかったからだ。元より警察関係者に評判のよくなかった御子柴だったので、捜査本部は死体遺棄事件としても立件したい意向だったようだ。

だが先述した通り、御子柴の身辺からは何の物的証拠も挙がらなかった。何より現場の一部始終を目撃していたはずの被告人が罪状については全面否認で争う意思を表明しており、結果的に御子柴の加担も否定していたのだ。

また仮に被告人が罪状を認めたとしても、それで御子柴の死体遺棄が立証できる訳ではない。

御子柴自身もそれを見越していたが、もっとも思い出したのは意識が回復した後であり、先の公判が終わった時点では考えつきもしなかった。

「まあ、検察にしてみれば被告人の主張を引っ繰り返すのに精一杯で、君の方まで手が回らんというのが実情だろう」

こうして御子柴の行為は未だ起訴されずにいる。

「人の口に戸は立てられんから弁護士会に噂が走るのも早かったが、これを以《もっ》て弁護士資格剝奪というのなら、君以前に弁護士会から追放される輩《やから》は山ほどいる。請求に対して挙手を躊躇《ためら》った会員たちの本音は恐らくその辺りだろう」

「いえ、それは違いますね」

「うん？　何が違う」

「谷崎先生を敵に回そうなんて気骨のある人間は、あの中にいません」

谷崎は再び大笑いした。

「それは買い被りというものだ。老人斑で顔半分が黒くなったような老いぼれを誰が怖がるものか」

「お言葉ですが、過ぎた謙遜《けんそん》は嫌味に聞こえますよ」

そう忠告すると、谷崎は愉快そうに御子柴を見た。

「では正直に、しかも正確に言ってやろう。東京弁護士会でわしを敵に回しても構わんなどと考える気骨の持ち主は御子柴先生、君だけだ」

「それこそ買い被りですね。わたしは別に反骨精神を持っている訳じゃありません。日頃の行いから弁護士会という組織に馴染《なじ》めないだけです。不良学生がホームルームに出席したがらないのと一緒ですな」

「ホームルームか。言い得て妙だな。その通りだ。東京に限らんが弁護士会はいい齢をした大人たちのホームルームと化した。誰も彼も本音を言わん。建前と理想論さえ口にすれば免罪符になると思っている。賢《さか》しらに自由と正義などとほざいておるが、結局は権力や権益が大好きで、自己保身のためなら依頼人の利益など知ったことではない」

谷崎はそう吐き捨ててから口調を変えた。

「今しがた不良学生と言ったな。不良か。いい響きだ。実は御子柴先生。話というのは他でもない。同じ不良ならわしとつるむつもりはないか」

「……仰る意味がよく分かりませんが」

「わしも若い時分は不良弁護士と呼ばれたから気は合うはずだ。単刀直入に言おう。次の会長選挙では君が自由会から出馬しろ」

「それは以前にもお断りしたはずですが」

「今回はわしも些《いささ》か本気でな。あんなホームルームのような組織は放っておけばどんどん腐敗していく。一度根底から覆《くつがえ》さん限り再生できん。そして、ぶっ壊せるのは君のような不良だけなのだ」

谷崎は御子柴をじっと見据えた。泰然としているが奥底に熱を帯びた目だった。

「お訊きしますが……どうして先生は、それほどわたしに肩入れしてくれるのですか」

「ふむ。きっと色んな意味で型破りだからだろうな。現状を打破するのはいつだって既成の物差しから外れた者だ」

「打破するどころか、とんでもなく危険な爆弾かも知れない」

「それならそれで結構だ。あんな寄り合い所帯、腐り続けるより破壊された方がまだマシだからな」

よほど弁護士会に嫌気が差しているか、御子柴を孤高のアウトローとでも評価しているのだろう。もし自分が本当の意味でアウトローであることを知ったら、いくら清濁併《せいだくあわ》せ呑む谷崎でもこうは言うまい。

だが自分の出自を敢《あ》えて明らかにする必要はない。ここは前回同様にのらりくらりと逃げるのが得策だ。

「しばらく考えさせていただけますか」

「もちろん。会長選挙は来年四月だ。時間はたっぷりある」

「あまり期待はしないでください……それでは」

辞去を告げ、応接室を出ようとしたところで「待ちなさい」と、声が掛かった。

振り返ると、谷崎は座ったままこちらを凝視《ぎょうし》していた。

「誤解があるといけないから言っておくが、わしは君を単なる跳ね返りだとは思っておらんし清廉潔白だとも思っておらん。何故なら君が少年時代に何をしたか承知しているからだ」

一瞬、息が止まった。

「ははあ。買い被りの前に見損なっていたか。わしが碌《ろく》に調べもせずに、どこの馬の骨とも知れん男を神輿《みこし》に担《かつ》ぐと思うかね。安心し給《たま》え。他の誰に口外するものではない」

「……ますます分からなくなりました。わたしの過去を知りながら、どうしてご自身の駒にしたがるんです？」

「逆だな。過去を知ったからこそ手元に置いておきたくなった」

谷崎は最後にもう一度笑ってみせた。

「君のような人間に非常な興味を覚える」

2

御子柴が次に訪れたのは南青山の一等地に建つオフィスビルだった。

地上十七階、全面総ガラス張りの近未来建築。訪問地はこの十四階から十六階までを占めている。

十四階オフィスのドアには仰々《ぎょうぎょう》しく〈ＨＯＵＲＡＩ法律事務所〉と記された金看板が掲げられている。受付はさながら大手企業の態様で、恐らくは答弁書の何たるかも知らない受付嬢に名前を告げると、御子柴は十六階の応接室に通された。

待つこと十分、ようやく目的の人物が姿を現した。

「いやあ、お待たせしましたねえ」

宝来兼人は営業スマイルを顔に貼りつけてやって来た。どう見てもセールスマンの物腰だが、それにしては目が笑っていないので外回りに出ても笑顔で客を釣ることは難しいだろう。

「つい先日に退院されたとか。もう大丈夫なんですか？」

「お蔭様で」

「三ヵ月の入院でしたよね。確か御子柴先生の事務所は先生お一人でしたからキツかったでしょう」

宝来は言外に己の事務所の規模を誇示しているようだった。HOURAI法律事務所は法人登記がされており、この南青山のオフィス以外にも大阪と福岡、そして北海道にそれぞれ支所を有している。宝来自身は代表社員という肩書きを持ち、その下には二人の弁護士と百四十人の事務員を抱えている。実際に見たことはないが、事務員百人以上が執務に携わるフロアは一階分ぶち抜きで、しかも全員がインカムを装着しており、その様は大手企業のコールセンターの外観そのものだという。こうなると弁護士事務所というより完全な企業体と言ってもいい。

数年前から弁護士や司法書士による過払い金返還請求がブームとなり、その莫大な手数料と報酬によって成り金弁護士が増大した。彼らは挙《こぞ》って事務所を拡張しているが、ブームにはやがて終焉《しゅうえん》が訪れる。パイが限られている中で分捕り合戦を続けていけば原資が枯渇するのは自明の理で、御子柴はその時期の到来を興味深く見守っている。果たして何人の弁護士が路頭に迷い、何人の女性事務員が夜の商売に流れることか。既にその兆候は始まっており、今や年収三百万円台の弁護士さえ出現している。カネのない場所を目指す者が多いはずはなく、早晩この業界にも氷河期が到来するかも知れない。

「御子柴先生の留守中に久米新会長が決まってしまいましたが、正直わたしはあの方も旧弊《きゅうへい》だと思っている。次の選挙ではまた新しい仲間たちとチャレンジしたいので、その際はよろしくお願いしますよ」

宝来は専門の債務整理についてノウハウ本も何冊か出版しており、昨今ではバラエティ番組にも顔を出している。世間の目からは間違いなく成功した弁護士の一人だが、本人はカネだけでは飽き足らなかったと見え、今年の弁護士会会長選挙に出馬した。開票結果は最下位という悲惨な結果に終わったが、何と名刺の肩書きには〈東京弁護士会会長候補〉と入れており、名誉への執念というよりはもはや滑稽《こっけい》さすら漂っている。

御子柴はつい先刻、谷崎から要請された内容をこの男に喋ってみたい誘惑に駆られた。きっと目を白黒させた後で、即座に退出するよう言い出すか自陣に取り込もうとするだろう。いずれにしてもその慌てぶりは想像するだに愉快だったが、今回の訪問目的は別にあるのでやめにした。

「それにしてもあなたから急に連絡をいただいた時は驚きました。いったい、どういった用件で？」

御子柴は鞄《かばん》の中から書類の束を取り出した。今日の朝まで洩れがないかチェックしていた案件の報告書だった。

「読んでもらえれば、わたしの訪問理由が理解できるはずです」

訝《いぶか》しげに書類を受け取った宝来は一枚目に記された表題を見た途端、大きく目を見開いた。

『ＨＯＵＲＡＩ法律事務所債務整理事件調査報告』

宝来の顔からは笑みが消え、代わりに驚愕の色が宿った。

そう来なくては面白くない——頁を繰《く》る度に眉間《みけん》の皺《しわ》が深くなる宝来を眺めながら、御子柴は内心でほくそ笑む。袋小路に追い込まれた獲物が震える様を見物するのは得難い快感の一つだ。

「これは、どういうことだ」

最終頁を待たずに宝来は顔を上げた。その顔は既に憤怒と猜疑《さいぎ》と不安で斑《まだら》になっている。

「どうもこうもない。宝来先生の事務所で行われている業務が、日弁連規程に抵触するばかりか非弁《ひべん》行為に当たることを示唆する報告書ですよ」

御子柴は足を組んで横柄に構える。この格好が相対する者には不快感と共に威圧感を与えるのは計算済みだ。

「法律に触れるようなことは何もやっていない」

「それは債務整理を専門にされている先生ですから当然でしょうな。ただ法律には触れずとも日弁連規程からすればどうでしょう。債務整理案件は弁護士自らが依頼人と直接面談することが第一条件になっているのは説明するまでもないでしょう」

事実、その要件は平成二十三年四月一日から施行された日弁連規程の第三条の頭に堂々と掲げられている。

「しかし、一日平均で二百人以上の顧客を捌《さば》いていますね。代表社員たる宝来先生を含めてHOURAIさんが抱える弁護士は三人。単純計算しても一人当たり一日で六十七人もの依頼者と面談することになる。ところが先生たちの就業時間は午前十一時から午後五時までの六時間。仮に昼食も摂らず面談し続けていたとしても依頼者一人に五分しか時間が充てられない計算になる。その五分間で依頼人の生活状況と債務状況、及び家族構成と資産を聴取するのは超人的な事務能力ですなあ」

「予《あらかじ》め質問内容を箇条書きにしたメモがある。流れ作業と言えば語弊があるが、その手法なら面談に時間はかからない」

そう来たか。しかし言い訳にしても稚拙《ちせつ》だ。

「ははあ。如何《いか》にもシステマチックな方法で感服しますね。だが、それならこれはどうです？　たとえば報告書の十ページ目には実際に先生の事務所に債務整理を依頼した人物の証言を記載しています。ケース七の男性は広島在住。ケース十一の女性は秋田在住。ところがこの二人とも同日に宝来先生と面談したことになっており、しかも二人とも上京はしなかったと言う。もしや電話相談ですか？　それでは直接面談という大原則に反していると思いますが」

「広島のケースは大阪支所に、秋田のケースは北海道支所に面談を委託してある」

「地方協力弁護士のことを仰っているのですか？　まあ、たかが二万円の手数料で面倒な事務処理をしてくれるので便利なことこの上ないのですが、生憎《あいにく》と大阪の大槻《おおつき》先生は弁護士会に出席してその日は不在、北海道の八木先生も当日は裁判所に出廷していて一日中留守でした」

宝来は呻《うめ》きながら口を閉ざす。

これは洋子の手腕だった。宝来が遠方の顧客を捌くために依頼した地方協力弁護士。元々抱える案件が少ない弁護士だからこそ宝来の口車に乗ったのだろうが、弁護士一人事務員一人の事務所ではスケジュール管理もままならず、事務所を空けることは存外に多い。

調査結果は直接面談の不実行を示している。ＨＯＵＲＡＩ法律事務所の規程破りはこの一点だけで明らかだ。そして弁護士会会長の席を狙っている宝来にとって、規程破りの露見は致命的な失点になる。

「報告書の十一ページ目には各金融業者さんから聴取した相談記録が記載されています。それによれば業者さんと減額交渉されているのは全て事務員さんのようですな。弁護士と直接交渉したという記録はただの一つもない」

「事務員には予め妥協してもいい最低金額を命じてある。彼らは単なるメッセンジャーに過ぎない」

「ほう。ではケース二十二の場合はどうかな。業者の執拗《しつよう》な交渉の末、お宅の事務局長が『自分の裁量ではマイナス十万円が限界だ』と明言している。このケースは業者側も録音していていつでも証拠として提出できるが、これこそ弁護士法七十二条の非弁行為を如実に示していると見るのは、わたしの妄想に過ぎないのだろうか」

「録音だと」

「便利な世の中ですな。昔のような磁気テープではなく一回線につき三ヵ月分の通話記録が現存している」

「録音に証拠能力はない」

「確かに。しかし総会の席に居並ぶ先生方の心証を左右する程度には有効でしょう」

総会の言葉を出した途端、宝来の肩がぴくりと上下した。御子柴の思惑通り、やはり弁護士会でやり玉に挙げられるのが苦痛らしい。それならこの方向で追撃するのみだ。

「まだある。規程第八条の2、債務者が他に債務を有していることを認識しながら、合理的理由なく、当該他の債務の整理を行わず、過払金返還請求事件のみを受任する等の処理を行わない。これについても録音記録が残っていた。同じく事務局長さんが『ウチは過払い案件しか着手しないよ』と断言されている」

以前、通常の債務整理の報酬は債務総額の二割という規程があった。ところが過払い返還についての報酬規程は存在しないため、同じ業務量なら過払い返還が有利とばかり、全国の弁護士や司法書士たちが過払い金返還請求一本槍に走った経緯がある。各地の弁護士会と司法書士会が慌てて是正に乗り出したものの、汁の甘さを覚えた虫たちが大樹を離れるはずもなかった。

「以前、弁護士会では百人リストというものを作成していた。非弁行為に抵触しながら債務整理事件を処理していた所謂《いわゆる》特定弁護士のリストだ。弁護士会はこのリストを元にいかがわしい処理をしていた弁護士を懲戒に掛けていたが処分できたのはほんのわずかで、残りは難なく逃げ果《おお》せた。それは非弁行為の立証が煩雑《はんざつ》で、しかも脛《すね》に傷を持つ者同士が仲間の懲戒請求に難色を示したからだ。だが、こんな風に業者側や依頼人の証言を完備した報告書があれば……」

「こんなことをして、あんたに何の得がある」

こちらの言葉を遮って宝来が眦《まなじり》を決した。

「高額報酬でしか動かない御子柴礼司が、他人の事務所運営に口を出して何を企んでいる。まさか恐喝のつもりか」

「まあ、これだけ羽振りのいい事務所なら恐喝のしがいもあるだろうが、生憎わたしの収入はどれも合法的でしてね。そういう犯罪行為は元より眼中にない。強《し》いて挙げるとすれば意趣返しかな」

「何のことだ」

「わたしが入院している最中、宝来先生はひどく熱心に懲戒請求を提出されたそうですな。確か犯罪者とまで論《あげつら》われたとか」

「あ、あれは」

「確かに人聞きの悪い話で、そんな疑いを持たれた人間が弁護士会にのうのうと居座っているのが言語道断なのは間違いない。ただしわたしのはあくまで噂の範疇《はんちゅう》を出ず、一方、宝来先生はれっきとした弁護士法違反、並びに日弁連規程破り。ならば、わたしがこの報告書を手に委員会に馳せ参じるのは倫理的に正しい行動だと思うのですがね」

御子柴はいったん言葉を切ると相手の反応を待った。宝来は報告書を子細に確認している様子だったが、やがて面《おもて》を上げて御子柴を正面から見据えた。

ゆっくりと宝来は弁護士としての表貌を剝ぎ取った。今まで何百人となく犯罪者の顔を見てきた御子柴には分かる。その下から現れたのは権謀術数《けんぼうじゅっすう》に長《た》けた獣の顔だった。

「倫理的に正しいかも知れないが、あんたはそんなものを行動原理とはしてないだろう。現に、綱紀委員会で詳《つまび》らかにする前に当事者のわたしにカードを開いている」

御子柴はまたも内心でほくそ笑む。とうとう先方から打開策を探ってきた。こうした交渉の場では先に手を差し出した方が負けだ。

「幸い、あんたはわたしと同類らしい。世の中には倫理や正義よりも大事なものがあることを知っている人間だ。さあ、はっきり言え。何が望みだ?」

宝来は睨《ね》め回すように顔を近づけてくる。凄んでみせても効果のない貧相な顔だ。口臭もひどかった。御子柴はそれを避けるように背を後ろに倒す。

「そんなに怖い顔しなくても結構ですよ。わたしがここに報告書を持参したのは宝来先生に事実確認をしてもらうためです。先生が事実誤認だと思われるなら、そんな報告書はシュレッダーにかけたらいい」

「……条件は」

「そうですねえ。実は個人的に興味のある事案がありまして。先生は世田谷で起きた津田伸吾殺しで弁護人をされていましたよね」

「ああ、被告人が全面自供して量刑だけ争っている事案で、昨日控訴手続きしたばかりだ」

「辞任して、わたしと代わってくれませんか」

「何だと……おい。被告は会社の役員でもないただの主婦だぞ。地位も名誉も財産もない。わたしだって知人からの依頼がなけりゃ」

「思い入れがない案件なら交代しても苦にはならない」

「本人が罪状を認めている上に世論は彼女に欠片《かけら》も同情していない。多少減刑させたとしても名を上げられる事件じゃないし、控訴だって本人が意固地に言い張ったから」

「世論が同情しない被告人なら、むしろわたしの専門だ」

「いったい、何が目的でそんな一文の得にもならない裁判を」

「あなたも債務整理を専門にしているのなら、詐欺師になけなしのカネを巻き上げられた客を扱ったことがあるだろう」

「ああ。よくもまあ、判で押したように同じ言葉で騙されるものだと思うな。『これは必ず儲かる話です』、『あなただけ特別なんです』」

「本当に儲かる話なら決して他人には教えないものだ」

宝来はしばらく御子柴の真意を量るように顔色を窺っていたが、やがて諦めた様子で首を振った。

「とりあえずは何が必要かな」

「公判記録の一切」

「そちらの選任届を確認次第、郵送しよう。他には？」

「それで充分」

「報告書のバックアップはあるのか」

「パソコンのハードディスクにあるが、公判記録の到着を待って削除する。こればかりは信用してもらうしかないな」

商談が終了すれば長居の必要はない。御子柴は席を立つと、宝来には見向きもせずにドアを開けた。

部屋を出る寸前、背中で舌打ちが聞こえた。

＊

中央合同庁舎第六号館、東京地方検察庁。

岬恭平《みさききょうへい》の立つ十階からは隣の赤レンガ棟を睥睨《へいげい》することができた。明治の洋風建築を今に残す堂々たる外観は旧司法省の権威を体現している。建物全体を覆うネオ・バロック様式は帝国時代の名残《なごり》すら漂う。

東京地検に赴任してしばらくはその眺望に少なからず感慨を覚えたものだが、さすがに半年も見続けているとただの資料館にしか思えなくなった。

きっと忙殺されているせいだろう、と岬は思う。前任地の地検と比較しても、ここに持ち込まれる事案の多さは極端だ。同じ検事正であっても他の地検検事正と東京地検検事正の処遇に一線が画されている理由が赴任してようやく分かった。

ノックの音がした。入室を許可すると、入って来たのは事務官の横山だ。

「調書をお持ちしました」

「そこに置いておいてくれ」

また新しい案件がやって来たらしい。業務量の多さには慣れたつもりだが、こうも立て続けとなるといささか意欲も減退する。そんな様子を部下に見せる訳にもいかないので、背を向けたままにしたのだが、相手の方が一枚上手《うわて》だった。

「岬検事……ご体調が優れませんか？」

「どうしてそう思う」

「普段、わたしが参上する時には決まって座っていらっしゃいますから」

「ははは。パソコンの付属品でもあるまいし。人間だからたまにはこうして外の景色を眺めることだってあるさ」

「しかし、岬検事に限っては部下の前で理由もなく普段と違う姿をお見せになることはありません。わたしなども気分を変えたい時には、よく外を眺めますし」

岬はそれを聞いて、驚くと同時に少し感心した。

「ほう、よく観察しているな」

「ええ。わたしにとって次席検事は検察官の鑑《かがみ》ですから。一挙手一投足も見逃すまいとしています」

こういう歯の浮くような台詞《せりふ》を口にしても嫌味に聞こえないのが、この男の身上だ。地検事務官などという職に似合わぬ、子供のような天真爛漫《てんしんらんまん》さが香っている。

「検察官の鑑、か。そんな代物《しろもの》じゃない。ただの公僕だよ」

「そうですか？　わたしたちにすれば次席検事はザ・エリートという印象なのですが」

エリートと言われると岬は多少鼻白《はなじろ》む気持ちになる。

前任地の名古屋地検では地検の長である検事正だったが、東京地検に転任した時点で次席検事となった。職名としては下がった体《てい》だが事実上の栄転とされている。東京地検次席検事を二年、その次に高等検察庁次席検事を二年勤め上げた後に晴れて東京地検検事正に昇任――漠然と思い描く未来図は突飛なものではなく、それぞれの官職を失点なく過ごせば順当に進むことができる。

ただし岬本人に、失点なく過ごすなどという意識は毛頭なかった。同期の中にはレールの上を支障なく走ることこそがエリートの本筋と広言する者もいたが、それがエリートとかの定義ならば馬にでも喰わせればいいと思う。

検察官の本懐は失点なく職務を遂行することではない。この国と国民が正義と信じるものを貫くことだ。必要とあらば霞が関に巣食う寄生虫どもを排斥《はいせき》し、時の権力者に縄をかける。そのために自分たちは爪と牙を与えられている。

「わたしなどが申し上げるのは僭越《せんえつ》なのですが……歴代の次席検事殿はもう少しお仕事を調整されていましたよ」

「ふっ」

調整、という言葉づかいが如何にもこの男らしかったので、思わず噴き出した。

「気遣いは嬉しいが心配には及ばんよ。これしきの分量をこなさなくては、折角送検してくれる現場の警察官に申し訳ない」

それは単なる社交辞令ではなく、岬の本心だった。

今ほど検察庁のあり方が問われている時はない。検事による証拠物件の捏造《ねつぞう》、与党議員へのヤミ献金に対しての甘い処分。国民から看板にペンキをかけられるほどに失墜した信用。それを覆すには、どんな微細な悪事に対しても毅然たる態度を取ることが必要となる。

向こう受けのするパフォーマンスは要らない。必要なのは「天網恢恢疎《てんもうかいかいそ》にして漏らさず」が空疎な言葉でないことを身を以て国民に知らしめることだ。

「なあ、横山くん」

「はい」

「秩序は誰が作るものだと思う?」

「法律……ではないのですか」

「惜しいな。法律ではあるが、その中の罰則こそが秩序安寧《あんねい》の根幹だ。どんな悪事もいずれは露見し、裁きを受けた上で相応の罰を与えられる。その認識が秩序に直結する。だから我々は、どんな罪に対しても寛容であってはいけない。怯懦《きょうだ》を抱いてはいけない。罪に寛容と言えば聞こえはいいが、結局は自分が可愛いだけの話なのだ」

だから自分の机に上がってきた案件は可能な限り俎上《そじょう》に載せ、そして断罪する。それだけが検察官岬恭平の存在理由と信じて疑わない。

ちらと振り返ると、横山は何やら愁《うれ》いを帯びた表情だった。思ったことがすぐに顔に出るのもこの男の特徴だが、犯罪捜査に携わる部署の人間としてこればかりは誉めそやす一方という訳にもいかない。

「今の言葉にどこか引っ掛かりでも覚えるのかな」

「いえ。そんなことは……」

「寛容さの否定が懲罰主義に走るのではないか……そういう危惧を抱いているのかね」

横山は口を噤《つぐ》んでいたがやはり隠し事は下手らしい。その通りだと顔に書いてある。

「免罪符代わりに言うつもりはないが、懲罰主義は世の流れだ。わたし一人が旗を振ってどうなるものでもない」

そう言うと横山は小さく頷《うなず》いてみせた。

裁判員制度が導入されてからというもの、刑事事件の判決内容は間違いなく厳罰化の道を歩んでいる。市民感覚を法曹の場に反映させようという制度の趣旨が、結局は懲罰主義の原動力になった経緯は岬の立場から見ても興味深い。

死刑求刑の裁判員裁判では己の一票を投ずることに逡巡《しゅんじゅん》する善良なる市民も、法律の専門家たちが下す厳罰には一定の理解を示し始めたといったところか。それとも巷間《こうかん》相次ぐ凶悪事件に、眠っていた一罰百戒《いちばつひゃっかい》の意識が揺り起こされたのか。

いずれにしろ直近に行われた世論調査でも、死刑制度の存続には八割以上が肯定し過去の数字を上回っている。厳罰化が世の流れであることを示す一つの証左《しょうさ》だ。暴走しない限り、検察がバッジの紋章通り秋霜烈日《しゅうそうれつじつ》を貫いても非難を受ける潮目ではない。

「たとえば先日の世田谷の夫殺しでも、裁判所はこちらの求刑通り懲役十六年を申し渡した。求刑通りの判決ということは、裏を返せばもう少し厳罰にするべきだという裁判所の意趣だ。幸か不幸か弁護士は即日控訴してくれたから、高裁ではまた違う判断になる可能性が出てきたがね」

「ああ、そう言えば」

横山は思い出したように言う。

「その事案、弁護人が交代したことをご存じですか」

「交代？」

「ええ。控訴手続きの済んだ直後に先任の弁護士が辞任したんですよ」

岬は報告を受けた事案を思い起こす。弁護人に立ったのは宝来という男で、担当検事によれば貧相な顔立ちと物欲しそうな目が印象的だったらしい。刑事事件は不慣れな様子で、かつ裁判の争点が量刑のみだからかお座なりな態度が公判記録にもありありと出ており、その点だけはさすがに被告人の津田亜季子に同情したものだ。

「先任の弁護人は評判の芳《かんば》しくない人物でした。知った者の間では成り金弁護士という異名を取っていましたね」

「はん。つまり債務整理を専門に手掛ける商売人か」

道理で人品がさもしいと噂される訳だ。きっと依頼人のためではなく、カネのために汗水垂らす者特有の顔だったのだろう。

「こちらとすればそういう手合いが相手だと楽でいいのだが」

「被告人の経済的な背景を鑑《かんが》みたのか、最初から熱意の見える弁護ではなかったですからね」

しかし、それも自業自得に近いものではないかと岬は思う。生活無能力者の夫に愛想を尽かし、他の男との新しい生活を望んだ女。それだけなら巷《ちまた》に溢《あふ》れる話なのだが、津田亜季子が選択したのは夫の殺害だった。

定職に就いていなかったことを被害者の落ち度とするには抵抗がある。困難に直面した時に手を取り合うのが夫婦の形だと岬は信じている。従って、自身の幸福のために夫を排除した妻などは断罪されて当然、無能な弁護人との巡り合わせも天の配剤と思える。

「交代ということは、すぐに次の弁護人が決まったということか」

「はい。ただ……」

「ただ?」

「後任は御子柴礼司弁護士です」

「何だって!」

岬は思わず訊き返した。

「まだ入院中じゃなかったのか」

「先日、退院したばかりとか。弁護人選任届は昨日付けで送達されています」

「だが、第一あの男は富裕層の人間からしか依頼を受けなかったはずだ。被告人の家族にそんな者はいない」

「真意は測りかねますが……」

岬は執務机に戻って両手を顔の前で組む。

まさかあの男がこの事件に首を突っ込んでくるとは。いや、それ以前にこんなに早く復帰するとは思ってもみなかった。

岬にとって御子柴は不倶戴天《ふぐたいてん》の敵といってもよかった。今から数年前、とある地検に赴任して最初の案件が彼との初顔合わせだったが、結果は岬の惨敗に終わった。検察側が求刑した懲役十五年を、事もあろうに執行猶予つきの懲役三年にまで減刑されてしまったのだ。

日本の裁判所における有罪判決の確率は九十九・九パーセントとなっている。そうした観点からすれば、たとえ執行猶予がついたとしても有罪判決に変わりはないので突出したケースにはならないのだが、検察側にしてみれば逆転負けに等しかった。

幸い、この事案は転任した担当検事の後を引き継いだものだったので岬に非難が集中することはなかったが、何よりも岬自身の心に消えようのない汚点を残した。

検察官を拝命してから四半世紀近くなるが、これほど完膚《かんぷ》なきまでに粉砕されたのは初めてだったのだ。以来、御子柴と対峙する機会はなかったが、片時もその名前と顔を忘れたことはない。尖った耳と酷薄そうな唇。判決を聞いた瞬間もあの男は平然としていたが、内心では岬のことを嘲《あざけ》り、蔑《さげす》んでいたに違いない。

その御子柴が再び自分の前に立ちはだかろうとしている。自分が法廷に立った事案ではないが、東京地検の事案ならば同じことだ。

もう、案件の多さに辟易《へきえき》している暇などない。岬は抽斗《ひきだし》から津田亜季子事件のファイルを取り出して、検察側の主張に瑕疵《かし》はなかったか再検討を始めた。

「岬検事？」

「この事案はわたしが担当する」

「次席検事が……ですか？」

横山は驚きを隠さなかった。当然だろう。本来、東京地検の次席検事が公判廷に立つことなど滅多にあるものではない。異例なので検事正の承認も必要になる。

ただし相手が御子柴なら話は別だった。一度負けた相手には苦手意識が生まれる。これから担当検事を叱咤《しった》していく立場の岬にとって、苦手な敵はあってはならない存在だ。

そして何よりあの敗北による汚点が忌々《いまいま》しかった。ふとした拍子に判決文読み上げの声が脳裏に甦《よみがえ》ることがあるが、その度に胃の辺りが重くなる。あの不快感を払拭《ふっしょく》するには、もう一度御子柴と対決して今度こそ勝利するしかない。

「急用以外は当分、誰も入って来ないように」

それにしても解《げ》せなかった。

いくら考えても御子柴がこの事件の弁護を引き受けた理由に皆目見当もつかない。

いったい御子柴は何を企んでいるのだろうか。

3

東京拘置所の待合室。電光掲示板に自分の番号が表示されると、御子柴は三号面会室に通された。

一般人であれば当然緊張するはずの面会室の風景はすっかり見慣れたものとなった。下手をすればホテルのラウンジにいるよりも落ち着けるかも知れない。

そしてアクリル板を面前にして御子柴は思う。

何度もこの場所に足を運んでいる自分には、時々、このアクリル板が存在しないように見えることがある。

一般人と罪びとを隔てているのはたかが数ミリの板でしかない。何と脆弱《ぜいじゃく》な境界線であることか。これは現実に罪びととそれ以外の人間にさほどの距離がないことの寓意《ぐうい》なのか。

やがてお目当ての人物が現れた。

「お待たせしました。津田亜季子です」

その第一印象はひたすら平凡な主婦というものだった。容姿は十人並み、背も低く声にも張りがない。実年齢は三十五歳のはずだが勾留生活のためか十歳は老けて見える。

「御子柴礼司です」

「あの。宝来先生の後任を引き受けていただいて有り難うございました。いきなり宝来先生から辞任を切り出された時はすごく驚いたんですけど、後は御子柴先生が引き継いでくれるからと……」

「弁護士にも慣れ不慣れの分野というものがある。彼に刑事事件の弁護は重荷だ」

「でも、あの……そういう先生って弁護料が高いって。ウチはそんなに裕福じゃ……」

「言い値で構わない」

御子柴は興味なさそうにそう言った。

「どうせわたしの正規料金はとてもあなたの家族に払える金額じゃない。だから言い値で構わない。もちろん無料奉仕という訳にはいかんが、それでも国選よりは遥かに納得できる弁護をしてみせる」

「どうして、ですか」

亜季子は訝しげだった。

「どうして、そんな条件であたしの弁護をしてくれるんですか」

「身勝手な女の夫殺し。世間ではちょっとした話題になっている。いつの世でもヒーローとヒールはお茶の間の人気者だ。そして大抵の場合、ヒールは報道時点で塀の中だからその代理人がスポットを浴びることになる。こちらから呼びもしないのにマイクやカメラが群がってくる」

「……売名?」

「明け透けに言えばそうなるな。しかし、それはあなたには関係のないことだ。あなたには優秀な弁護人が必要だし、わたしにはコストパフォーマンスの高い広告宣伝が必要。お互いに利害は一致している。それ以上に何を望む」

しばらく考えてから亜季子は浅く頷いた。そう来なくては。元よりこの女に選択の余地などない。

「ただし、こちらには一つだけ条件がある」

「何でしょうか……」

「刑事や検察官に嘘を言ってもいい。隠し立てしてもいい。自分に不利な証言をしないのも被告人の権利だ。だが、わたしにだけは真実を話して欲しい。洗いざらい、何もかもだ。それでなければあなたを弁護できない。拘置所を出るまではね津田さん、あなたの味方は世界中でわたししかいない。そこまで思ってもらわなきゃいけない。どうだ。それを守れるか」

問いかけると、亜季子はこれにも浅く頷いた。

「よし、これで自己紹介は終わりだ。早速、本題に入ろう。まず事実確認からしたい。今年の五月五日、あなたは夫である仲吾氏を殺害した。浴室の中、カッターナイフで後ろから首筋をメッタ突き。これは確かか」

亜季子は無言で頷く。もしや無実を主張するのではという、御子柴の予想は外れた。

「何故、殺した」

「あの男はロクデナシでした。会社をリストラされてから三年、再就職もせず自分の部屋に閉じ籠もって夫と父親の役目を放棄していました。そして、あたしはパート先の吉脇《よしわき》さんに惹かれていて……」

「仲吾氏が邪魔になった。夫と別れてその彼との結婚を夢見た」

「はい、そうです。だけど夫がそんなことを許してくれる訳がありません。夫はあたしが吉脇さんと付き合っていることを知ると、あたしのことを罵って散々殴りました。それでついカッとなって」

「つい、か」

御子柴はわざと言葉を切ってみた。ここで本人から反論を引き出すためだったが、亜季子はこちらの言葉を待つばかりで撤回させようとしない。

本人の言い分によれば衝動的な犯行ということになるが、検察側はまずここを突いた。衝動的ではなく計画的な犯行という主張だ。

「前もって凶器を用意してではなく、あくまでもその瞬間に殺意が湧いたというんだな」

「その通りです」

だが殺害現場が浴室であることが、亜季子には不利に働いた。被害者が完全に無防備になる浴室に、刃物を携えて侵入すること自体が既に計画的だと指摘されたのだ。いくら本人が衝動的な犯行だと言い募《つの》っても、合理性を欠いた話では法廷で勝てない。

しかも、犯行後の行動が裁判員の心証を悪くしている。亜季子は夫の死亡を確認すると納屋からブルーシートを引っ張り出し、死体をその上に置いた。

「死体をシートに置いたのは、どこかに移動させるつもりだったのか」

「はい……とにかく、このまま家の中に置いておくことはできないと思って……そうしたら途中でお義父《とう》さんがやって来て」

たまたま近所に住んでいた被害者の父親が訪問し、息子の死体と血塗《ちまみ》れになった亜季子を発見。警察に通報した、という次第だ。

「他に同居家族は？」

「娘が二人。長女の美雪《みゆき》と次女の倫子《りんこ》です」

「話を戻す。あなたは夫と別れて新しい生活を始めたいと思っていた。じゃあ二人の娘はどうするつもりだったんだ」

「可哀想だけど、あの家に残しておくつもりでした。連れ子なんかいたら吉脇さんは絶対、一緒になってくれないと思いましたから」

依頼人の目の前でなければ盛大に溜息を吐きたいところだ。嘘が吐けないと言えば聞こえはいいが、口にすることで周囲がどう反応するかを考えもしていない。これでは裁判員たちが心証を真っ黒にするのも当然だった。

「検察側の論告は全て認めるんだな」

「全てではありません。計画的じゃなかったんです」

それはあくまで主観の問題になってしまう。法廷で相手をするのは裁判官と裁判員、そして海千山千の犯罪者を相手にしてきた検察官であって精神科医ではない。主観を連々と並べたところで益々心証を悪くさせるばかりだ。

とにかく本人が殺人の事実を肯定しているのが最大の難点だ。これでは逆転も何もあったものではない。聞いた限りでは、判決を覆すのはほとんど不可能だ。

「殺人行為を認め、動機はとてもじゃないが斟酌《しんしゃく》できるものじゃない。その上で依頼人としては何を望む？」

「罪を軽くしてください」

俄《にわか》に口調が明瞭になった。

「一刻も早くここから出してください」

さすがに御子柴は少し呆《あき》れた。人一人殺したことを認めながら、それでも刑に服するのは嫌だと言う。傲慢であったり身勝手であった依頼人を山ほど見てきたが、これほどあっけらかんと我《わ》が儘《まま》を口にする人間は珍しかった。

「罪を償おうという気持ちはないのか」

「ありますけど、それより娘たちのことが心配です」

「はん？」

「十年以上も、あの子たちを放っておくことなんかできません」

「おい。さっきは娘二人を置き去りにするつもりと言ったじゃないか」

「それは夫が生きていることが前提の話です。いくらあんな男でも、働き手だったあたしがいなくなれば二人を育てなくてはいけませんから。でも夫が死んだ今、あの子たちをちゃんと育てられるのはあたし一人です」

言っていることが支離滅裂だ。論理が破綻《はたん》しているし、そもそも全てが自分を中心とした理屈だ。これでは被告席で大粒の涙を流しても、裁判員から欠片ほども同情されまい。

「それがどれだけ困難なことか、分かっているのか」

「分かっているから弁護をお願いしたんです。国選じゃなくて私選を」

御子柴は改めて亜季子を観察してみた。年齢からくる容色の衰えは隠しようもないが、それを差し引いても美人の部類には入れかねる。声質は野太く、手入れの行き届いていない爪先には垢《あか》が溜まり、甲を見ただけで手荒れのひどさが分かる。引っ詰め髪にはフケも浮いている。発言の身勝手さを悔いている様子もない。いや、元々身勝手だとは思っていないのだろう。ただ、その言葉がどこから見ても平凡な女の口から発せられていることに拭いがたい違和感を覚える。

身の程を弁《わきま》えない人間は少なくない。大した収入もないのにブランド物を買い漁《あさ》って自己破産に陥る女。ペーパードライバー並みの運転技術しか持たないのにフェラーリを欲しがって犯罪に手を染める男。白髪と腹しか目立たないのに美女との結婚を夢見る中年男。恐らくは鏡のない国から来たのだろう、有名スターと共演できると信じて芸能プロに入る女子中学生。集団詐欺事件の被害者集会はそういう人間たちの見本市だ。

だが、亜季子はそういう人種ではなさそうだった。どこがどうと訊かれると返答に困るが、愚かな人間たちを見てきた御子柴には彼女が単なる身の程知らずだとは思えなかった。身の程知らずは自分の本当の背丈を知らない。しかし亜季子は少なくとも己の実像だけは見えているように思える。

頭の隅に精神鑑定という単語が浮かぶ。昨今の無能な弁護士なら必ずやりたがるので最初から軽視していたが、こと今回に限っては有効な手段かも知れない。

「ひょっとしたら色々な検査を受けてもらうかも知れない」

探るように訊いてみたが、亜季子からの反応はない。ここは承諾の意を得たものと解釈しよう。

「また来る」

目的は減刑。手段は被告人に同情すべき事情を収集すること――。

一度方針を固めてしまえば後は行動するだけだ。御子柴は辞去の挨拶もそこそこに面会室を出た。

＊

従前に委任関係があったとしても、辞任した時点でその弁護士は完全な無関係者となる。従って岬検事が前任の弁護士と面会することに何ら問題はない。あるとすれば、岬自身がその弁護士を嫌っている点だけだった。

検察官と弁護士はその立場上、常に利害が対立している。ただ、それは法廷の中だけであって一歩外に出れば同じ法曹界の住人となる。岬が宝来を嫌うのは偏《ひとえ》にその人間性によるものだった。

受付で来意を告げると宝来はすぐに姿を現した。

「これはどうも。岬検事」

岬の顔を見るなり追従笑《ついしょう》いを浮かべてみせたが、如何にも空々しい。いくら社交辞令でも、もう少し演技力を要求したいところだが、これがこの男にすれば精一杯のサービスなのだろう。

「いやあ、先日の津田亜季子の公判では色々と担当検事にご迷惑をおかけしました」

「いや……」

「しかし、結局わたしなどの弁護は何の役にも立ちませんでしたからねえ」

何をしらばくれているのだと思う。公判中にこの男が行ったのは検察側の主張をほぼ認定した上で反論も疑義も示さず、ひたすら温情ある判決をと裁判員たちに訴えることだけだったではないか。そんなものは弁論でも何でもない。公判記録の上にも熱意のなさが露呈しているやっつけ仕事だった。

しばらくすると宝来は東京弁護士会の幹部たちについて批判めいた言説《げんせつ》を披露し始めた。これにも岬は面食らった。これもまたサービスのつもりで検察の敵方である弁護士会を悪しざまに言い、こちらの歓心を買おうとしているのだろうが、逆効果となっていることに全く気づいていない。

「実際、彼らは老害になりつつあるんですよね」

宝来はこちらの不快感も読み取らず、耳障りな声を聞かせ続ける。宝来が名前を挙げた幹部たちは岬も知っている面々だが、目の前の下種《げす》とは比べようもない人格者たちだった。何度か機関誌に寄稿された論文を目にしたことがあるが、立場こそ違え、人権と道徳、そして弁護士のありようについての考察は共感できる部分が多かった。

「ご高説は結構だが、そろそろ本題に入ってもよろしいですかな」

これ以上、空疎《くうそ》な自己アピールに付き合ってやる義務はない。岬は宝来の話を遮って用件を切り出した。

「本日お伺いしたのは先の津田亜季子の事件に関してです」

「え。あなたもですか」

「あなたも？」

「しかし、何故わざわざ東京地検の次席検事が？　一審判決の骨子《こっし》はご存じのはずなのに、今更わたしに何の質問があるんですか」

「何故、弁護人を辞任したのか。いや。何故、弁護人を御子柴弁護士と交代したのか。その事情をお訊きしたい」

　束の間、返事がなかった。宝来は値踏みをするような目でこちらを窺っている。

「それが事件に、いや、次席検事に何か関係ありますか」

　最前までとは打って変わり、頑《かたく》なさを含んだ口調だったが、逆に岬は興味をそそられた。

「宝来先生が彼を紹介したのかね。あなたの辞任通知と彼の選任届を見たが日付は同じだった。二人の間に何らかの疎通があり、かつ依頼人である津田亜季子の承認を事前に得ていなければそんなことはできない」

　だが実のところ、弁護人の指示に従わざるを得ない依頼人に選択の余地はない。弁護人を交代すると告げられれば黙って選任届に署名するしかない。従って話の眼目は、やはり宝来と御子柴の間でどんな交渉が為されたかによってくる。

「申し訳ありませんが、そこは守秘義務でして……」

「たかが辞任の理由が、かね」

「はい」

わずかに感情の揺れが聞き取れる。では、もう少し揺さぶりをかけてみるか。

「弁護士法における守秘義務の扱いは大きい。確か二十三条だったかな。しかし、その条文には法律に別段の定めがある場合は、この限りでないと但し書きがある。言い換えるなら、もしその辞任理由が他の事件に関連することであるなら守秘義務は免除されるということだ。検察官としては納得できない点については徹底的に調査する必要がある。今回のように控訴になった場合は特にだ」

言い放つと、途端に宝来の目が泳ぎ始めた。

守秘義務というのは、恐らく言い訳に過ぎない。大体、守秘義務を声高《こわだか》に叫ぶような弁護士が、あんないい加減な法廷闘争をするものか。

「そして人間というものは隠されていたことを自分で発見すると執着したがる癖がある。隠蔽《いんぺい》していた当事者に対して殊更《ことさら》嗜虐《しぎゃく》欲を抱くものだ。だが、事前に本人が全てを告白してしまえばそんなことはなくなる。いや、却って親近感を抱くようにもなる」

これは取り調べの際、容疑者に対して岬がよく使う誘い文句だった。だが、効果があるのは容疑者だけに限らない。現に目の前の弁護士は早くも供述しようとしている。

そして目論見《もくろみ》通り、宝来が落ちた。

「守秘義務に当たらない部分であれば協力できると思います」

「それは有り難いですな。それで？」

「辞任の理由はわたしや津田亜季子の側にはないのですよ。強《し》いて言えば御子柴先生の非常に強い要望ということです」

「彼からの強い希望？」

「ええ。実際、わたしも手に余るほどの案件を抱えているので話を持ちかけられた時は渡りに船という感じだったんですが、そうでなくともあれだけ熱心に口説かれたら、ついこちらの気持ちも動いてしまいます」

「御子柴弁護士はその理由を何と言っていたのかな」

「それはわたしにもはっきりと教えてくれませんでした。ひどく執着していたのは確かですが」

話しながら岬は相手の目の色を読む。いったん落ちたように見えたが、この男はまだ全てを打ち明けてはいないようだ。弁護能力はともかく、この嘘吐きの習性だけは弁護士向きだと岬は感心する。

「御子柴先生の申し出を受け、その旨を津田亜季子に伝えると承諾を得たので、直ちに手続きしたんです」

「津田亜季子の反応は？」

「最初にそれを告げた時は驚いた様子でしたが、御子柴先生の熱意を伝えるとすぐに納得しましたね」

この部分も眉唾《まゆつば》ものだと思った。自分の命運を握る弁護人が途中で交代しようというのだ。自身の希望でなければ、辞任の理由や後任弁護人の人となりが気になって当然のはずだ。それを即座に受け入れたのは宝来が強引に依頼人を説得したか、さもなければ依頼人自身が宝来の弁護能力に疑念を抱いていたかのどちらかになる。

「何故、御子柴弁護士が執着したのか、宝来先生はどう考えるのかね」

「さあ、わたしには何とも……依頼人の家族が資産家ではないことはちゃんと説明したんですが」

「では、宝来先生のところにはどういった経緯で依頼がきたのかな。まさか依頼人とは以前からの知り合いだとか」

「当たらずといえども遠からずですね。実は被害者の父親に多少の面識がありました」

「ほう。依頼人ではなく、その義父か」

「ええ。被害者の父親は津田要蔵《ようぞう》といいまして民生委員をしているんです。借金問題を抱えた住民が要蔵氏のところに相談を持ちかけ、要蔵氏がわたしの事務所を紹介するという形で問題を解決していました。だから今回の事件は、以前からのよしみということで」

「要蔵氏は最初、どういった経路で宝来先生を知ったのかね。それもどなたかの紹介かね」

「いえ。要蔵氏は事務所のホームページを見て連絡されてきましたね。その頃はまだわたしも直接……」

不意に宝来の言葉が途切れた。動揺が一瞬顔に浮かんだが、すぐに消し去る程度の余裕は残していたらしい。

だが、言いかけた言葉の続きは容易に想像がついた。事件の着手から金融業者との交渉まで全て事務員任せの債務整理。自らは椅子にふんぞり返って日がなゼニ勘定に明け暮れているうち、弁論能力も痩せ細っていったのだろう。まるで口下手な落語家のような話に苦笑しそうになるが、そこまで考えた時に御子柴の手口が見えた。

御子柴は非弁行為をネタに宝来を脅したのだ。あの悪辣《あくらつ》な御子柴なら如何にもやりそうなことだ。そして一方、宝来の方に弁護を続行するメリットはあまりない。宝来が何の躊躇もなく弁護人を辞任した理由もこれなら納得できる。

そう仮定すると最前の疑問が一層膨らむ。同業者を脅迫までして引き受けたこの事件で、御子柴が享受するメリットとはいったい何なのか。たとえば被害者の伸吾氏に資産その他がなくとも、父親が素封家《そほうか》である可能性はどうか。

「津田要蔵氏の前歴は？」

「小学校教諭だと聞いたことがあります」

これも当てが外れた。引退しても尚、財力と名声を保っていられるのは中央官庁の寄生虫くらいのものだ。

「御子柴先生はあくまでも個人的な興味があるとだけ言ってましたがねえ。確かに世間の注目を浴びた事件ですが、被告人は完全に悪役扱いでした。そんな依頼人の弁護をしたところで碌な宣伝にもならないと思うんですが」

事件が自分の手を離れているので口が滑らかになっているが、この男は報酬も宣伝効果もない弁護は着手する価値がないと断言している。ここまで腐っていればいっそ清々《すがすが》しささえ覚える。

そうなると却って御子柴の不気味さが一層際立ってくる。初回の対戦で、あの恐ろしく論理的な男がただの気紛れで弁護を引き受けるはずがないのは承知している。また、脛に傷を持つ身の輩たちから絶大な信用を得ている男が、今更新聞の社会面に名前が載る程度の宣伝効果を欲しているとも思えない。

「判決は求刑通りの懲役十六年。言ってみれば検察側の全面勝利だ。判決文に目を通したが、見逃した点も曲解した部分も皆無だった。それにも拘《かか》わらずあなたが量刑不当で控訴した本当の理由は何だったのかね」

「あくまで依頼人の希望ですよ。正直な話、わたし自身はお手上げだと思っていましたから」

「では引き継ぎの際、控訴審での法廷戦術を協議したということは」

「そんなものは一切ありません。御子柴先生からは早急に公判記録の一切を引き渡すよう注文されただけでした」

少し考えればそれも頷ける話だった。あの策士がこれからの戦術を、しかもこんな馬鹿に易々《やすやす》と開陳《かいちん》する訳がない。

疑問点を解消させるための訪問だが、却って疑心暗鬼が深まる結果となった。唯一確認できたのは、引き継ぎの際に御子柴の要求したものが公判記録のみだったという点だ。それはつまり、あの男の戦術に必要なものが公判記録の中に潜んでいる可能性を示唆している。

やはり公判記録をもう一度徹底的に検《あらた》める必要がある。与えられた武器が同じなら、その有用性に早く気づいた方がより優位に立てる。

「事情は分かった。ご協力、感謝する」

岬はひと言そう告げると、何か言いたげな宝来を尻目に事務所を出た。

＊

面会室から単独室に戻されると、亜季子は堪えていたトイレに駆け込んだ。三畳ほどの部屋の中、便器は奥に設《しつら》えてあるものの、排泄中の姿を隠す衝立《ついたて》は腰の高さまでしかない。ドアの窓からは丸見えでプライバシーなど欠片も存在しないが、三ヵ月もいるとそれもすっかり慣れてしまうのだから不思議だ。

最初に収監された時にはその狭小さに面食らったものだが、食事と就寝と排泄しか用途のない部屋はそれで必要充分な広さであることも分かってきた。遊び道具も、装飾も、思い出の品もなければ人の行住坐臥《ぎょうじゅうざが》など三畳の中に収まってしまうものらしい。

用を足してから先刻の御子柴とのやり取りを思い出す。弁護人の急な交代に一時は混乱したが、接見してみると前任の宝来よりも頼り甲斐のある弁護士だったので胸を撫で下ろした。

だが安堵したのも束の間だった。確かに刑事事件の弁護は手慣れた様子だったが、亜季子を見る目が不安を誘ったからだ。あれは困窮した依頼人を見る慈悲の目ではない。獲物を見定めた爬《は》虫類《ちゅうるい》の目だ。

あの弁護士は弁護料も言い値で構わないと言った。

亜季子は再び混乱した。

畳の上に座り、壁に背を預けて考えてみる。思えば逮捕され、ここに勾留されてからは何かにつけ考える癖がついた。外にいる時は家事とパート仕事に忙殺され、一日が終わると泥のように眠った。毎日がその繰り返しで、とても落ち着いて物事を考えるような暇はなかったが、この中は時間だけは無尽蔵《むじんぞう》にある。もちろん拘束はあるが、それにしたところで家事と勤めで拘束されていたことを思えば大差ない。

売名行為なのだとあの弁護士は嘯《うそぶ》いていた。確かに亜季子の事件はマスコミによって面白おかしく報道された。亜季子自身にマイクを向けられない以上、その代理人にスポットライトが当たるというのも理解できる。

だが、そのスポットライトはステージ上を照らすものではなく、路地裏の犯罪者を照らすものではないのか。亜季子の頼りない記憶力でも、アメリカの有名な裁判のことは未だ鮮明だった。全米を代表する元アメリカンフットボール選手による元妻殺し。世界的なポップ歌手の児童虐待事件。いずれも世間は有罪と見ていたが、財力にものを言わせて結成された優秀かつ高額の弁護団が無罪判決をもたらした。しかし、それでかの弁護団がヒーローのような扱いを受けたことはなく、結局は報酬目当ての弁護士と密かに蔑まれただけだった。今回、被告人となった自分に財力などはないが、置かれている立場は同様だ。もしも減刑を勝ち取ったところで、弁護人が称賛されることはないように思える。つまり、売名行為という理由に信憑性《しんぴょうせい》は感じられない。

では、あの弁護士はいったい何を狙っているのだろうか。

考えを巡らせてみるが結論らしきものは何も思いつかない。宝来は考えていることがそのまま顔に出るような単純な男だったが、御子柴はまるで逆で、どんなに顔色を窺っても感情の片鱗《へんりん》すら覗かせようとしない。

御子柴は、自分にだけは真実を語れと言った。冗談ではない。あんな得体の知れない人間に全てを打ち明けられるものか。どうせあの男が弁護できるのは事件の一部だけだ。全てを明るみにし、全てを弁護できる者などいるはずがない。

殺人罪に問われるのは構わなかった。しばらく獄中生活を強いられるのも致し方ない。しかし長居はしたくなかった。二人の娘が自分の帰りを一日千秋の思いで待っている。そのためには刑期を一日でも短くしなければ。

とにかく、自分が御子柴に全幅の信頼を置いているように見せかけることだ。減刑を勝ち取るために必要最低限の情報は開示してやろう。しかしそれ以上は隠し果せなければならない。隠していること自体も知られてはいけない。切れ過ぎるナイフは便利だが危険でもある。御子柴はちょうどそんな人間に見える。

あのテの人間はこちらが隙を見せたら最後、どこまでも執念深く追いかけてくる。執拗で計算高く、猫がネズミをいたぶるようにこちらが怯《おび》える様を愉しむ。

気づかれてはいけない。

怪しまれてもいけない。

拘置所を出るまでは、亜季子の味方は世界中で自分だけなのだと嘯いた。それはきっとその通りだろう。しかし味方だからこそ知り得る秘密がある。そう考えると、御子柴の言葉を字面《じづら》通り受け取るのは危険だ——。

亜季子の頭の中で警報が鳴り始めている。

拘置所の中で御子柴礼司が唯一の味方であることに異論はない。しかし同時に、唯一恐るべき敵でもある。

警戒しなくては。

警戒しなくては。

4

御子柴の事務所に公判記録が送達されたのは、亜季子と接見した翌日のことだった。タイミングとしては悪くない。宝来という男は、小悪党ながらビジネス上の約束は守るタチらしい。

「電話が掛かってきたら全部折り返しにしてくれ」

「来客はどうしますか」

「よほど珍しい客でもない限り、留守だと言ってやれ」

幸い、これ以降の出廷や来客の予定はない。御子柴は机の端に公判記録を積み上げた。

弁護方針は被告人に同情すべき事情を収集することと決めた。その方策の場合、まずは被告人本人から聴取するのが常道だが、今回は公判記録の洗い出しを先行させるつもりだった。

理由は被告人津田亜季子のキャラクターにある。故意か無意識かはまだ判別しかねるが、あの被告人の言動ではおよそ裁判員たちから同情を引くのは困難だった。本人の思いつくこと、口に出すことをそのまま弁護の材料とするには抵抗がある。それならば検察側の作成した調書から材料を発掘した方が有用性を見込める。

甲二号証
平成二十三年五月六日
東京都監察医務院で作成された死体検案書

様式第１０号

~~死亡証明書~~（死体検案書）

氏名	津田伸吾　[男]・女	生年月日	昭和46年7月4日
住所	東京都世田谷区太子堂○丁目○−○		
職業			
発病（発症）又は受傷の年月日	平成23年5月5日	初診年月日	年　月　日
入院年月日	年　月　日	退院年月日	年　月　日
死亡時期	平成23年5月5日		午前・[午後]　9時00分（推定）

死亡場所及び種別	死亡場所の種別	1 病院　2 診療所　3 老人保健施設　4 助産所　5 老人ホーム　[6] 自宅　7 その他
	死亡場所	浴室
	上記1から5までの施設の名称	

死亡の原因	I (ア) 直接死因	出血性ショック	発病（発症）又は受傷から死亡までの期間	短時間
	(イ) (ア)の原因	動脈切断		
	(ウ) (イ)の原因	頸部刺傷		
	(エ) (ウ)の原因			
	II 直接には死因に関係しないがI欄の傷病経過に影響を及ぼした傷病名等			
	手術	[1] 無　2 有（部位及び主要所見　　）	手術年月日	年　月　日
	解剖	1 無　[2] 有（主要所見 右頸部に三ヵ所の刺切創があり生活反応が認められる）		

死因の種類	1 病死又は自然死 外因死　不慮の外因死（2 交通事故　3 転倒・転落　4 溺《でき》水　5 煙、火災又は火焔による傷害　6 窒息　7 中毒　8 その他） その他又は不詳の外因死（9 自殺　10 他殺　[11] その他又は不詳の外因） 12 不詳の死

外因死の追加事項	傷害発生時期	平成23年5月5日　午前・[午後]　9時00分 1 従業中　[2] 従業中以外　3 不明
	傷害発生場所の種別	[1] 住居　2 工場又は建築現場　3 道路　4 その他（　　）
	傷害発生場所	東京都世田谷区太子堂○丁目○−○
	その原因及び状況	動脈切断による大量出血

死亡に直接関係のある既往症（年月日、傷病名、症状経過、医療機関）

今回の発病（発症）又は受傷から初診までの経過

初診時の主訴、所見及びその後の経過
治療内容
手術名　　手術日　年　月　日

前治療医又は紹介医	有無	医師名	医療機関名	所在地

病名を告げた時期　本人には（　年　月　日頃）に病名を（　　）と告げた。家族には（　年　月　日頃）に病名を（　　）と告げた。

その他（本人の特徴、体格、酒量、習癖、その他の事項）

~~死亡診断~~（死体検案）年月日　平成23年5月6日

上記のとおり証明する。
平成23年5月6日
病院又は診療所等の所在地　東京都文京区大塚4丁目○番○号
名称　東京都監察医務院
医師氏名　河原佳祐　（河原）

他殺が明らかであるにも拘わらず、執刀医師が死因の種類を〝11その他又は不詳の外因〟としているのは、死因の如何《いかん》によって保険金の問題が発生するため慎重になっているせいだろう。ここは解剖所見と一対の報告として捉える。

右頸部に三ヵ所の刺切創《しせっそう》とあるが、いずれも深い傷であり、そして致命傷だった。そしてためらい傷が見当たらない点も他殺説を裏付ける証左の一つになっている。

供述調書

本籍　福岡県福岡市南区大橋〇丁目〇〇

住居　東京都世田谷区太子堂〇丁目〇―〇

職業　主婦　会計事務所パート勤務　電話（〇三―三四一八―〇〇〇〇）

氏名　津田亜季子（つだ　あきこ）

昭和五十一年三月十日生（三十五歳）

上記の者に対する殺人事件について平成二十三年五月二十一日、警察署において、本職はあらかじめ被疑者に対し、自己の意思に反して供述をする必要がない旨を告げて取り調べたところ、任意次の通り供述した。

一　私は本年五月五日午後九時ごろ、自宅の浴室内において夫、津田伸吾が死亡したことで取り調べを受けているものです。私の家族関係については前回（平成二十三年五月二十日）お話しした通り間違いありません。本日は事件発生当時の状況についてお話しします。

二　夫の伸吾は以前コンピュータ・ソフトの開発を手掛ける会社で開発部長を務めていました。その頃は生活も安定していたのですが、今から三年前にリストラされてからはずっと無職のままでした。家族は私の他に長女美雪と次女倫子がおり、二人ともこれから教育費が必要になってくる年齢なので、私は何度も再就職を勧めましたが、伸吾は気位の高さが災いしてかなかなか次の就職先を決めようとしません。そのうちデイトレーダーというのでしょうか、自室に閉じ籠もって株式投資をするようになったのです。その資金には退職金の全てを注ぎ込んでいたので生活費にはほとんど回してもらえませんでした。最初のうちはいくらか儲けがあったらしく伸吾の機嫌も良かったのですが、その年の九月にリーマン・ショックが起こり、とんでもない含み損を抱えることになりました。八百万円近くあった退職金は四十万円ほどしか残りませんでした。

三　手元の資金がなくなっても伸吾はハローワークを訪ねることさえしませんでした。せめて雇用保険給付の手続きだけでも取って欲しいとお願いしたのですが、そんな真似はみっともないとまるで取り合ってくれません。仕方がないので、私は近所にある会計事務所でパートとして働き始めました。結婚前にも別の会計事務所に勤務していたことがあったので、仕事の内容はすぐに覚えることができました。その事務所には会計士の吉脇謙一《けんいち》さんもいました。こうして私はパート勤務のかたわら家事もこなすようになりましたが、伸吾の方は相変わらず部屋に閉じ籠もって株式投資を続けていました。続けると言っても新しい株を買う資金はありませんから、塩漬けになった手持ち株の売却時期を探していたようで、それ以外は日がな一日何かのネットに見入っているようでした。自分は頭脳労働者だから、身体を動かしたり汗を掻くような仕事には不向きなのだと言いました。でも部屋から出ると私から再就職のことを言われるので、自然と自室から出ないようになりました。ここ三年の間に伸吾が外出したことは二、三回ほどだったと思います。私はパート勤務ながら職を得ましたが、まだ住宅ローンも残っている状態なのにパート代だけで家計をやりくりするのは本当に大変でした。貯金もどんどん崩していく羽目になり、毎朝新聞の折り込みチラシを漁って一円でも安いスーパーで食材を買いました。そういう細々《こまごま》としたことも私を追い詰める材料になったのだと今は思います。

四　伸吾は食事と風呂の時だけ自室から出てくるような生活になっていました。口を開けば自分の株がこれから急反転してストップ高になるとか、そんなことばかり話すようになったので家族の誰も相手にしなくなったのです。すると伸吾は食事の時間も家族とはずらすようになりました。運動不足が祟《たた》ったのでしょうか、以前はすらりとした体型だったのに、この頃は下腹がせり出し、見苦しい肥満になっていました。一方私の方は、会計事務所の吉脇さんによくしていただき、何度かは一緒に食事をするようにもなりました。齢は主人と同い年ですが、会計士としての評判も高く前途有望な男性でした。ふとした素振りで私のことを憎からず想ってくれているのも知っていました。そして、いつしか私は伸吾と別れて吉脇さんと一緒になるのを想像するようになったのです。そういう日が何日も経ち、ある日一家の主としての立ち居振る舞いのことで口論になった時、私は不用意に同い年なのにあなたよりもっと素晴らしい人が身近にいると言ってしまいました。まだ吉脇さんとは深い関係ではありませんでしたが、それを聞いた伸吾はいきなり激昂《げきこう》し、私を殴る蹴るしました。俺が毎日苦しんでいるのに浮気をしていたのかと凄い剣幕でした。それでも私のパート勤めを禁じなかったのは、私の収入がなければ自分も三度三度の食事にありつけないことを承知していたからです。その一件から私はますます伸吾を疎《うと》んじるようになりました。
五　五月五日、いつもと同じように伸吾は夕食を食べにリビングに来ました。もう九時近くで二人の娘はそれぞれ自分の部屋におりました。その日の夕飯は私の仕事が押していたこともあり、帰りがけに買った冷凍食品でした。伸吾はまずそれに文句を言いました。遅くまで待たせておきながら冷凍食品で誤魔化《ごまか》すなと言うのです。これには私も腹を立てました。私は一日中働いてへとへとになってその上家事までしているのに、いい歳をしたニートにそんなことを言われる筋合いはありません。私もきっと疲れて気が立っていたのでしょう。すぐ言い争いになり、伸吾は食卓の皿を投げ、私の顔を強く殴りました。力ではとても敵いませんので、喧嘩はそれで終わりましたが、私は伸吾が憎くて憎くて堪《たま》らなくなりました。この男さえいなければ私は苦労しなくて済むのに、この男さえいなければ私は吉脇さんと暮らせるのにと思うと憎しみが募り、終いにはもう殺すしかないと思いました。伸吾は夕飯の後、すぐ風呂に行きました。私はその後を追いました。カッターナイフを手にしていたようですが、その時には自分でも気が付きませんでした。きっと納戸の工具箱にあった物を無意識に掴んだのだと思います。浴室に行くと中では伸吾が鼻歌を歌っていて、それにも腹が立ちました。私が仲直りのしるしに背中を流してやろうかと切り出すと、伸吾は何の疑いもなく浴室に私を招き入れました。後ろを向くように言うと、伸吾は無防備に背中を向けて座りました。そこで私はカッターナイフで伸吾の首を刺しました。刃が鋭かったせいか、簡単に刺さったので三回くらい刺しました。血がまるで噴水のように飛びました。私も服を脱いでいたので、返り血を沢山浴びましたがシャワーで簡単に洗い落とすことができました。

六　伸吾を殺してしまってから慌てました。殺人で捕まってしまえば吉脇さんと暮らすこともできなくなってしまいます。とにかく目の前の死体を処分しなくてはいけないと思いました。念のために娘たちの様子を窺いに部屋に行くと、二人とも熟睡している様子だったので、今夜中に何とかしなくてはと考えました。考えついたのは、死体をそのままどこかに捨ててしまうことです。死体の傷口から出血は止まっていましたが、もしまた流出したら犯行が分かってしまうと思いました。それで納屋から以前アウトドア用に購入していたブルーシートを引っ張り出して脱衣所に敷くと、伸吾の死体をその上に置き、返り血で汚れた浴室を洗い出しました。血は天井近くまで飛んでいたので掃除には手間がかかりました。

七　掃除をしている最中に、近くに住む義父が家を訪ねて来たのですが、私は浴室を洗浄するシャワーの音で全く気がつきませんでした。脱衣所にいきなり人の気配がしたかと思うと、浴室のドアを開けて義父が入って来ました。開いたドアの隙間から伸吾の死体が目に入りました。それで私は、もう全てが露見したことを知ったのです。義父は真っ青な顔で私と伸吾の死体を代わる代わる見ていましたが、私に伸吾を殺害したことを確認するとすぐに警察へ通報しました。警察の人が到着するまで、私はリビングにずっと座っていました。

八　私は確かに伸吾を殺害しました。しかしそれは今申し上げた通り、伸吾に殴られてカッとなってしたことで計画して実行したことでは決してありません。私と同じ立場に立たされたら、女性なら皆同じ行動を取ると思います。こんなことを言うと酷い言い草になるかも知れませんが、殺された原因は全て伸吾の側にありました。もちろん殺してしまったことを後悔し、伸吾に済まないという気持ちもありますが、被害者ということでは私も同じ立場だと思うのです。

津田亜季子（署名）拇印

以上の通り録取し読み聞かせたうえで閲覧させたところ誤りのないことを申し立て署名指印した。

世田谷警察署

司法警察員

警部補　神山康夫　押印

一読して印象に残るのは、やはり亜季子の身勝手さだった。被害者である夫の悪辣さが供述されているものの、愛情の欠落と妄想じみた未来への傾倒ぶりが際立っているために亜季子に対する同情心が起きにくい。仮にこの供述書を新聞の社会面にでも掲載すれば、世の大方の主婦からは共感よりは反感を買うのではないか。

うだつの上がらない亭主を持つ女は星の数ほどいる。夫婦喧嘩の最中、手を上げられた妻も同様だろう。そして新聞チラシを漁って少しでも食費を節約しようとするのは、大抵の主婦が実践していることだ。今ここではないどこかに逃げ出したいと願う人間となると、ほとんどがそうではないか。

だが、それでも皆は耐えている。不平不満をこぼしながら、苦い溜息を吐きながら昨日と同じ今日を生きている。そうした人間から見れば津田亜季子という女はどうしても短絡的に映るだろう。

そしてこれが検察側の狡猾《こうかつ》さなのか作成した神山警部補の思惑なのかは判然としないが、亜季子が自身の不遇を訴えている内容にも拘わらず、読んだ者が亜季子に少なからぬ違和感を抱くような構成になっている。自己弁護の言葉を最終章に持ってきたのはその一例だ。事実を冷徹に開示しているようだが、亜季子の言葉を配置換えし、同情すべき事情を最小限に抑えることで印象を悪くさせている。

もう一つ、無視できない要因がある。

亜季子の容姿だ。

十人並み、あるいはそれ以下の容貌で見た目にも生活に疲れた女――。

そういう被告人に対して世間の目は残酷なほど厳しい。同じ罪を見映えの良い悪女が犯すよりも懲罰意識が働く。しかもその傾向は男性よりも女性に顕著だ。一審での裁判員構成は男性二女性四だったが、その割合が亜季子に不利に働いた可能性は否定できない。

しかし、いずれにしろ犯行を全面的に自供している内容だ。その意味では弁護人のつけ入る隙はない。実際、凶器となったカッターナイフは浴室の隅に放置されているのが発見されたが、そこからは亜季子の指紋しか検出されなかった。しかも捜査員が現場に駆けつけ亜季子の身柄を確保した際、その顔に暴行等の痕跡はなかったと証言している。つまり供述内容に反し、亜季子は被害者からの暴力がきっかけで犯行に及んだ訳ではないとしているのだ。
御子柴は供述調書の二枚目に手を伸ばす。それは死体発見者でもある被害者実父のものだった。

供述調書
住居　東京都世田谷区太子堂〇丁目〇―〇
職業　民生委員
氏名　津田要蔵（つだ　ようぞう）
昭和十六年三月二十五日生（七十歳）
上記の者は、平成二十三年五月二十二日、世田谷署において、本職に対し任意次の通り供述した。
一　私は太子堂区内で民生委員を務めています。以前は小学校の教諭をしていましたが退職し、民生委員は五年前からの仕事です。妻はとうに亡くなり肉親は伸吾と隆弘《たかひろ》の息子たちだけですが、二人とも曲がりなりにも所帯を構えました。今は次男の家族と同居していて、まあ気楽な生活をさせてもらっています。伸吾の家はあれが買ったものです。以前の勤めでは大層羽振りがよく、三十かそこらでローンが組めましたからね。ちょうど近所に格安の物件があり、〈スープの冷めない距離〉とか何とか伸吾も言うので少々頭金を融通してやりました。しかし、伸吾は何というか目端が利くというより時流に流されやすい人間だとかねがね思っていました。伸吾の会社が左前になり、伸吾自身が放り出された後も碌な就職活動をしないのを見て、それは確信になりました。一家の主が働かなくなると生活は激変するし、その様は外側からでも分かるものです。傍で見ていても家族が不憫《ふびん》で、お節介だとは思いながらちょこちょこ様子を見に行ったものです。特に不憫だったのは二人の孫娘です。亜季子さんが勤めに出た後、家の中に父親がいるというのに碌に話もしない。夫婦間がぎすぎすしているのは年端もいかない子供でも分かる。本来安らぎの場所であるはずの家が緊張と憎しみの場所になってしまっている。しかしそんな中でも、亜季子さんという人は私から見ればずいぶん出来た嫁でした。部屋に籠もりきりになった息子の分まで働き、その上母親業までちゃんとこなしておりましたから。伸吾には過ぎた嫁だと思っていました。

二　五月五日は伸吾の家の隣宅から連絡をいただいたのです。斉藤さんというお宅なのですが、もしも派手な喧嘩や異変があったら私に知らせてくれるよう、予《かね》てお願いしていたのです。喧嘩の仲裁が目的ですが、甚《はなは》だしい場合には一晩孫たちを預かることも考えていました。家に着いてチャイムを鳴らしましたが誰も出て来ません。中から明かりは洩れているし鍵も開いていたので、私は玄関に入りました。伸吾と亜季子さんを呼びながら廊下を歩いていると脱衣所のドアがこちら側に開いており、私はそこで伸吾の死体を発見したのです。ブルーシートの上で伸吾は全裸のままでした。あまりのことに声も出ません。その向こう側にある浴室からはシャワーの音が聞こえていました。強盗の可能性を一瞬疑いましたが、手が反射的にドアを押し開けていました。そこには壁に付着した血液を黙々と洗い流す亜季子さんがいました。亜季子さんは私を見ると大層驚いた様子でしたが、すぐに何もかも諦めたように肩を落とすと、警察を呼んでくれと言いました。

三　浴室の惨状を目の当たりにした時、私は恐れていたことが最悪の形で起こったのだと思いました。恐らく原因は伸吾の方にあったのでしょうが、それにしても殺すことはない。裸の伸吾がひどく哀れでしたが、テレビの刑事ドラマを見て警察が到着するまでは現場に一切手を触れてはいけないと知っていたので、亜季子さんを落ち着かせて二人で警察の到着を待っていました。

四　以上只今警察官に死体発見当時の状況を話しましたが内容に間違いはありません。また今後何かありましたら協力します。

津田要蔵（署名）拇印

以上の通り録取し読み聞かせたうえで閲覧させたところ誤りのないことを申し立て署名指印した。

世田谷警察署
司法警察員
巡査部長　高木勝也　押印

御子柴は公判の記録を遡《さかのぼ》ってみる。思った通りだった。前任の宝来が津田要蔵の証人申請をした記録はどこにも見当たらない。恐らくは罪状認否だけで終結すると判断し、減刑に対しての準備をお座なりにしたせいだろう。勿体《もったい》ないことをしたものだ。被告人に同情的な証人がここに存在するというのに活用しようとしていない。

もっとも活用しようとしても、弁護人が宝来では心許《こころもと》ないのもまた確かだった。男性二女性四で構成されている裁判員を如何にして籠絡《ろうらく》するか。演出効果も併せ、黒を白に引っ繰り返すようなレトリックがあの軽薄な口から出てくるとは想像し難《がた》い。

一度、この要蔵氏には会うべきだ——必要事項として記憶の抽斗に放り込むと、御子柴は三番目の供述調書に手を伸ばした。

供述調書

住居　東京都世田谷区赤堤○丁目○—○グランドメゾン一二二五号

職業　公認会計士

氏名　吉脇謙一（よしわき　けんいち）

昭和四十六年七月十日生（三十九歳）

上記の者は、平成二十三年五月二十二日、世田谷署において、本職に対し任意次の通り供述した。

一　私は平成十八年四月から緑川会計事務所で公認会計士として働いており、津田亜季子さんとは同僚です。今日は津田さんとの間柄について申し上げます。

二　会計事務所は会計や税務に関する仕事で、私のような公認会計士や税理士が勤めているので非常に専門知識を要する職場のように思われるでしょうが、実は専門知識を要しない雑務も多いのです。財務に関する仕事と言っても企業財務の専門家は少ないため、いきおい財務会計に基づいた財務諸表の作成や税務書類の作成、時には顧客の会計帳簿の記帳代行までこなしています。

税務書類の作成にしても、作成の前段階である領収書の分類などは基礎さえ分かっていれば誰にでもできる仕事なのです。津田さんは二年ほど前からパート事務として入られましたが、彼女に割り振られた仕事の大半はそういった雑用でした。津田さんは結婚される以前に別の会計事務所に勤めていて、その程度の仕事なら少しアドバイスするだけでよかったのです。

三　緑川会計事務所には緑川所長を含め三人の会計士が在籍していますが、税務書類の作成は主に私の仕事でした。雑務の多い仕事なので自然と津田さんとチームを組むことが多くなりました。確定申告が迫ってくると案件が一挙に増え、仕事が深夜に及ぶこともあります。パート契約であっても津田さんの業務が午後六時を超える日もあり、日頃の労《ねぎら》を労う意味で何度か食事を奢《おご》ったこともあります。しかしそれはあくまで仕事仲間としての付き合いであって、私が津田さんに特別な好意を抱いていた訳ではありません。第一、私には半同棲している恋人があり、近々籍を入れる予定です。そんな時期に何の気もないただの同僚と二股かけるなんて馬鹿げています。

四　実際、刑事さんから話を伺った時には戸惑ったくらいです。私が津田さんに対して好意を持っているような素振りをしたことは一度もありませんし、逆に彼女がそうした素振りを見せたことも記憶にないのです。はっきり言ってしまえば彼女の印象も〈働き者のお母さん〉でしかなく、恋愛対象として見ること自体有り得ません。仮に津田さんが私をそんな風に捉えていたのだとしたら完全な勘違いです。

五　私と津田亜季子さんとの間柄は以上述べた通りで間違いありません。また今後何かありましたら協力します。

吉脇謙一（署名）拇印

以上の通り録取し読み聞かせたうえで閲覧させたところ誤りのないことを申し立て署名指印した。

世田谷警察署

司法警察員

巡査部長　黒田杜夫《もりお》　押印

御子柴はふんと鼻を鳴らす。最後の供述調書は本来不要なものだ。検察にすれば被告人の動機と方法だけを明示すれば事足りる事案であり、無関係者である吉脇謙一の被告人に対する印象を供述させたところで量刑に変動が生じるものではない。

しかし、この供述調書は亜季子の心証を悪化させることに寄与している。被告人の自分本位な理屈を聞かされた上で、動機の一部が勝手な思い込みに過ぎなかった事実を知らされ、裁判員はより被害者への同情心を募らせるという寸法だ。

検察側の戦術は見事に功を奏した。被害者への悪感情よりも被告人への非難が先行し、しかも弁護人がその抑制に全く留意しなかったため、裁判官と裁判員たちは検察側の主張を全面的に認める結果となった。

東京地方裁判所　平成二十三年（わ）第一八二五二号
判決
東京都世田谷区太子堂〇丁目〇―〇
被告人　　　　　津田亜季子
同代理人弁護士　　宝来兼人
主文
被告人を懲役十六年に処する。
未決勾留日数中七十日をその刑に算入する。

犯罪事実
第一　本件は、失職してから著しく勤労意欲を失った夫である津田伸吾（当時三十九歳。以下「被害者」という。）との関係を悪化させ、口論の末に被害者を刺して死に至らしめたという殺人の事案である。
第二　被告人の本件犯行動機の形成過程について、弁護人は、被告人は不仲となっていた被害者との家庭生活から逃れたい一心で行ったものである旨主張し、被告人も公判廷において、被害者に代わって一家を支え、日毎《ひごと》の労働に疲弊し、衝動的に本件犯行に及んだのであって、原因は被害者の自堕落な生活態度に起因した旨供述する。
しかしながら、被告人は既述した動機以外にも勤務先同僚との結婚を願望していた事実を述べている。被告人は直前に被害者から暴力を加えられたことが犯行のきっかけと供述しているが、犯行直後に臨場した捜査員の証言によれば被告人に加虐された痕跡は認められず、被告人の証言には根拠がないことを照らし合わせると、本件犯行の動機は被告人にとって煩わしい存在になっていた被害者との生活から逃れ、自らが勝手に思い描いていた同僚との新生活を実現させることにあったと言わざるを得ない。

そうすると、本件犯行の動機は甚だしく自己中心的かつ短絡的であって、同情の余地はないというべきである。

第三　本件犯行の態様は、判示のとおり入浴中であった被害者を「背中を流してやるから」と安心させ、完全に無防備となった被害者の背後から隠し持っていたカッターナイフで首を三度も深く刺し貫き、失血死させた上、ブルーシートを用意して死体を遺棄しようと試みたという、冷徹で計画的なものである。被害者は口論による仲違《なかたが》いが解消したと信じ、安穏とした状態の中でいきなり刺傷されたのであって、その無念さと憤りは察するに余りある。

（中略）

第五　被告人は死体を遺棄するためにブルーシートを用意し、かつ犯行の痕跡を消除するために現場に残された血痕等を洗い流している最中、偶々《たまたま》訪れた義父によって行為が発覚したものである。義父の訪問がなければ、そのまま死体を遺棄していたことは反論を待たず、自己の罪責をあくまで逃れようとする態度は甚だ悪質であると言わざるを得ない。

証拠

（省略）

事実認定の補足説明

第一　被告人及び弁護人の主張
公判廷において被告人はその殺害行為を認め、その犯行態様についても争わなかったので争点はない。
第二　被告人は事件の原因について被害者が労働を放棄し無為に生活してきたことを挙げる。しかし被害者が勤労意欲を喪失していた事実は推察できるものの、それが被害者を死に至らしめなければならないほどの積極的な理由にはなり得ない。近隣には被害者の父と弟が居住しており、家族内で協議の場を設けて解決に当たる手段も残されていたはずである。そうした地道な努力を放棄して本件犯行に及んだのも、やはり短絡的と言わざるを得ない。被告人は求刑に対し量刑不当を主張するが、以上の理由で積極的な根拠とはいえない。
第三　殺意の形成過程及びその具体的内容について先述するとおり、被害者の暴力によって被告人が衝動的な行為に至ったとの主張は、その根拠が薄弱である。たとえば凶器として使用されたカッターナイフは口論の現場とされるリビングルームにあった物ではなく、廊下脇の納戸に仕舞われていた工具箱に収められていた物である。被告人は被害者が浴室に入ったことを確認した上でわざわざ凶器を取りに納戸に向かい、甘言《かんげん》をもって被害者を油断させ背後から隙を突いて刺殺したものであるから、衝動的な殺意とは言い難く、逆に明確な殺意の下、計画的に殺人を実行したことを窺わせる。結局弁護人の主張するいずれの事情も被告人の身勝手さを否定する理由にはならず、上記認定したとおりの殺意が優に認められる。
量刑について
第一　検察官は被告人に対して懲役刑を求刑しているところ、上記の事情によれば被告人の責任は極めて重大であって、被告人が殺人の罪責を負うことは明らかである。また、求刑された量刑を減じる要因はこれを認められない。

よって刑法一九九条を適用して、主文のとおり判決する。

平成二十三年十一月十六日
東京地方裁判所刑事第三部
裁判長裁判官　大塚俊彦
裁判官　角崎《かどさき》　元《げん》
裁判官　岡本紀子

書類を閉じると、御子柴は眉間に皺を寄せたまま天井を睨んだ。

判決文が比較的簡潔に纏まっているのは弁護人の反論が少なく、争点がほとんどないためだ。だが法廷の趨勢《すうせい》は争点をどう闘うかで決する。言い換えると争点がなければ闘いようがない。従って、この判決を覆すにはまず争点を発見するところから始めなければならない。

さてどうするか——椅子に深く沈んで黙考に入った途端、禁じていたはずのドアが開いた。

「おい。誰も入れるなと」

入って来た人物を見て、思わず言葉を失った。

そこに立っていたのは身の丈一メートルほどの女の子だった。法律の専門書とファイルが並び、敢えて無機質に統一したオフィスの中でこれほど違和感のある存在はない。御子柴は怪訝《けげん》そうに少女を凝視した。少女もきょとんとした顔でこちらを見ている。

誰何《すいか》しようとしたが、どうした訳かすぐに言葉が出てこない。少し考えて理由が分かった。御子柴にはこの年頃の子供と会話した経験がほとんどなかった。

やっと「どこから来たんだ」と問うと、少女はドアを指差した。

「違う。そうじゃない」

詰問口調を後悔した瞬間、洋子が慌ててやって来た。

「ああ、やっぱりここに！　すみません、電話を受けている最中に姿が見えなくなって」

「誰も通すなと言ったはずだが」

「でも、珍しいお客さん以外じゃなかったんですか」

おや、と思う。珍しく洋子が反論気味に言葉を返したからだ。だが洋子は御子柴の反応などまるで無視して、少女の目線まで腰を落とす。

「お嬢ちゃん、迷子になっちゃったのかな」

少女はふるふると首を振る。

「お名前とお歳は？」

「つだ、りんこ。六歳」

「津田倫子だと？」

名前に聞き覚えがあった。依頼人津田亜季子の次女だ。年齢も合っている。

「誰と来たの」

「一人で」

倫子は一枚の紙片を差し出した。見れば、それは御子柴の名刺だった。

「色んな人に訊いて、来たの」

名刺の右下には御子柴法律事務所の住所が記載されている。それを辿ってここに行き着いたという意味だ。亜季子の親族にはまだ会っていないから、おそらくこれは亜季子本人に渡した名刺が宅下げになったのだろう。御子柴は少し考えて驚いた。津田の家がある太子堂の最寄り駅は三軒茶屋で、虎ノ門の事務所まで地下鉄で来るとしても二回乗り換えなくてはならない。

洋子も同じことに思い至ったのか感心することしきりだった。

「偉いなあーっ、倫子ちゃんたら。よく来れたねー。でもどうして一人で？」

「誰も連れてきてくれなかったもん」

倫子は小さな唇を尖らせる。

「御子柴センセイ、よね」

「……そうだ」

「ママを、助けてくれる人よね？」

「そうだ」

「りんこ、お手伝いしたい」

「要らん」

御子柴は言下に断った。

「何て言い方するんですか、こんな小さな子に向かって」

「小さくても大きくても要らん。事務員は一人で充分だ。いますぐ家に帰せ」

「もう六時を過ぎてます」

洋子の口調は殊更事務的な響きだった。

「今からまた一人で帰すつもりですか。危険です」

「いったい、どういう了見だ」

御子柴はいったん立ち上がったものの、洋子に倣《なら》って倫子の目線まで腰を落とした。

「遊びじゃないんだ。大人の仕事にガキがしゃしゃり出るな」

「子供の目線で脅してどうするんですか」

「脅してるんじゃない。諭《さと》してるんだ」

「こんな小さな子に諭すこと自体が脅しです」

「あのね」

場違いな声に、御子柴と洋子は思わずそちらを振り返る。倫子は二人の反応などお構いなしだった。

「おじいちゃんに訊いたら、弁護士さんってママがすることをみんな代わりにしてくれるんだって。……違うの？」

御子柴は笑い飛ばそうとしたが、ふいに考え込んだ。代理人としての弁護士という一面だけ取り上げれば、確かにそういう解釈も成り立つ。そして癪なことに、そういう解釈の仕方は御子柴が今までに度々採用してきたことだった。

「だから、御子柴センセイはママの代わりしてくれるんでしょ？」

第二章　訴追人の懐疑

1

「……ママの、代わりだと？」

思わず鸚鵡《おうむ》返しのように呟くと、倫子は得意そうに頷いた。

「いいか。お前のおじいちゃんが言うのは法律上の行為のことだ。食事の世話とか付き添いとか、そういう日常行為の話じゃない」

「むつかしいこと、りんこ分かんない」

「ふざけるな。子供に付き合っている暇なんかない。本気で怒らないうちに今すぐ帰れ」

御子柴が突き放すと、洋子がすぐにつなぎ止める。

「もう、とっくに怒ってるじゃないですか。せめて保護者の方に連絡しましょう」

「保護者って？」

倫子は不思議そうに尋ねる。

「倫子ちゃんのお父さんとお母さ……」

洋子の言葉がそこで途切れる。倫子の父親は殺害され、母親はその容疑者として拘置所に収監されている。

「……そう。おじいちゃんのこと」

「おじいちゃんなら今日いないよ。町内会の集まりで」

「家に誰もいないの？」

「お姉ちゃんいるけど、具合悪くてずっと寝てる」

長女の美雪のことだろう。病気で臥《ふ》せっているというのは初耳だった。

「お姉ちゃんはおじいちゃんの家にいないの？」

「うん。お姉ちゃん、おじいちゃんが嫌いだから」

「先生。これは家まで送らないといけませんね」洋子はまるで責任を転嫁するように言う。「このまま帰して、もし不慮《ふりょ》の事故が起きた場合、先生の保護責任が追及されかねません」

御子柴が保護責任を問われるのは有り得ない話なのだが、社会通念上責め立てられるのはその通りだろう。それでなくても風当たりは強いのだから、徒《いたずら》に攻撃される材料を増やすのは得策ではない。

「仕方ない。この子を家まで送ってくれ」

「あの……すみません。わたし約束があって。世田谷とは全然逆方向で」

洋子はさも申し訳なさそうに言うが、言葉の端に面白がっている響きを聞き取ったのは御子柴の気のせいか。

「倫子ちゃん。ここに来ることはお姉ちゃんに伝えたの？」

「うん。おじいちゃんにも言っておいた」

それを聞いて少しだけ感心した。この齢の子にしては用意周到だ。家に残る姉と祖父に行先を告げ、しかもそれが弁護士事務所であれば不安感は少ない。

しかし、それにしても六歳の女児を一人で知らない場所に行かせる祖父とはいったいどんな神経をしているのか。

「言っておくが、わたしは裁判の下調べがあるから自宅に送ってやるような時間はない」

「りんこ、ここに泊まってもいいよ」

その途端、用意周到という評価は撤回した。

「馬鹿なことを言うな。ここまで一人で来られたのなら一人で帰れるだろう！」

つい語気が荒くなった。

しまったと思った時にはもう遅かった。倫子の両目には見る見るうちに涙が溢《あふ》れてきた。

「あーっ。倫子ちゃん、泣かない泣かない」

洋子がすんでのところで抱き締めると、倫子は顔を押しつけてぐすぐすと鼻を鳴らした。

「こんな小さな女の子に怒鳴るなんて！　いったいどういうつもりですか」

母性本能を刺激されたのか、洋子はいつになく強気に責め立ててくる。

どうして女という生き物は子供が絡んでくると、こうも人が変わるのか。

手出しも口出しもできないまま見ていると、洋子は倫子の頭を撫ぜながら「おじいちゃんのケータイ番号、知ってる？」と訊いた。

倫子はまだ鼻を鳴らしながら、ポケットから小さな財布を取り出す。中から引っ張り出したのは一枚の紙片だった。

「これ、おじいちゃんのケータイ番号」

「へえ。ちゃあんと連絡先、お財布の中に入れてるんだ。お利口だねー」

本当に利口だったらこんなところに一人で来るものか、と思ったが口にはしなかった。

洋子は紙片を受け取ると、すぐに事務所の固定電話に手を伸ばした。

「もしもし。津田要蔵さんでいらっしゃいますか？　はじめまして。わたくし、御子柴法律事務所の日下部と申します。実はそちらの倫子ちゃんが今、事務所を訪ねて来られて……はい……いいえ、そんなことはありません。倫子ちゃん、とってもいい子で」

話すうち洋子の口調がだんだん保護者のそれに変化していく様は、聞いていてどうにも奇妙だった。

「ええ、当方は構いませんけど……承知しました。では」

待て、と制止する間もなく通話が切られた。

「先生、すみません。津田要蔵さんは帰宅が深夜になるらしくて。先生、残業の後に送っていただけませんか」

「そんな相談を事後承諾できると思うか」

「相談ではなくて不測の事態への対応です」

「何が不測の事態だ。こういうのは災難というんだ」

「災難なら被害は最小限に食い止めるべきです」

今回に限って洋子は全く折れようとしない。日頃の権柄《けんぺい》ずくに対しての意趣返しなら、別の機会にして欲しいものだと思った。

「今日中には終わらん」

「それなら事務所に泊めるのはどうですか。応接室のソファはベッド代わりになります」

「マンションに帰るなと言うのか」

「じゃあ、マンションにお連れになります？」

一瞬、その光景を想像して怖気《おぞけ》をふるった。

「……明日は早めに出勤してくれ」

洋子は満足そうに頷くと、倫子に目配せした。

どうして女という生き物は、こういう局面ですぐに団結するのか。

洋子が帰った後、倫子に毛布一枚を持たせて応接室へ放り込んだ。空調が効いているから凍えることはあるまい。とにかく自分の視界から遮断《しゃだん》して書類仕事に専念したかった。

被告人津田亜季子に斟酌できる事情を公判記録の中から探し出す作業は困難を極めた。先任の宝来が情状酌量に対しても積極的な抗弁を行わなかったために、こちら側の提出書類から好材料は見当たらない。対する検察側の提出書類は言わずもがなで、一読すれば毒婦の印象しか浮かばない。

従来、日本の裁判は良きにつけ悪しきにつけ書面主義偏重の傾向があった。特に二審以上になれば下級審の判断が適法かどうかという点に着目されるため、当事者に対する心証はほとんど勘案されなくなる。

では裁判員制度が導入されてからその傾向が改善されたかと言えば答えは否だ。被告人が既に自白している事案については従来通り書面を活用した審理が為される。逆に世論との乖離《かいり》を解消するという旗印の下に施行された裁判員制度は、世論に誘導されやすいという一面を持つ。新聞報道で悪辣な犯罪者という印象を植え付けられたら、理性よりも感情が判決を左右してしまうことも有り得る。

そして御子柴自身はこの国の人間をそれほど理性的だとは思っていない。それがいいか悪いかではなく資質の問題であり、熱しやすく冷めやすい国民性は論理性が支配する近代裁判よりはリンチの方が向いている。殊に今回のような事件は尚更《なおさら》だ。つまり一審で裁判員の心証を悪くしたまま書面重視の二審に移行すると、まず判決が引っ繰り返ることはない。

つまり今回の事案で一審の判決から減刑させるためには、よほど同情できる事情か、さもなければ一審の判決が見逃していた量刑に関する新事実を発掘する必要がある。

さて、どうするか――。

公判記録を前に考え込んでいると応接室の扉が開き、倫子が顔を覗かせた。

「何だ」

「お腹空《す》いた」

「我慢しろ」

「だってお夕飯、食べてないもん。無理」

最前のやり取りで、御子柴の交渉術では歯が立たないことが既に立証されている。いや、それ以前に子供に合わせた物言いなど想像もつかない。

「給湯室に買い置きのカップ麺がある。適当に食え」

適当に応えたつもりだったが、倫子は御子柴が指差す方向にてくてく歩いて行く。どうせすぐに、カップ麺の在処《ありか》が分からないだのガスの点け方が分からないだのと泣き喚《わめ》くものと思っていたが、給湯室からは大きな物音など一切聞こえない。

そのまま放置して書類読みに没頭していると、給湯室から倫子が盆を抱えて戻って来た。見れば盆の上には二人分のカップ麺が湯気を立てている。

「はい、センセイの分」と、倫子はそのうちの一個をデスクの端に置く。

「自分で作ったのか」

御子柴は思わず当然のことを訊いた。

「カップ麺の場所もガスの点け方も簡単だったよ。あのお姉ちゃん、きちんと整理してるんだね」

「こういうの慣れているのか」

「今はお姉ちゃんと二人きりの時が多いから。ご飯の支度は交代制」

どうやらしっかりしているのは口だけではないらしい。

「こんなもの、喜んで食べると思うか。腹が減ったら外に行く」

「折角《せっかく》作ったんだから食べなきゃダメ」

倫子はそう叱《しか》ってからテーブルに自分のカップを置いた。

「いただきまーす」

手を合わせてから箸を取る仕草はごく自然で、殊更行儀よく見せようとしている訳ではないらしい。

「麺が伸びちゃうから早く食べてね」

雰囲気に押されるように、御子柴も箸を取る。

「センセイ、いただきますは？」

もう応えるのも怒るのも面倒だった。

「いい子じゃないのね」

「それは当たっているな」

そう言えば、御子柴の家庭は家族がばらばらで食事を摂っていたためか膳に向かって手を合わせることはしなかった。そう考えると、倫子に最低限の躾《しつけ》をしている津田亜季子は自分の母親よりは真っ当な教育をしていることになる。

ふと思いついた。

「母親は行儀作法には厳しいのか」

「ギョウギサホウ？」

「つまり、挨拶とかお礼とか、そういうことだ」

「普通だよー。だってご飯の前のいただきますなんて当たり前だもの」

これは亜季子の心証を改善するのに有効なエピソードかも知れない。御子柴は倫子との会話を頭の抽斗に放り込んでおく。

しばらく沈黙が続いた。時折、事務所前の幹線道路を大型車の通過する音以外は、二人の麺を啜《すす》る音だけが部屋に響く。

「父親と母親は仲が悪かったのか」

口にしてから、子供相手の物言いではなかったとまた後悔したが、倫子は気にする風ではない。

「喧嘩してるところはあまり見なかった」

「そうか」

「だってパパ、部屋から出てくることなかったもん」

これは亜季子の供述内容と重なる。事件直前に伸吾は引き籠もりの傾向が強くなり、自分の部屋から出ることが少なくなった。遂《つい》には家族と顔を合わせるのも億劫《おっくう》になり、食事の時間をずらすようになった。顔を合わせなければ口論のしようもなく、倫子の証言は二人の仲が悪いどころか完全に冷え切っていたことを端的に表すものだった。

そして、そんな家の中にいる倫子を想像してみた。父親は実質的に不在、母親はパートで帰宅が遅く、話し相手は姉の美雪だけ。家庭とは名ばかりの、寝て、食べるだけの空疎な場所。

それはかつて御子柴が味わった空疎さと同じなのかも知れなかった。家の中に家族がいても見えない。話しているはずなのに声が届かない。同じものを見ているはずなのに皆が違うものを見ている。

思い出した途端に、あのざらついた感触が甦った。何を見聞きしても何を味わっても、心の表層が乾ききってささくれるような感触。

視線を移すと、倫子は黙々とカップ麵を啜っている。反射的に質問が五つほど浮かんだが、訊くことによって倫子との距離が縮まるような気がしたのでやめにした。

突然の闖入者《ちんにゅうしゃ》。

慣れ親しんだ場所に飛び込んできた異物。

なりは小さいものの、その存在感は見かけよりもずっと大きかった。

「ごちそうさまー」

「まだスープが半分残ってるぞ。腹、減ってたんじゃないのか」

「カップ麺のスープって全部飲まない方が身体にいいんだよ」

倫子はまた手を合わせ、容器を下げにまた給湯室に向かう。

「今度こそ寝ろ」

「おやすみなさーい」

倫子はそう言って応接室へと消えて行った。

後に残った御子柴もそそくさと食事を済ませ、また公判記録に目を通し始めた。

スープは半分残した。


翌朝、洋子が出勤した時には身支度を整えていた。

「倫子ちゃんはどうしました」

御子柴は無言で給湯室を指差す。倫子は顔を洗っている最中だった。

「一晩ご苦労様でした。後はわたしが送って行きますから」

「いや、いい。わたしが送って行く」

「え？」

「津田要蔵へ預けに行くんだろう。供述調書の件で訊きたいことがあった。ちょうどいい」

「あの、倫子ちゃんに朝食は」

「近場のコーヒー・ショップでパンでも食わせる」

「そう……ですか」

洋子は合点《がてん》がいかぬ様子で御子柴を見ていた。

クルマに乗せると、倫子は早速騒ぎ出した。

「スゴい。これって外国のクルマだとスゴいんだ？」

「どうして外国のクルマでしょ」

「前にパパが言ってたもん。えっと、ベンツとか乗ってるとお金持ちの証拠なんだって言ってた。昔はパパも乗ってたからって」

伸吾がコンピュータ・ソフトの会社で開発部長をしていた頃の話なのだろう。

「そのクルマ、今でも家にあるのか」

「ううん。去年なくなっちゃった」

「金持ちの証拠という言い方は正確じゃない。持っていたら金持ちに見えるという程度のものだ。一流の証《あかし》、ステータス・シンボルとか言う馬鹿もいるが、乗ってるヤツらの大半は自己顕示欲と虚栄心しかない」

クルマを単なる看板代わりにしか考えていない御子柴は辛辣に言うが、倫子はただきょとんとしている。

亜季子の供述調書によると伸吾が無職になったのはリーマン・ショック以前なので、しばらくベンツは手元に置いていたことになる。そこで透《す》けて見えてくるのは、伸吾という男が典型的なプチ高所得者であった可能性だ。

格差の二極分化が叫ばれて久しいが、現状はもう少し複雑になっている。つまり収入だけは上流にあるものの実質的な資産は皆無に近いという階層の存在だ。給与所得は高いが貯蓄は少なく多額のローンも残っている。しかし本人は高所得者のつもりでいるから身の丈以上の買い物を続け、資産は一向に増えない。

そしてこの幻想はリストラやボーナスの激減であっさりと崩壊する。豪奢《ごうしゃ》なクルマの維持費や住宅ローンの負担で収入が支出に追いつかなくなる。ところがここに至っても本人は高所得者のプライドを捨てきれず、高級車も高級住宅も手放そうとしない。資産がなければ真っ当な銀行は融資もしてくれず、やがて真っ当ではないところからカネを借りるようになる。かくして負のスパイラルに落ち込み、気がついた時には借金まみれという寸法だ。供述調書から浮かんでくる津田伸吾の人物像はこれとぴたり合致する。

津田要蔵の自宅は伸吾宅から五百メートルと離れていない場所にあった。今では珍しくなった平屋で、周囲の瀟洒な住宅街の中にあってそこだけが日陰になっているような印象を受ける。

インターホンで来意を告げると要蔵はすぐに出て来た。

「先生、本当に申し訳ありませんな。亜季子の弁護ばかりか倫子のお守《もり》までお願いしてしまって……」

資料では七十のはずだが、目の前に立った要蔵はとてもそんな風には見えない。白髪だが艶《つや》があり、皺の目立つ顔だが血色はいい。シャツの上からでも筋肉質であることが分かる。

「今日は、その弁護方針について話があります。よろしいですか」

勝手知ったる我が家のように倫子が家の中に入って行く。御子柴はその後に続く。

応接間は家屋の外観よりも更に古び、疲れていた。壁に掲げられた賞状の類《たぐい》はすっかり褪色《たいしょく》しており、栄誉よりは没落を印象付けている。

「同居しておる隆弘……次男になりますが、夫婦共働きでしてな。孫も一人おりますが三人とも夕方まで帰りません。どうぞごゆっくり」

「最初に確かめておきたいのですが、今でも亜季子さんの減刑を望む気持ちに変わりはありませんか」

「ええ」

「実の息子さんを殺害した犯人でも、ですか」

「あれは孫娘たちの母親です。父親が死んでしまった以上、一刻も早く母親を帰してやらんと」

「では率直に言いましょう。減刑を勝ち取る、つまり情状酌量を得るためには亜季子さんに同情できる材料が必要になる。逆に言えば、伸吾さんを悪しざまに扱うことになる」

「一審の法廷では出てこなかった伸吾の悪行をさらけ出す……死者に鞭《むち》打ってでも亜季子さんの減刑を勝ち取るという訳ですか」

「それが弁護士の仕事です」

「それがたとえ倫理に反することでも?」

「一般の倫理と弁護士の職業倫理は似て非なるものです」

要蔵はまるで品定めをするように御子柴を正面から見据える。

「同じ弁護士でも、あなたは宝来さんとはずいぶん違うタイプの弁護士のようですな」

「弁護士なんて個人商店ですからね。白いのもいれば黒いのもいる」

「鄧小平《とうしょうへい》でしたかな。黒でも白でもネズミを獲ってくる猫がいい猫だと言ったのは……ああいや、失礼しました。先生方を猫に喩《たと》えるつもりではなかったんですが」

「別に構いませんよ」

　飼われた恩を三日で忘れるのは猫そっくりだ、と思ったがこれは口にしないでおく。

「それにちゃんと足を運んでくださっている。最近の宝来さんは忙しいらしく、電話連絡もされなかったが」

「彼とわたしでは求めている報酬の種類が違うからですよ」

「あなたはどんな報酬をお望みなんですか」

「ひと言で言うなら宣伝効果ですね。それで納得してもらえますか」

　要蔵はしばらく御子柴を見ていたが、やがて表情を緩めた。

「御子柴先生。あなたは食えない人ですな。大抵、偉い肩書を持った人間は自分を飾ろうとする。飾るというくらいだから、その下に隠れているのは表面と別の姿だ。そして大抵の者は本能的にそれを知っているから、初対面の人間になかなか本音は打ち明けない。だが初対面でそこまで明け透けに言われたら、もうあなたを信用するしかない」

「それはどうも」

「いいでしょう。警察には言わなかったこと、言いたくなかったこと全てをお話ししましょう。伸吾の日頃の言動についてでしたな」

「できれば供述調書に書かれていたこと以外を」

「あれは子供の時分から覇気のない男でした」

　要蔵は諦めたような口調で語り始めた。

「死んだ者を悪く言うのは本来慎むべきことだが、父親であれば構わんだろう。伸吾は小さい頃から勉強はできたがまあそれだけで、リーダーシップもなければ大層な野望もなかった。わたしが教育者だったから成績が良くて悪さをしなければ叱られずに済むと思っていたフシがある。社交性のなさから友人は少なく、遊びといえばゲームくらいだったが、幸いイジメにも遭わず順当に大学を卒業した。ゲーム好きが高じてソフト会社に入社しましたが、ちょうど会社が上り調子の頃だったので伸吾も順調に出世していきました。しかし親のわたしが見ても人の上に立つような器量ではなく、むしろこつこつと自分の好きなソフト開発をしていた方が性に合っていた」

実の息子に冷酷なようだが、それは本人の人となりを知り得る者だけが口にできることだった。事実を客観視できる人間は誤認が少ない。御子柴は要蔵の証言には信憑性が期待できると考えた。

「ときに御子柴先生は贅沢をどう思われますか」

「さあ。胃袋みたいなものですか」

「胃袋？」

「人によって中に収まる量は限られている。食い過ぎれば当然腹を壊す」

「いい喩えをされる。その通りですよ。昔の人間はそれを分《ぶん》と称していました。つまり各々の身の丈に合ったものでなければ結局は身につかない。伸吾はそれを見誤った。単に時流に乗ったのを己の能力ゆえと過信し、先生の言葉を借りれば満腹以上に食した。本来なら節食しなければならない身体なのに大食らいをした。そして盛大な下痢《げり》をした。ところがその後も、自分の胃袋はもっと大きいはずだと大食いを繰り返した」

つまり御子柴が想像した通りだったということだ。

「わたしも公務員だったから身に滲《し》みて知っているが、いったい人間というものは組織の中で自分を見誤ることが多い。組織の肩書で相手が頭を下げるのを、自分の人間力のせいだと勘違いする。伸吾がそのいい例だった。だから会社からリストラを告げられると、カリスマ経営者になって見返してやると鼻息を荒くした。しかし秀でた能力もなく組織の中ですらリストラ対象にされるような人間が、独り立ちして成功する訳がない。起業家の夢は銀行に提出する事業計画書を作成する段階で早くも頓挫《とんざ》し、それでもプライドだけは人一倍あるからサラリーマンを一からやり直すだけの覚悟はない。そして将来に展望を持てなくなった者が手を出すのは大抵博打《ばくち》だ。伸吾は案の定それに手を出した」

「デイトレーダーのことですね」

「伸吾は最先端の資産運用だとか何とか説明しておったが、つまりは高ければ売り安ければ買いを繰り返すだけの博打に過ぎん。そして素人《しろうと》が手を出して勝ち続けられる博打などどこにもない。当然のようにボロ負けする。しかし、本人は負けた原因が自分の能力のなさだとは思わない。いや、思いたくない。そこで周りの者、伸吾の場合は家族に当たり散らす。八つ当たりして気が晴れればいいが、生来小心者だから尚更不安になり、家族とはますます疎遠になる。そんな心理状態で賭け事をしてもやはり勝てる訳がないから更に負ける。この悪循環だ」

「そこまで分かっていて、何故止めようとしなかったんです」

「もちろん止めようとした。だが四十近くにもなれば、さすがに親の言うことを素直に聞こうとはせん。ローンの頭金を融通してもらった手前その場では凹《へこ》むが、その後は家族に鬱憤《うっぷん》晴らしをする。わたしが口を出せば亜季子さんと孫娘たちの傷が増えるだけだから、自ずと非難にも躊躇するようになった」

御子柴は傷が増えるという言葉を聞き逃さなかった。

「DV……家庭内暴力が日常的に行われていたんですね」

「弱い人間がもっと弱い人間に当たるのは世の常です。最初は家族に怒鳴り散らすだけだったのですが、ある日から手を上げるようになりました。特に酷かったのが亜季子さんに対する暴力で、家計をやりくりするためにパートに出たのがそもそもの原因だった。女房を働かせている事実が伸吾のプライドを傷つけたんでしょう。しかし亜季子さんが働かなければ生活できない。それで殴る。時折様子を見に行くと大抵打たれた痕《あと》があった。警察に逮捕された際に痣《あざ》とかがなかったのは偶々です」

「警察に訴えようとは考えなかったんですか」

「お恥ずかしい話だが、そこまでは思いつかなかった。今、散々息子を弾劾《だんがい》したが、どこかで擁護したい気持ちもあったんでしょうな。身内の話だからという理由で警察に駆け込むには躊躇いがありました。亜季子さん自身、それを望んでいなかったし」

「DV被害について警察から詳しい証言を求められましたか」

「いや。事情聴取、というんですか。それはあっさりしたもので深くは訊かれませんでした」

その理由は明白だった。証拠物件もあり本人からの自白も取れている。そんな事件で敢えて背景を探ろうとする捜査員はいないだろう。

「亜季子さんの供述の中には、パート先の公認会計士との不倫を匂《にお》わせるものもありましたが」

「それについてはわたしの目の届かないところなので、何も言うことができません。先生だって確証のない話を聞かされても迷惑でしょう」

聞きようによっては潔《いさぎよ》い物言いなのだが、御子柴はそこに逃げの響きを感じ取った。亜季子への肩入れが悪材料を認めることを良しとしないのだろう。それを追及することで要蔵の協力を得られなくなる可能性もあるので敢えて深追いはしなかった。

「亜季子さんに落ち度はなかったんですね」

「夫婦の間のことだから他人には与《あずか》り知れないこともあるでしょう。しかし舅《しゅうと》の立場から言わせてもらえればできた嫁です。後悔しても詮無いことだが、どうしてもっと口出ししてやらなかったのか」

要蔵は不意に視線を落とした。

「情けない話、わたしにできたことと言えば亜季子さんたちの話を聞いてやるだけだった。ああいう不適合者を作ってしまったのはわたしのせいなのですが、それには目を背けていた。人間というのは自分が見たくないものは見ようとしない。己に都合の悪いことから逃げているのは親譲りだったのかも知れませんな」

「死体発見時の経緯について聞かせてください」

「それはほぼ事情聴取で話してしまいました。あの日は隣宅の斉藤さんから、また伸吾の家から諍《いさか》いの声が聞こえると知らせてもらって、口論が続くようならせめて孫娘たちを預かるつもりだった。ドアを開けても誰の姿も見えず、廊下を歩いていると脱衣所のドアが開いており、そこにブルーシートと伸吾の死体があった。そして浴室では亜季子さんが壁についた血飛沫《ちしぶき》を黙々と洗い流していた」

「犯罪を隠蔽しようとしていた形跡は明らかだったんですね」

「それが過ちの上であったとしても大抵の人間はそうするでしょう。人影のない場所に大金が落ちていたらつい拾ってしまうものだ。しかし亜季子さんはわたしの姿を認めると、その瞬間に憑《つき》物《もの》が落ちたような顔をした。そして自分の方から警察に通報して欲しいと願い出た。やはり根は善良なのですよ」

こうして関係者の話を直接聞いていると、供述調書が検察側の証拠書類でしかないことがよく分かる。裁判員に要蔵の証言だけを聞かせれば、おそらく判決は軽いものになったに違いない。問題は要蔵が語りたがらない部分にこそスポットライトが当たっている点だった。

「また、お邪魔するかも知れません」

そう言って玄関まで戻った時、奥から倫子が飛んできた。

「もう帰っちゃうの」

「訊きたいことは訊けた」

「またねー」

「もう会いたくない」

「ひっどーい」

倫子は唇《くちびる》を尖《とが》らして抗議したが、御子柴は無視して要蔵宅を後にした。

次に御子柴が向かったのは亜季子の勤務先だった。幹線道路を北上、世田谷小を越えたところで左折してしばらく行くと雑居ビルの一群が現れた。目指すビルはこの中にある。

該当のビルを探し当てて一階フロアのテナント案内板で確認する。緑川会計事務所は八階だった。

亜季子が好意を寄せていたという吉脇謙一はすらりと背が高く、公認会計士というよりはスポーツマンといった風貌で顎の線も鋭い。

「津田さんの件でしたね。もうお話しできることは全てお話ししたと思うのですが……」

吉脇は迷惑であることを隠そうともしない。一応、面会の約束は取っていたものの、フロアの中は静謐《せいひつ》な中にも多忙さが感じられる。各人が目の前の仕事に集中しており、声を上げる者は一人としていない。案内された応接室はアクリル板のパーティションで区切られているだけなので、ここでの会話は筒抜けになる。吉脇の迷惑顔はそれも含めてのものだろう。

「後任の弁護士なので、確認したいことは直《じか》に会ってお聞きしなければ気が済まないんです。もし不都合があれば場所を変えますか」

「結構です。どの道、外出できるような時間は作れませんから」

精一杯の皮肉のつもりだろうが御子柴には通用しない。

「それでは失礼します」

御子柴は形だけ頭を下げると先に腰を下ろした。最初の応対で、吉脇が弁護士という肩書に気《け》圧《お》されていることは容易に推察できた。名刺の肩書だけで初対面の相手を値踏みする人間ほど御《ぎょ》しやすく、また騙しやすいものはない。ならばそれを利用するまでだ。

「吉脇さんの証言については供述調書を読みました。津田亜季子さんとは単なる同僚であり、それ以上の関係はないということですね」

「それ以上もそれ以下もありませんよ。第一、何度か食事を奢ったといってもこの近所にある店のランチですよ。そんな艶っぽい話じゃない」

食事の誘いがランチというのは初耳だった。同じ食事であっても勤務時間内と時間外では意味合いががらりと変わる。

「第一、夕方は彼女が食事を作って待ってくれてるんですから。別の女性と外食なんかしたら血の雨が降りますよ」

「では、一緒に食事した以上の関係はなかったんですね」

「それはもう、警察にお話しした通りです。失礼な言い方になるけど、僕が津田さんみたいな女性を誘うと思いますか」

御子柴は目の前の吉脇に亜季子の姿を並ばせてみる。精悍《せいかん》で男っぷりのいい吉脇と、十人並みの容姿で生活に疲れた感のある亜季子では確かに違和感がある。

「では逆に津田さんの方から何かの誘いはありましたか」

「いや、実はそれも思い当たるフシがないんです。色目を使った覚えも使われた覚えもありませんから。だから警察に参考人として呼ばれた時にはびっくりしたくらいです」

吉脇の視線は御子柴を直視して一切逸《そ》れることがない。虚言癖《きょげんへき》やよほど演技力のある人間でない限り、嘘を吐く時には相応の反応が出る。今までそういう嘘吐きを数限りなく見てきた御子柴には、吉脇が虚偽を口にしているようには思えなかった。

「あの、津田さんって人はどう見ても一人の女性というよりはお母さんなんです。分かりますか、このニュアンス？」

「まあ何となくは」

「休憩時間にプライベートな話をしたことがあります。そうすると津田さんの口から出てくるのは二人の娘さんの話だけなんです。長女さんが病気がちだとか、その分次女さんが元気過ぎるとか。そんな話ばっかりだから、どうしてもお母さんにしか見えません。本当に一度だって津田さんからデートっぽい誘いも、色恋めいた話もありませんでしたから。そんな状況で、僕がホテルのラウンジやその先に誘うなんて、ちょっと有り得ないですよ」

「にも拘《かか》わらず、津田さんはあなたが『ふとした素振りで私のことを憎からず想ってくれているのも知っていました』と供述しています。その部分に心当たりはありませんか」

「一切ありません」

　吉脇の語尾は怒気さえ孕《はら》んでいた。

「こっちは藪から棒の話でえらく迷惑してるんです。まるで僕が津田さんの殺人の動機にされちまってる。僕の彼女に至っては不倫してたんじゃないかって言い出すし。いいですか、そりゃあ僕にも鈍感なところはありますけどね、旦那さんを殺してまでと思い詰めるくらい好かれてたんなら、いくら何でも気づきますよ」

「しかし、何の関係もない人間の名前をどうして持ち出したのか」

「そんなの知りませんよ。大方、旦那に保険金を掛けていて、それ目当てで殺したけれど心証が悪いもんだから僕の名前を出した。そんなとこでしょう」

　吉脇の言い分はもっともであり、警察も保険関係を調査しなかった訳ではない。宝来から引き継いだ書類にも、本人の貸借関係として月々の掛け金が明記されていた。だが、その受取金額は二千万円と常識的な範囲であり、しかも契約されたのはまだ伸吾が勤め人であった頃だった。

そう説明すると、吉脇は唇を歪《ゆが》めてみせた。

「二千万円が手に入るのなら、旦那を殺す奥さんだっていますよ。要は保険金に見合うだけの価値のある連れ合いかどうかって話でしょう」

成る程、そういう見方もあるのか。

日がな一日、数字を扱っていると人の生命までカネに換算する癖がつくのだろうか。それともそれは吉脇特有の人間観なのだろうか。いずれにしても今の証言は貴重だった。

御子柴の記憶では住宅ローンの残高も二千万円弱。伸吾の死亡保険金が下りたとしてもローンの返済に消えるだけだが、見方を変えれば目障《めざわ》りな夫とローンが同時に消えてくれれば万々歳ということもいえる。検察側にすれば有効な一手だろう。言い換えるならこの方面での防御策を講じておく必要がある。

「休憩時間にプライベートな話をしたということですね。その中で津田さんがご主人に言及したことはありましたか」

「旦那さんについて、ですか……いや、思い当たりません。家族の話には二人の娘さんしか出てきませんでしたね」

いい歳をした男が家族との交流も拒否して引き籠もっているのだ。確かに同僚に話して楽しい話題ではない。しかし弁護側とすれば使えないカードではない。

「ご存じの通り、津田さんは控訴しました。ひょっとしたらあなたには法廷での証言をお願いするかも知れない」

　抗議の口を開きかけた吉脇に、御子柴は釘を刺すことを忘れない。

「善良なる市民の義務としてね。よもや公認会計士が善良な市民でないとは言いますまい？」

2

　岬が世田谷警察署を訪れると署長と副署長、そして強行犯係の初田《はつだ》が玄関まで迎えに来ていた。恥ずかしいからやめてくれと言いそうになったが、以前にそう伝えたにも拘わらず同じことの繰り返しになったことを思い出して萎《な》えた。頭を下げることが忠誠の証だと本気で思い込んでいる人間に、何を説いたところで時間の無駄だ。

「堅苦しい挨拶は抜きにしましょう。電話でお伝えしたように、津田亜季子の件でお邪魔した。供述調書を取った際の責任者と話がしたい」

「責任者はわたしですが……」と、初田が恐る恐るの体《てい》で申し出る。

　次席検事が取り調べを行った警察署に出向くことなどそうそうあるものではない。署長たちの猜疑心がひしひしと伝わってくるが、いちいち構ってはいられない。

「津田亜季子の取り調べは録取していましたか」

「ええ。裁判員裁判対象事件として全過程を録音、録画しております」

「よろしい。今すぐ見せて欲しい」

　そう告げると岬はすいと署内に足を踏み入れた。返事も待たずにこちらから先に進めば、無駄な挨拶も手続きもなしに本題に入れる。される方にしてみれば迷惑至極だろうが、迅速なことこの上ない。自身への風評は悪くなるだろうが、岬はそれを気にする男ではなかった。それで仕事の能率が上がるのであれば、有形無形の権限を行使するのに何の躊躇もない。

取り調べの可視化が試行されてからしばらく経つが、現状は裁判員裁判対象事件のみならず検察の独自捜査事件の九割以上が録取されている。供述が取り調べる側の強要でないことを明確にしているので証拠物件として有罪立証に一役買う結果となっている。もちろん録取されているという意識から、被疑者の口が重くなり、また共犯者については口を噤《つぐ》むなどの弊害もあるが、これは痛し痒《かゆ》しといったところだと岬は思っている。自白を引き出すのが困難になったのはマイナス材料だが、これで冤罪がなくなるのであればそれに越したことはない。

岬は被告人を断罪する一方で警察の送検事案にも厳格だった。冤罪の第一歩は思い込み捜査と自白の強要から始まる。送検された時点で検察がチェック機能を果たさなければ、思い込みと強要がそのまま被告人の背負う十字架になってしまう。司法に携わる者として、それだけは避けなければならない。

しかも、今回の相手はかつて辛酸《しんさん》を嘗《な》めさせられたあの御子柴礼司だ。検察側の提出する証拠の一つ一つを吟味してし過ぎることは決してない。

岬は別室に通されて取り調べ中の録画を見た。延々数時間に及ぶ収録内容だが、音声が聞き取れる程度に倍速させると覚悟していたほどの時間はかからなかった。

「何か不都合な点でもありましたか」

初田がおどおどしながら尋ねてくる。取り調べ自体は強要も誘導尋問もなく、津田亜季子の自発的な供述に終始している。それこそ最高裁に出しても恥ずかしくない証拠物件となっていて、冤罪の臭いなど欠片もない。

しかし岬は不安を拭い切れなかった。

「問題はないように見える。あなたは実際に取り調べの現場に立ち会ったんですか」

「ええ」

「津田亜季子の様子はどうだった？　必要以上に言葉を荒くしたり、言葉でなくとも態度で自白を強要することはなかったのか」

「あの事件は通報を受けた捜査員が現場に到着した時点で証拠物件は揃っていましたから、本人が抗弁できる余地は全くありませんでした。このビデオ通り、供述もスムーズで苦労もなかったですね」

それは画面を見ていれば一目瞭然だった。しかし岬は初田の自信に危惧を覚える。こちらが完璧だと思い込んだ壁に一穴《いっけつ》を穿《うが》ち、その隙間から堅牢《けんろう》な論理を木《こ》っ端微塵《ぱみじん》にするのが御子柴のやり口だったからだ。世の中に完璧なものなど存在しない。あるとすれば、それは当事者の思い込みだけだ。

そこで思いついた。

「目障りになった亭主、本人だけが夢想する不倫話。要は痴情の縺《もつ》れに終始するようだが、もっと生臭いカネの話は一切なかったのか」

「カネ、ですか」

「現金、ローンの有無、遺産、保険金、その他諸々、津田伸吾が死んで亜季子が利益を得るものはないのか。供述調書ではその点に触れられていないようだったが」

「あ、あの、殺害の動機が金銭絡みではなく……」

「それで敢えて供述調書では触れなかったと？　そういうのを杜撰《ずさん》というんだ。もしも金銭的な利益があるのなら殺害動機の補強材料になる。今すぐ本人並びに津田伸吾の資産と貸借関係をまとめて欲しい」

「あの」

「まだある。被告人と関係者の供述調書作成に当たった神山警部補、高木巡査部長、黒田巡査部長の三名をここに。供述時の詳細を担当者から直に訊きたい」

さすがに現場の指揮官としては癪に障ったのだろう。初田はやや気色《けしき》ばんだ様子で岬を見据えた。

「失礼ですが、何故それほどまでこの事案に固執されるのですか。一審ではこちらの全面勝利でしたし、元より本人の自白があるというのに」

「二審での弁護人は御子柴礼司という男だ。知っているかね」

その名を聞いた途端、初田は眉間に皺を寄せた。

「あの男が？　いえ、もちろん名前は知っていますが、まだ入院中ではなかったんですか」

「先日退院した直後に選任されたらしい。まさしく電光石火の早業《はやわざ》だった」

「弁護士替えは津田亜季子からの要求だったんですか。ああ、きっと拘置所内でタチの悪いヤツから噂を聞いたんでしょう」

「いや、御子柴弁護士から先任の弁護士を通じて被告人に申し入れがあった。選任は最初から彼の働きかけだ」

　初田は怪訝そうな表情で考え込む。

「それはずいぶん妙な話ですね。津田亜季子は御子柴の顧客とは客筋が全然違います。法外な報酬を要求できる対象じゃない」

「だからこそ津田家の資産を再度調査する必要がある。こちらが見逃していた資産がないとも限らない。ただ、その可能性は少ないだろうが」

「何故ですか」

「もしも最初から財産狙いなら、あんな思いつきのような犯行にはならんだろう。少なくとも自分には疑いがかからないよう、もっと計画的にことを運ぶはずだ」

「しかし、そうなると御子柴の目的は別の何かということになりますが……」

「それが不明だから、ここまで足を運んだんだ」

　そう言っただけで、初田は納得したように頷いた。所属する組織と立場を越えて、御子柴礼司という名前は同じ思いを抱かせる存在だった。

「わたしも一度ならずあの弁護士には煮え湯を飲まされました。銃刀法違反で検挙した暴力団組長にいつの間にか執行猶予がついている。折角釣り上げた大物を、横から掻《か》っ攫《さら》われた挙句リリースされた気分でした。お蔭でどれだけ部下の士気が低下したか」

「御子柴弁護士への見返りは？　暴力団の弁護を引き受けるのだ。どうせ真っ当な報酬ではあるまい」

「未確認ですが、放免される時の組長の顔色はあまり冴えなかったようです。よほどの金額を請求されたんでしょう」

「そんな客ばかり相手にして、よく闇討ちに遭わんものだな」

「塀の中の生活が嫌な連中には最高に心強い援軍でしょうからね。その代わり相手側にすれば天敵みたいなものですから。ヤツを刺したのもそういう相手だったじゃないですか」

「命知らずの守銭奴《しゅせんど》か。そうなるとますます本事案に首を突っ込んできた理由が分からなくなるな」

「警察や検察に何か恨みでもあるんですかね」

「我々に恥を掻かせて鬱憤を晴らしていると？　いや。判決を勝ち取った時の表情を覚えているがこちらを一瞥《いちべつ》さえしなかった。本当に意趣返しをするなら、ああいう人間は目の前で勝ち誇るものだ」

　黙り込んだ初田を見て、岬は再度疑念に駆られる。単純な事件と単純な動機、そして単純な一審審理。公判記録を再度読み返してみたが検察側の主張に瑕疵《かし》は見当たらなかった。御子柴はいったい、この事案の何に食指が動き、どこに穴を見つけたというのか。

　岬はぶるんと首を振った。考えて結論が出ないのなら、考えられることから着手するしかない。外堀と内堀に水を張り、門という門に衛兵を立たせる。その上で相手の出方を待つ。

「引き継ぎの際、御子柴弁護士が要求したのは公判記録だけだった。精査している最中だが、新たな証拠を提出された時に反証する準備はしておきたい。所轄署には迷惑をかけることになるが相手が相手だ。用心に越したことはない」

「至急、担当した三人を呼んで来ます」

「言わずもがなのことだが、御子柴弁護士の名前には言及した方がいいだろう。その方が捜査員たちの協力を得られやすいのではないかな」

初田はわずかに表情を緩めてから姿勢を正した。

「畏《かしこ》まりました」

初田が出て行った後、岬は椅子に深く腰を沈めた。多少の反目があっても、共通の敵を前にすると組織人は一致団結する。公務員は特にそうだ。そして味方は多い方がいい。

岬は自嘲めいた笑いを浮かべると、また黙考に沈んだ。

三人の警察官から聴取を終えた岬が次に向かった先は東京地検と同じ区画にある東京高等裁判所だった。

目指す人物は合同庁舎の十五階にある裁判官室で岬を待っていた。

「よう、岬くん」

「急に押しかけて申し訳ありません、三条《さんじょう》判事」

三条護《まもる》判事はデスクから離れると、応接用のソファに岬を誘った。自分より七つ年下の相手にも礼儀を尽くすのはこの男の美点だが、その度にこちらは恐縮してしまう。

「構わんよ。大学の後輩が表敬訪問に来たんだ。いつでも歓迎するよ」

柔らかな口調だが、岬を検事として入室を許可した訳ではないと暗に釘を刺している。この潔癖さも美点の一つだが、やはり同様に恐縮してしまう。

事件の審理中に担当検事が担当裁判官の部屋を訪れて、雑談混じりに協議めいた話を交わす

──所謂《いわゆる》、法廷外弁論が一部法曹関係者から批判の対象になって久しい。毎年四十人前後の判事が法務省に出向し、うち数人は捜査や公判の担当検事になる。また、その逆に検事が裁判所に出向することもある。こうした判検交流を繰り返すと、自然判事と検事の垣根が低くなり、法廷外弁論が常態となる。

だが弁護側にしてみれば癒着としか思えない構図であり、清廉で知られる三条も法廷外弁論は厳に慎んできた経緯があった。岬を肩書抜きで呼んだのが、その牽制《けんせい》であることは想像に難くない。

「それにしてもどういう風の吹き回しかね。ここに訪ねて来るのは四月の赴任挨拶以来だと思うが」

「昨今の裁判事情についてご高説を賜《たまわ》れればと思いまして。三条判事、先日控訴された世田谷の夫殺しですが」

「おやおや」

三条は大袈裟に驚いてみせた。

「わたしをその事案の担当裁判官と知っての話かね。そうなると困ったな。君と楽しい雑談をする訳にはいかなくなる」

「別段、録音されていないにも拘わらず、ですか」

「一番信頼できる録音機は店には売っておらん。ここだよ」

と、三条は自分の胸を指差した。

「ここに録音機が内蔵されている。わたしのは特に性能が良くてね。同僚や検察の人間から鬱陶《うっとう》しがられるのもしばしばだ」

　そして岬の目を覗き込む。

「君とてわたしの主義を知らん訳じゃあるまい。また、知っているからこそ、この部屋から足が遠のいていたのだろう」

「録音機のスイッチを入れる必要はありません。本日ご高説を賜りたいのは事件のことではなく、関係者の一人についての個人的な見解です」

「関係者の一人？」

「弁護士御子柴礼司」

「彼、か」

　三条は意味ありげに岬を見る。

「東京地検の次席検事が法廷に立つなどという椿事は、それが理由なのかね」

　いきなり核心を突かれ、岬は言葉に詰まる。判事と検事、立場は異なれど狭い法曹界だ。岬が控訴審に立つという話は一日千里の速さで駆け巡ったに違いなかった。

「まさか江戸の仇を長崎で討つつもりか。いや、君ともあろう者が私情で動くことはないだろうから、おそらく他の検事では心許ないと考えたか」

「……それにしても、控訴した直後の弁護人交代で面食らいました。まだ入院中だとばかり思っていましたから」

「さしずめ墓場から甦ってきた死人、といったところかな？」

「あんなに口の達者な死人がいたら、お目にかかりたい。三条判事はどんな感想を持たれましたか」

「ふむ。確かに唐突な感は否めなかったね。聞けば一時は生死の境を彷徨《さまよ》ったほどの大怪我だからね。どうせ今までの荒稼ぎで生活には困らんだろうから、ゆっくり養生していればいいものを、退院直後の仕事がこんな事案なのだから恐れ入る」

「つまり弁護側が不利だと」

話が事件の内容に抵触するのを知りながら、岬はボールを投げてみる。受けやすい球だ。見送る真似はしないでくれと願う。

「いち判事が判断を下すまでもない。従前の資料と判決文を読む限り、この控訴は単に手続き上のものに過ぎん。控訴理由は量刑不当だが、それは同時に裁判所の意向でもある。本来ならもっと重刑で然《しか》るべきという文脈だね」

岬は胸を撫で下ろした。三条は本事案を一般論として語っている。このアプローチなら自身の信条に逆らわないと、岬にボールを投げ返してきたのだ。

「あの判決文に検察側は不平も不満もないだろう。自白、物的証拠、目撃者、動機と全て揃っている。タマも良ければスジも問題ない。だから控訴審で弁護側がどんな論陣を張ってくるのか、逆に興味がある」

「それは相手が御子柴弁護士だからですか」

「状況は最悪、弁護人本人も病み上がり、世論と裁判員は検察の味方。まさに四面楚歌の状態だが、彼の今までの実績を鑑みると油断は禁物とも思える」

「三条判事をして彼は高評価なのですね」

「高評価なのではないよ。むしろ得体が知れんと言った方が正しい」

三条は面白そうに言う。

「今まで法曹の世界に生きる人間を沢山見てきた。面子《メンツ》に拘《こだわ》る者、報酬に拘る者、そして自身の正義に拘る者……だが、あの男は異質でそのうちのどれにも当て嵌《は》まらない。やり口も特異だ。およそ検察側の予想しない場所から矢を射てくる。まるでゲリラ戦法だな。しかも刺さった矢がなかなか抜けずにいると、矢尻に塗られた毒が全身を回ってやがて死に至るという寸法だ」

「……その矢に貫かれた当事者としては頷かざるを得ません」

「聞くところによると、ある事案では最高裁法廷に何と巨大な医療機器を持ち込んだというじゃないか。それはもう真っ当な弁論の埒外《らちがい》であって、むしろ大道芸の範疇だろう。しかし、その大道芸で並み居る裁判官や裁判員を納得させてしまうのだ。異能としか言いようがない」

三条は悪戯《いたずら》っぽい目で岬を見た。

「どうした。名古屋地検にその人ありと謳《うた》われた君が、早くも彼のゲリラ戦法に白旗を上げるのか」

「相手がゲリラを仕掛けてきても、現状こちらは正攻法で対処するしかないのですがね。ただ、目下の悩ましい問題は先方の戦術ではなく、弁護を買って出た理由なんです」

「どういう意味かね」

「彼に本事案を弁護するメリットがどこにも見当たらない」

「ふむ。あまり素性の良くない高額所得者から報酬をふんだくる一方、まるで罪滅ぼしのようにカネにならん国選弁護を引き受ける趣味があると聞いたが、そのクチではないのかね」

「確かにそういう事案はありますが、それは被告人が無罪を主張し、罪状認否が争点になっている事案ばかりです。今回のように被告人が自白までしているような案件ではありません」

「メリットがなければ引き受けんというのは変だろう。それこそ国選制度の意味がない」

「あの守銭奴が何のメリットもなく法廷に立つと思いますか」

「それは確かにそうだな」

三条は腕組みをするがさほど真剣味は感じられない。あくまでも第三者的な立場を保とうとしているかのように映る。

「わたしから聞きたい四方山《よもやま》話というのは、カネの亡者のような男が絶対不利な事件の弁護を引き受けるメリットについて、なのかね？」

「贅沢を言えばゲリラ戦法に対処する心構えもお聞かせいただければ幸いですね。もちろん一般論として」

「君ほどの男が他人に教えを乞うとはな。いささか意外だ」

「功成り名遂げた人間でも絶えず何かに教えを乞います。功も名もない人間なら尚更でしょう」

「大した処世術だ。そろそろ定年が近づいた人間としては爪の垢《あか》でも煎じなければいかんな。ただ期待に添えず申し訳ないが、君の喉《のど》に刺さっているのは小骨に過ぎんと思う。何かと一緒に呑み込んでしまうのが一番だろう」

「しかし」

「参戦した動機が何であろうと、向こうの武器は限られておるのだろう。いくら聖戦を叫んだところで竹槍《たけやり》担《かつ》いで戦車に立ち向かうようなものだ。君はただ竹槍の先がどこを狙っているか見極めれば、それでいいと思うのだが」

三条は腕組みを解いてソファにゆったりと背を預けた。

「どちらにせよ、第一回の公判は様子見みたいなものだ。それで向こうの出方を探っても遅くはあるまい」

三条の言うことは成る程その通りなので、頷くより他ない。岬は不承不承《ふしょうぶしょう》に首肯《しゅこう》した。ただし、それを見逃す相手ではなかった。

「何だ、今の回答では不満かね」

「不満ではなく不安ですね。判事はあの男の得体が知れないと仰った。同感です。だからこその不安なのでしょう。幽霊と一緒ですよ。正体が分からないものには大抵不安を抱くものです」

「ふむ」

三条はまじまじと岬を見る。

「……何ですか」

「君はいくつになった」

「五十五になります」

「五十五といえばまだまだ働き盛りだが、男やもめが長すぎて頭か身体に衰えでも覚えたか。秋霜烈日を体現するような君の態度とはとても思えん」

「よしてください。家内を亡くしてもう十年近くになりますが、一度だって体調を崩したことはないんです」

「それでなければ東京地検の激務で心身ともに磨り減らされたか。部下にちゃんと仕事を割り振っているのか。何でもかんでも自分でやってしまおうという者は上には立てんぞ。民間なら即刻リストラ対象だ」

三条の言葉がいちいち胸に刺さる。赴任してからまだ間がなく、信頼に足る人材を未だ確保していないのが現実だった。スキルの高い人間の性《さが》と持ち込まれる案件の厖大《ぼうだい》さが、自身の仕事を増やしてしまったきらいは確かにある。

「優秀な部下がいなければ名将とは言えんぞ」

「ご忠告、痛みいります」

「こうなると、ますます惜しい気がするな」

「何がですか」

「君の一人息子さ。確か洋介《ようすけ》くんとか言ったな」

いきなり出た名前に、思わず噎《む》せそうになった。

「彼があのまま法曹界に入り、君とタッグを組んでいたらと今でも夢想することがある。きっと君の人材についての不安もたちどころに雲散霧消しただろうな」

「それこそよしてください。あんな出来損ないがいても目障りになるだけです」

「そうかね？　最近はちらちらと名前を聞くので、あっちの世界でも頭角を現してきたのかと感心していたのだが」

これは三条の意趣返しだと思った。法廷外弁論を嫌う裁判官の部屋へ半ば強引に押し入った検事に対して、一番応《こた》える話題を振ってきたのだ。

こういう時は逃げるに限る。

「長々と失礼しました。これにて退散します」

「ああ。今度は是非、外で一杯やりたいものだな」

軽く手を挙げた三条に一礼し、岬は裁判官室を出た。

不意に出てきた名前がしばらく脳裏を駆け巡った。司法試験に合格し将来を嘱望《しょくぼう》されたにも拘わらず、事もあろうに音楽家の道を選んだ愚息。自分の許を飛び出してからもう五年にもなる。期待が大きかった分、裏切られた時の怒りも大きかった。最愛の妻を亡くしていたことも手伝い、たった一人の肉親が敵に回ったような気がした。

あの世間知らずを自分の部下にだと？

三条も笑わせてくれる。あいつは確かにはしこいところがあり、人がうっかり見落とすものを見逃さない。捜査畑にでも投じればそこそこの成績を残すかも知れない。

だが三条は知らないのだ。あの穀潰《ごくつぶ》しには司法に携わる者として決定的に欠如しているものがある。

あいつは法律を軽視している。

法律の女神テミスよりもミューズを信奉しているのだ。

3

控訴審第一回公判。

東京高裁は東京地裁、東京簡裁（刑事）との合同庁舎の中にある。この庁舎の東側第六号館B

棟には東京地検交通部と東京区検察庁が、そして同C棟には東京家裁と東京簡裁（民事）があり、更に道路を挟んだ二号館と三号館は国家公安委員会、警察庁、総務省、国土交通省を擁する。さながら日本司直の総本山という趣だが、どの建物も無機質な外観で重厚さに欠けるきらいがある。

御子柴はエレベーターで八階に向かう。そこの八二二号法廷が今回のリングになる。

開廷の三分前に入廷すると、既に傍聴人席は埋まり検察側も到着していた。

岬恭平検事はこちらを一瞥して、すぐに視線を逸らせた。表情を殺しているが御子柴に対する敵愾心《てきがい》が皮膚に直接刺さるようだ。確か彼がどこかの地検に赴任した直後の事件で闘った記憶がある。その事案は御子柴の圧勝に終わったが、検察官には珍しいタイプだったのが強く印象に残っている。良く言えば熱血漢、悪く言えば感情的であり、こちらの答弁でいちいち顔色が変わる。ポーカーの相手にはもってこいの人材だ。もちろん本人もそれを知って今のように表情を殺そうと努めていたようだが、それでも御子柴の挑発の方が一枚上手だった。

次に入って来たのは亜季子だ。生活に疲弊した風は接見した時のままで、どうやら化粧もほとんどしていない。裁判長に色目を使えとまでは言わないが、せめて好感を持てる程度にはしてくれと思う。

そしていよいよ裁判官たちが入廷して来た。書記官の号令で廷内の全員が起立し頭を下げる。

法衣を纏《まと》った三人の男のうち、中央に陣取るのが三条護裁判長だ。見た目は柔和そのもので、温情溢れる判決を期待する被告人もさぞかし多いことだろう。だがこれはあくまでも外面《そとづら》であり、実際にはひどく冷徹な裁判官なのだという。御子柴が事前に調べてみるとその通りで、昨今の司法判断が厳罰化に傾く以前から凶悪犯罪の被告人には厳しい判決を下していた。

御子柴は三条を見ながら思案する。この案件の肝はつまるところ、この男の琴線に触れられるかどうかにかかっている。今まで検察側の主張を論理的に崩す手法を採っていた御子柴には、些か不得手な戦法と言わざるを得ない。

「では開廷します。その前に弁護人」

「はい」

「冒頭陳述要旨が提出されていないようですが、これは何故ですか」

「申し訳ありません、裁判長。証人との打ち合わせに時間を費やしてしまい書面提出には至りませんでしたので、陳述はこの場で行いたいと思います」

「ではどうぞ」

御子柴は立ち上がる。

これが宣戦布告だ。

「弁護人は被告人津田亜季子の無罪を主張し、原判決の破棄を求めます」

傍聴人席がわずかにどよめく。岬はじろりと御子柴を睨《にら》む。

「原審は被告人の置かれていた状況を無視し、殺人の動機なるものを推量しただけです。本法廷ではこの点に着目し、動機の不在を証明するつもりです」

「動機の不在というだけで無罪を主張するのですか」

「その詳細については弁護の過程で触れていきたいと思います」

「始めてください」

「最初の証人をお願いします」

廷吏に連れられて要蔵が証言台に立つ。

「証人。氏名と職業を」

「津田要蔵と申します。地域の民生委員をしております」

語尾に緊張が聞き取れる。無理もない。本人の自白があったため、一審では証言台に立つことがなかったのだ。事前に証言する内容を打ち合わせているからまだいいが、反対尋問のことを考えると不安が募る。

「被害者津田伸吾氏のお父さんですね」

「そうです」

「自宅は伸吾氏宅の近くですか」

「ええ。わたしの足でも歩いて行ける距離です。伸吾の嫁が働きに出ているので日中は二人の孫娘が留守番していることが多く、わたしはちょくちょく様子を見に行っておりました」

「伸吾氏が在宅していたにも拘わらず、娘さんたちが留守番を？」

「伸吾は部屋に引き籠もって一歩も外に出ようとしませんでした。もちろん家事をするでも内職をするでもない。だから亜季子さんが不在の時、家事の一切は孫娘たちがしておりました」

「家事は誰が教えたのですか」

「全て亜季子さんが教えたはずです。家事だけではない。年寄のわたしから見ても二人の躾は行き届いておりました」

「母親としては充分以上に責任を果たしていた訳ですね。では一方の伸吾氏はどうでしたか」

「何も。部屋の中に閉じ籠もり、コンピュータの画面に見入るだけで、家族とは碌《ろく》に話もしなかった。そんな男に子供の教育などできる訳がない」

「全く仕事をしていなかったし、子供の世話もしていなかったのですね」

「あれは、穀潰しでした」

法廷で息子のことを悪し様《あざま》に語るのは、やはり抵抗があるのだろう。要蔵は苦々しい顔をしていた。

「楽をしてカネを儲けることを覚えてしまい、額に汗して働こうとはしませんでした。起死回生といえば聞こえはいいが、一発逆転を夢見て慣れない小博打に現《うつつ》を抜かす大馬鹿者でした」

「家庭内に諍いはありましたか」

「諍いというよりは伸吾の一方的な暴力でした。亜季子さんに留まらず孫たちにも手を上げていました」

「具体的に証言してください」

「最初は家族に怒鳴るだけだったのですが……暴力は亜季子さんが働きに出たのがきっかけでした。プライドを傷つけられたからでしょう、平手で叩くのは当たり前、時には拳骨で顔を殴ったようです。わたしが見に行くと亜季子さんの顔には大抵殴られた痕があった」

「どの程度の怪我でしたか」

「青痣ができておりましたから相当強く殴られたのだと思います」

「それは身の危険を感じるほどに、ですか」

「裁判長」

すぐに岬が手を挙げた。

「誘導尋問です。被告人が身の危険を感じたかどうかは証人の想像に過ぎません」

「目立つ外傷であれば暴力の度合いが推測できます。この証言は推測の材料になります」

三条は御子柴に向かって頷く。

「認めます。弁護人は質問を続けてください」

「証人。先ほどの証言では暴力は娘さんたちにも及んでいたとのことでしたが、具体的にどの程度のものでしたか」

「末娘の倫子は六歳になったばかりですが、頰《ほお》の皮が剝《む》けていたのを見たことがあります。訊いてみると伸吾からひどく抓《つね》られたという話でした」

「皮が剝けるほど強く抓ったんですね」

「上の美雪はもっと酷かった。やはり殴られて唇を切っていました」

「警察に相談しようとはしなかったんですか」

「身内の恥を晒《さら》したくないという気持ちもありましたが、それよりも亜季子さんに止められました。夫を犯罪者にはしたくない、と泣かれたんです。そうなれば、もうわたしの出る幕はありません。隣宅の斉藤さんに監視をお願いし、時々様子を窺うことしかできなかった」

「伸吾氏の暴力が更にエスカレートし、それが娘さんたちに及ぶとなれば、被告人は護ろうとするでしょうか」

要蔵が口を開きかけた時、また岬が割って入った。

「異議あり。裁判長、弁護人は証人から事実ではなく印象のみを引き出そうとしています」

その顔色を見て御子柴はほくそ笑む。伸吾の暴力行為があったことは要蔵から供述調書を取った際にも出ていたことだが、所轄《しょかつ》の捜査員が詳細まで詰めていなかった。岬にしてみれば、見過ごしていた不発弾がいきなり炸裂したようなものだろう。

「異議を認めます。弁護人は事実のみを確認するように」

「それでは事実のみを申しましょう。今の証言を要約すれば、被害者の暴力は日常化しており、しかもその矛先《ほこさき》は幼い娘たちにも向けられていました。これ以上、エスカレートすれば自分ばかりか子供の命も危険に晒される。被告人は仕事に時間を割《さ》かれながらも子供の教育にも躾にも落度はなく、母親として責めを負うところは全くありません。しかも日々の労働で心身ともに疲弊した被告人は判断力も摩耗していました。仮に凶行があったとしても、それは被告人が身勝手に夫を疎《うと》んじたためではなく、あくまで自分と子供たちの身を護らんがための正当防衛であった可能性が極めて高い。それは世間一般の母親に照らし合わせてみても当然の行為であり、何ら罪に問われるものではないと主張します」

御子柴はそう言い切ってから腰を下ろした。それを確認して要蔵は短い溜息を吐く。

「裁判長。反対尋問を」

「どうぞ」

岬はゆっくりと立ち上がる。それはまるで獲物に襲い掛かる前の準備のように見えた。

「被告人と娘たちは被害者から日常的に暴力を振るわれていたとのことですが、それは事実ですか」

「事実です。今、まさにそう申し上げた」

「失礼、訊き方を間違えました。証人は頻繁《ひんぱん》に被害者宅に出入りしていたとのことでしたが、では、被害者が実際に被告人たちに暴力を加えている現場を目撃したのですか」

畜生——御子柴は胸の裡《うち》で毒づいた。岬は証言内容自体を無力化するつもりだ。

「いや、殴っている場面に居合わせた訳ではありませんが……しかし、亜季子さんたちがそんな嘘を言うはずがないですよ。そんな必要も」

「証人は質問された事柄についてのみお答えください。もう一度お訊きします。証人は被害者が家族に暴力を振るっている場面を一度でも認めましたか」

「伸吾はわたしの前ではいつも猫を被っていたから、そんなところを見せるはずが」

「証人は事実のみを。目撃しましたか？　それともしませんでしたか？」

「目撃は……しておりません」

御子柴はすぐに迎撃《げいげき》に出た。

「裁判長、今の検事の質問は詭弁《きべん》です。いくら暴力が日常茶飯事であったとしても、その現場に偶然居合わせる確率などゼロに等しい」

「だが、証人は頻繁に出入りしていると言った。暴力行為自体も頻繁であったのなら目撃例が一度もないのは却って不自然だ」

「検事。一昨年の交通事故件数をご存じですか」

「……何を言い出す？」

「一昨年の交通事故件数は全国で七十二万五千七百七十三件。つまり四十三秒に一件の割合で事故が発生していることになるが、検事は今まさに交通事故の起きた瞬間を目撃したことがありますか」

「それこそ詭弁だ。交通事故の発生率は都道府県によってもばらつきがある。第一……」

「弁護人と検察官。その話は本案件に直接の関係がありますか?」

壇上の三条がやや呆れた様子で口を挟んだ。

「確率論ならば法廷外でして欲しいものです」

「失礼しました」

「今の検察側の質問は記録から削除しておくように」

御子柴は形だけ謝ると、さっさと席に座る。茶番めかしたのは承知の上だ。要は岬の質問をはぐらかし、要蔵に余裕を与えればそれでいい。狙い通り、要蔵は気を取り直したようだった。

岬は咳払いを一つした後、言葉を続ける。

「では証人。事件発生当時、あなたは被告人が被害者の死体を処分している最中に出くわした訳だが、その際被告人または娘二人に新しい暴行の痕跡は認められましたか」

「その時にですか」

「そう。過去にではなく、まさにその時です」

しまった。

御子柴は臍《ほぞ》を噬《か》んだ。

「いいえ。その時には新しい痕がついていたようには見えなかったと思います」

「そうでしょうな。駆けつけた捜査員も鑑識も、被告人にも二人の娘にも直前についた外傷はなかったと報告していますから。つまりその事実は、被告人の行動が弁護人の主張するような正当防衛ではなかったことを意味します。何しろ直前に暴力を振るわれた事実はないのだから」

「異議あり。裁判長、検察は正当防衛の趣旨を著しく狭義に捉えています。暴力を受けた瞬間の反射的な行為以外にも、慢性的な暴力から身を護る防衛もこれに含まれるはずです」

「弁護人。それを主張するには正当防衛の成立要件のうち、急迫性の侵害を立証する必要がありますが、可能ですか」

御子柴は一瞬口籠もる。

正当防衛の要件とは、

（状況の要件）
１　急迫性の侵害
２　その侵害が不正であること
３　自己または他人の権利防衛
（行為の要件）
１　やむを得ずにした行為
２　防衛の意思
を指す。

このうち三条の求める急迫性の侵害とは、その侵害が果たして差し迫ったものであるのかという状況確認だ。もちろんこれは侵害される側、即ち亜季子の側がどう判断するかではなく、あくまでも客観的な視点によるものになるのだが、侵害を契機として相手に積極的な加害を行おうとした場合には過剰防衛の可能性が出てくる。伸吾の暴力が素手によるものなのに対し、亜季子の加害がカッターナイフという刃物であること、更に防衛の場所が相手の無防備になる浴室で実行されたとなると、闇雲に正当防衛を争点にした場合却って不利になるかも知れない。

ここはいったん逃げた方が得策だった。

「その立証については現在用意していません。次回公判まで時間をいただきたい」

「いいでしょう。検察側、他に反対尋問は」

「では、もう一つ。証人が現場に踏み込んだ際、被告人は死体を処分しようとする最中だった。そうですよね」

「はい。だが、わたしが目撃したので亜季子さんはすぐに観念したようになって……」

「何を観念されたのだと？」

「それは」

「死体を処分して犯行を隠蔽することを、ですよね？」

「まあ……」

「それは、とか、まあではなく明確に答えてください」

「裁判長。今の発言は強要に当たります」

「強要ではなく確認です。その時被告人はわざわざブルーシートを脱衣所に広げ、浴室内の血を洗い流していた。もしあなたが偶然に家を訪ねなかったら、被告人はそのまま隠蔽工作を続行していたと思いますか」

駄目だ、それを言っては。

「検事は仮定の設問を証人にしています！」

「どうですか？　証人」

「多分、続けていたでしょう。しかし悪事を隠そうとするのは誰もが」

「証人。結構です」

要蔵の言葉を封じて岬は尋問を断ち切る。御子柴は再び胸の裡で悪態を吐く。今回、要蔵を証言台に立たせた狙いは伸吾の印象を落とし、相対的に亜季子の心証を変えてしまうことにあった。一審では深く言及されなかった伸吾の加虐に殊更焦点を当てたのは、一にも二にもその目的があったからだ。人間の印象は第三者によって形成される。被害者の父親が亜季子に同情を寄せるような証言をすれば、必ず裁判官の心情に訴えることができると踏んでいた。

だがその目論見を知った岬は、要蔵の口から亜季子の犯行隠蔽を語らせることで同情点を帳消しにしてしまった。

くそ。今のジャッジは検察側だ。

「裁判官、次の証人をお願いします」

続いて証言台には吉脇がやって来た。この男もまた、場慣れしていない緊張で表情を強張《こわば》らせている。もっともこんな場所に慣れている一般人というのも珍しいが。

「証人。氏名と職業を言ってください」

「吉脇謙一。緑川会計事務所で公認会計士をしています」

「被告人の同僚ですね」

「そうです」

「一審の判決文は読みましたか」

「いえ。判決は聞きましたけど中の文言《もんごん》までは……」

「判決文の中には、被告人が同僚であるあなたに恋愛感情を抱いたのが動機のひとつになったように記してあります。あなたは被告人からそういったことを打ち明けられましたか」

「とんでもない」

吉脇は頭《かぶり》を振って言った。

「プライベートで津田さんから聞く話といえば娘さんのことばかりでした。恋愛に関してなんて、これっぽっちもありません。何度か一緒に食事をしたこともありますが、仕事の合間にランチに行く程度で、その時の会話だって仕事の愚痴《ぐち》に終始したくらいですから」

「では、そんな素振りもなかったと。しかし、あなたが気づかなかっただけじゃなかったんですか」

「中学生じゃあるまいし、旦那を殺してまでみたいな視線を浴びてたら大抵気づきますよ」

「被告人が夫のことに言及することはなかったのですか」

「それは……記憶にありません」

「証人は自分で記憶力がいい方だと思いますか」

するとと吉脇は苦笑交じりに答えた。

「少なくとも記憶力が悪いと公認会計士の仕事は辛いと思いますね」

「つまり被告人が夫について語ったことは全くなかったと考えてもいいですね？」

「ええ。もしも話していたら憶えていたと思いますが、本当に年齢や仕事などは全く聞いていないんです」

「では、逆に変だとは思いませんでしたか？　プライベートな話もまともにしない同僚が、自分と一緒になりたいがために夫を殺したと聞いて」

「それは思いましたとも。藪から棒というか、全然身に覚えのない話ですから」

「動機が捏造《ねつぞう》されたという感触はありませんか？」

「裁判長！　誘導尋問です」

即座に岬が抗議したが、これは想定内だ。

「認めます。弁護人、質問は慎重にしてください」

本事件について取り調べの全過程は録取されていると聞いた。最初から録画されていると聞けば被疑者が緊張するのは当然だが、同じことは取り調べをする方にも当て嵌まる。自白の強要や誘導尋問もそのまま記録されるとなれば慎重にならざるを得ない。

煎じ詰めれば、冤罪阻止の御旗《みはた》の下に施行される試みは全て検察と警察の不名誉を下敷きにしたものだ。半ば恥辱を覚えながら作成した供述調書にまたぞろ冤罪の可能性を示唆されて気色ばまない訳もなく、検察側から冷静さを奪うことはこちらの得点に結びつく。

「それでは質問を変えます。つまり証人としては、自分が伸吾氏を殺害した動機だとは思えないということですね」

「ええ、その通りです」

「裁判長、ここで弁護人は先に検察側の提出した甲七号証を弁論に使用します」

傍聴人席が微《かす》かにざわつく。

岬は憮然としていた。

「甲七号証は津田要蔵氏からの報せを受けた世田谷警察が現場に到着した際、鑑識課が採取した鑑識資料の一覧です。中心になっているのは犯行現場となった浴室ですが、当然その他被害者と被告人の手が触れたであろう物全てを拾い上げている。捜査は微に入り細を穿ち、周到を極めている。髪の毛一本、虫の糞《ふん》ひと欠片も見逃さない。犯罪捜査にかける執念が行間から漂ってくるようです」

芝居っ気たっぷりに会釈を送ると、途端に岬はむっとする。普段はやらないことだが、岬のような人間にはこうした挑発の仕方が一番効果的だった。

「注目したのはこの三枚目、キッチンの屑籠《くずかご》に投げ込まれていたゴミの内容です。いや、正確に言えば、スーパーのレジ袋を籠の内部に広げてゴミが一杯になったらその袋ごと捨てるようになっている。丸められたティッシュ、輪ゴム、カップ麵及び冷凍食品の容器と袋、事件当日を含めた四日分の折り込みチラシ、牛乳の紙パック、毛髪、パン屑、消しゴムのカス、レタスの芯、玉ねぎの皮、バナナの皮、食材用のプラ容器、羽虫の死骸、そして……避妊具のパッケージ」

御子柴は岬に紙片をひらひらと振ってみせる。

「このパッケージが四日分のチラシと同じ屑籠に入っていることから、事件直前まで被告人と伸吾氏の間には夫婦関係が継続していたことが分かります。そして今の吉脇証人の証言と重ね合わせても、夫婦関係が継続し、吉脇証人に具体的なアプローチを何一つ行わなかった被告人が夫を排除せんがため計画殺人を実行したというのは不自然極まりない。従って、弁護人としては伸吾氏への犯行は衝動的な正当防衛であることを重ねて申し述べるものです」

敵の死角を突いたアッパーカット。効果はあったようだ。三条は悩ましげな表情を見せ、岬に至っては顔を顰《しか》めてこちらを睨んでいる。

だが、すぐに反撃があった。

「裁判長、反対意見を」

「どうぞ」

立ち上がった岬は正面から御子柴を見据えた。その姿はどことなく徹底的な打ち合いを望むボクサーのようにも見える。

「何とも恣意《しい》的な弁論で面食らったが……弁護人は未婚者なのかな？　夫婦というものがあまりお分かりになっていないようだ」

ほう、と御子柴は感心した。いきなりカウンターでも打ち込んでくるかと思ったが、この古強者《ふるつわもの》は軽いジャブで遊ぶことを知っている。

「神聖な法廷で下卑《げび》た話をするのはいささか気が引けるが……夫婦仲の良さと夜の営みの有無には厳密な相関関係がある訳ではない。それこそ夜のお務めという言葉通り義務で続けている夫婦もあるだろうし、逆に手をつなぐだけで充たされるという夫婦も皆無ではないだろう」

傍聴人席で誰かが小さく噴いた。

「また謀殺《ぼうさつ》という視点から見れば、被害者を油断させるために性交渉に応じていたという解釈も成り立つ。性交を終えたばかりの雄に襲い掛かるとなれば、まさにカマキリの雌を連想させるが……いや、これは言葉の綾でしたな。失礼」

くそ、と御子柴は唇を嚙む。そっちの論法できたか。

「また被告人が供述調書の中で述べていたような恋愛感情は存在しないということだったが、これも首肯しかねる論拠ですな。どうも弁護人は男女の機微には精通していないようだが、恋情は言動に表われるものだけではない。昨今ではすっかり珍しくなってしまったが、プラトニックという概念もある。また、それが被告人の一方的な思い込みであった可能性もある。つまり証人の何気ない仕草を被告人が勝手に拡大解釈してしまったというケースです。こちらは逆に昨今目立っているストーカーの特徴そのものです」

　岬は被告人席を一瞥するが、亜季子は悄然と座っているだけだ。

「問題は、思い込みであれ錯覚であれ本人にとってはそれが真実であり、伸吾氏を殺害する動機には充分なり得るという点です。弁護人の言説を聞いていると、どうやら被告人に殺意がなかったことを立証したがっているようだが、論拠が如何にも薄弱だ」

　御子柴は弁舌を聞きながら、その反証の仕方に舌を巻いた。こちらの主張が牽強付会《けんきょうふかい》の誹《そし》りを免れないことは百も承知だったが、その一つ一つに丁寧で、しかも辛辣な反証を挙げてくる。こちらのゲリラ戦法に狼狽《ろうばい》せずに対処した上で、きっちりと矛先を潰している。最初の対戦で辛酸を嘗めた反省を踏まえて、がらりと戦法を変えてきたのだ。

　老練でありながら学習し、自分の武器と戦術を増やし、そして更に老練さに磨きをかけていく――こういう敵が一番手強い。

　事実、裁判官と傍聴人たちの反応を窺っていると、岬の弁論に素直に耳を傾けていることが分かる。主張を聞くというよりは音楽を聴いているような表情であり、これは岬の言葉が彼らの耳どころか胸まで届いていることを示している。

「先刻、義父の証言で明らかなように被告人は被害者を殺害すべくカッターナイフを握って浴室に飛び込んだ。浴室で被害者は文字通りの丸腰で抵抗する術《すべ》を持たない。そして被害者を騙して後ろを向かせると、背後から首を三度刺した。いいですか、一度ではなく三度だった。この計算高さと執拗さは衝動的な犯行であるなどとはとても言い難い。しかもその後、被告人はわざわざ納屋に置いてあったブルーシートを引っ張り出した。義父が目撃した時、死体はブルーシートの上に置かれていたことから、この使途は明白だ。殺人を犯した直後に通報するならまだしも、死体隠蔽を目論んでいた時点で謀殺と指弾されても仕方がない。長年連れ添ってきた伴侶が邪魔になるとまるでゴミのように扱う、身勝手で許されない行為だ。正直、一審判決の懲役十六年でも検察は満足していない。裁判官殿には弁護側の詭弁に翻弄されることなく、厳正なる審理をお願いしたい」

そう言い切って岬は着席した。もしも許可されていれば、傍聴人席から拍手が起きても不思議ではないくらいに見事な弁舌だった。

さながら社会正義の体現者といったところだが、この検事がそう振る舞っても嫌味に感じないのはやはり人徳というものだろう。加えて世の潮流は厳罰化に向かっている。岬のような存在はその先導役としてはうってつけと言えるのかも知れない。

だが、と御子柴は冷笑する。

厳罰化が法理論の討議の上で成り立っているのならともかく、その実態は凶悪犯罪の頻度に市民感覚が困惑しているだけだ。死刑制度の存廃も含めて立法府が徹底的な議論も行わず、歴代の法務大臣の判断はブレ続け、世論の成熟も待たずに見切り発車で始めた裁判員制度がこれに拍車をかけた。裁判員裁判が法廷に取り入れたのは市民感覚ではなく、市民感情だ。凶悪犯罪への抑止力ではなく報復手段として厳罰化が進んでいる。

そして市民感情が判決を左右させるのであれば、こちらにも勝機はある。

「裁判長。被告人質問を」

「どうぞ」

亜季子がのそりと立ち上がる。鈍重な動きが裁判官にどう映るか気にはなったが、今更亜季子に演技力を期待するのは無理な注文だった。

「まず被告人に確認します。事件の起きたころ、ご主人との夫婦関係はありましたか」

「ありました」

「それは一方的なもの、例えばレイプ紛《まが》いのものでしたか」

「いいえ。合意の上でした」

「つまり、ご主人から暴力を振るわれることはあったが、夫婦間で修復を図ろうとする雰囲気はあった訳ですね」

「そうです」

御子柴は頷いてみせる。ここまでは亜季子と打ち合わせた通りの問答だ。

「ただ、あの人は始終部屋に閉じ籠もっているので会話らしい会話はできずにいました」

「同僚である吉脇さんについて、ご主人にはどんな風に話したんですか」

「職場にはあなたと同い年の公認会計士がいるけれど、将来を嘱望された立派な人だと……」

「その途端に殴られた？」

「はい」

「恋愛感情云々《うんぬん》の話はせずに？」

「はい。あれは男の嫉妬だったんだと思います」

御子柴はふと不安を覚えた。最後の言葉は打ち合わせにはなかった。

「嫉妬？」

「男の人も嫉妬をします。容姿ではなく、学歴や収入で嫉妬します。無職だった津田は人一倍そうでした。定職に就いている人、収入が安定している人を蔑《さげす》んでいました。そうしていないと自分が落伍者《らくごしゃ》のレッテルを貼られるようで不安だったんだと思います」

何やら雲行きが怪しくなってきたので切り口を変える。

「事件当日、あなたは仕事に疲れて帰って来た。二人の娘さんは自分たちで食事を済ませて自室に戻っていたが、引き籠もっていたご主人にはちゃんと用意しなくてはいけない。あなたは買ってきた冷凍食品を温めたが、そこでご主人に罵られ殴られた……そうでしたね？」

「はい」

「しかし事件直後にやって来た要蔵氏や捜査員の証言では、あなたの顔に殴られたような痕はなかった。それは何故ですか」

「供述した内容は間違いでした。顔ではなく腹を蹴られたからです。あたしが床にうずくまると、また何度も蹴りました」

「その時、どう思いましたか」

「このままでは殺される、と思いました」

「カッターナイフはどこにありましたか。供述調書では納戸の工具箱にあったと」

「後から考えるとそれは記憶違いでした。カッターナイフはキッチンにありました。きっと娘たちが菓子か冷凍食品の袋を開けるのに使ったのでしょう」

よし、ここはシナリオ通りだ。納戸に取って返して凶器を持ち出すよりは、偶然手元にあった物を知らない間に握っていたという方が衝動的な行動に映る。

「それから後のことは無我夢中になっていたせいでよく覚えていません。とにかく津田のことが恐ろしくて恐ろしくて……気がついた時には目の前に血塗れの津田が倒れていました」

「それから？」

「津田はもう息をしていませんでした。改めて浴室を見ると返り血が飛んでいて、あたしにもべっとり血がついていました。娘たちはもう寝ていたようです。自分の身体はシャワーで洗い流し、津田をそのままにしておくことはできなかったので、あたしは何か下に敷く物はないかと思って納屋に行きました」

「何故、そのままにしておけないと思ったんですか」

「掃除するのに邪魔だったからです」

また廷内がざわついた。だが、岬一人は亜季子の言わんとすることを察知したのだろう。驚きを隠せない様子でこちらを見た。

「死体の遺棄は考えていなかったということですね」

「はい。動顛《どうてん》していたせいか、とにかく血で汚れてしまった浴室を掃除しなきゃと思いました。それで津田の身体をシートの上に移しておかなきゃいけなかったんです。それで一生懸命壁についた血を洗っていたらお義父さんがドアを開けて立っていて……」

「そこで正気に戻った」

「そうです」

「結構です。裁判長、今お聞きの通りです。被告人は自らの犯行を隠蔽しようとして浴室の洗浄やブルーシートの用意をしていた訳ではありません。自身のしたことに自失し、掃除という日常行動を取ることによって精神のバランスを保とうとしていたのです。犯罪に縁のない善良ないち市民なら、それが正常な反応の一つとも思えます。被告人には殺意も、そして犯罪隠蔽の悪意すらもありませんでした」

名指しされた三条にわずかばかりの困惑が読み取れる。詭弁かそれとも正論か。いずれにしても人間心理に関わる事柄なので、判断に迷うところだろう。

だが、それこそが御子柴の狙いでもある。固定化している亜季子への心証を覆すには、事件の風景をいったん破壊しなければならない。そのためには多少乱暴な詭弁も必要だった。

「弁護人。被告人への質問はそれで終わりですか」

「終わりです」

「検察側の反対尋問は」

「はい」と、岬が三度《みたび》立ち上がる。

立ち尽くしている亜季子を睨《ね》め回す。恫喝《どうかつ》するような視線ではないが、その動作だけで亜季子は不快そうに身を縮めた。

「今の証言についてですが……被告人の娘さんたちはよくできたお子さんのようですね」

「はい……」

「夕食もあなたが不在の時は自分たちで済ませてしまうとか」

「はい。下の娘はまだ六歳ですが、インスタントや冷凍食品なんかは自分で作りもします」

「ほう、それは感心だ。鑑識からもそれを裏づける報告がある。先ほど弁護人が列挙した屑籠の中身にカップ麺及び冷凍食品の容器と袋とあったが、これらはいずれも姉妹が扱った物で二人の指紋が検出されている。手慣れたものだ。ハサミやカッターを使わず、ちゃんと袋の端を開いて中身を取り出している。つまり……彼女たちがキッチン周りでカッターナイフを使用する機会はなかった。使用しない道具が身近にあったというのは、ひどく不自然に思える」

そこからくるか――御子柴は歯噛みをする前に、その用意周到さに驚いた。今の切り返しはよほど鑑識資料を読み込んでいなければ出てこない。

「また被害者殺害時の状況だが……被告人に質問します。先ほどは明確な言及がなかったが、被害者から暴行を加えられて怖くなり、その後は無我夢中で覚えていない、凶器となったカッターナイフも知らぬうちに握っていた……そうですな？」

「はい」

「そして浴室の被害者に向かって背中を流してやるからと言い、自分も裸になって入って行った。これもその通りですか」

「はい」

「カッターナイフを持ったまま？」

「はい」

「事件の発生した五月五日、被告人の着用していた衣服はTシャツとジーパンでした。これも間違いない？」

「五月なら……きっとそうだったと思います」

「ふむ。第一報で駆けつけた警官の証言と一致しています。ただ、そうなるといささか腑に落ちない箇所が一点ある。被告人は気が動顚したままカッターナイフを握り締め、浴室の被害者と会話を交わした後、服を脱いで自分も浴室に入ったのだが、では服を脱ぐ際にカッターナイフはどうしたのかな?」

今度はそこからか。

御子柴は思わず舌打ちした。

「Tシャツにしてもジーパンにしても片手で脱ぐのは困難だ。もし片手で何かを握っているのなら、いったん手放さないと脱衣は難しい。つまり先の証言を採用すると、被告人は無我夢中で脱衣所に行き、無我夢中で被害者を騙すと、無我夢中で服を脱ぎ、その際持っていたカッターナイフをいったん手放し、裸になるとまた無我夢中でカッターナイフを取り、そして浴室に飛び込んだことになる。どう考えてもこれは辻褄が合わない」

岬は亜季子の顔を覗き込むようにして見る。亜季子は視線を避けて俯いている。

「更に、被告人が犯行直前に受けたという暴行の事実も疑わしい。これは先に提出した捜査資料にはなかったが、所轄署が現場に到着した際、被告人の言動が不安定だったので女性警察官が彼女の身体検査を行っています。全裸にした訳ではないが、DVの有無はないか腹部や背中を見分している。しかし、そのどこにも暴行の痕は認められなかった」

くそ、と御子柴は胸の裡で悪態を吐いた。そんな事実を今まで隠していたのか。

警察も、そして亜季子自身も。

「所轄署の作成した供述調書は、従って一部に誤認があります。犯行の直前、被告人が被害者から暴行を受けた事実は立証されません。以上のことを踏まえれば、被告人は直前に被害者から暴行を受けず、カッターナイフという工具が置かれて当然の場所からそれを持ち出し、被害者に虚言を用いた上で凶器を片手に浴室に侵入したことになる。服を脱いだのも最初から返り血を浴びることを予想していたからだ」

朗々と歌うような弁舌には澱《よど》みがなく、細部に至るまで論証した上で言葉にしていることが分かる。

「つまり、この事案は衝動的に正当防衛を行った結果ではなく、完全に計画された殺人事件なのです。被害者が生活無能力者であったことを鑑みても、その身勝手な犯行は到底許されるものではありません。以上、反対尋問を終わります」

簡潔に結んで岬は腰を下ろした。

三条は得心したように小さく頷き、傍聴人席には安堵にも似た空気が広がっていた。

「弁護人、他に陳述することはありますか」

「ありますが、準備不足です」

「では次回公判は二週間後の十時。よろしいですか」

御子柴は岬と共に承諾するが、肚《はら》の中では法廷にいる全ての人間を呪っていた。その中にはもちろん亜季子も含まれている。

こうして控訴審第一ラウンドは岬の圧勝に終わった。

4

裁判所から戻ると、事務所には小さな暴君が待っていた。

「センセイ、おかえりー」

御子柴は倫子の姿を見るなり、げんなりとした。法廷で岬から手ひどい一撃を食らった直後なので、泣きっ面に蜂といったところか。

「もう会いたくないと言ったはずだが」

「すみません。また来ちゃったんです」

倫子の後ろでは、さすがに洋子が小さくなっている。

「へへー、すごいでしょ。今日は誰にも訊かずにここまで来れたよ」

「いつからここは託児所になった」

「先生が公判に出掛けてわたし一人でしたから家まで送る訳にもいかず……」

「それなら今すぐ送っていけ」

「わたし、今日は残業です。顧問料請求の明細をまとめて、明日一斉に送信しなければならないので」

「どうして、また来た」

目線に合わせて睨んでみせたが、倫子は唇を尖らせるばかりで少しも怖がらない。一晩泊めたばかりに慣れてしまったのかも知れない。これでは多少怒鳴ったところで、もう泣きもしないだろう。

「ママの裁判、終わったんでしょ。だから待ってたの」

「終わった訳じゃない。まだ第一ラウンドだ」

「勝ってるの?」

答える気にもならなかった。

「この子はわたしが帰してくる」

「あの……いいんですか」

「いいも悪いも、こんなのが事務所にいたら仕事にならん。事件現場にも一度行くつもりだったんだ。ちょうどいい」

しきりに恐縮する洋子を残して、御子柴は倫子を駐車場に連れて来た。ドアを開錠すると、倫子はそこが自分の指定席だとばかりに助手席に滑り込む。

「勝手に乗るな」

「ごめんなさい」

殊勝に謝ってはいるものの、顔が笑っている。糠《ぬか》に釘とはこういうことを指すのだろうと思った。

公判を通じて分かったことがある。倫子のどこか背伸びした物言いは、間違いなく家庭環境の影響によるものだ。

両親が口汚く罵り合う家庭、片親が不在で金銭的にも時間的にも余裕のない家庭では、大抵の子供が逞《たくま》しくなる。親の不甲斐なさが自立を促すからだが、倫子はその典型だった。

「今も姉さんと二人暮らしなのか」

「今は時々、叔母さんが泊まりに来るよ」

「姉妹でそっちの家には行かないのか」

「うん。お姉ちゃんずっと寝てるし、叔母さん家《ち》はちょっと狭い」

今は幼い姉妹の二人暮らしでも何とか事なきを得ているが、長続きする話ではない。母親の亜季子が釈放されない限り、二人は要蔵が引き取らざるを得ないだろう。狭い、という言い方は同居することを念頭に置いているからだろうか、と思う。

「ママ、元気だったの？」

「変わりはなかった」

亜季子が元気な時を見たことがないので、こう言うより他はない。倫子はしばらく前方を向いていたが、思いついたように御子柴を見た。

「センセイ、勝てる？」

「お前やママの協力がなけりゃ勝てない」

「キョウリョクって？」

「少なくともわたしだけには嘘を吐かないこと」

「りんこ、センセイに嘘なんか言ってないよ」

「お前はな。問題はママだ」

「ママが嘘吐いてるの」

「嘘かどうかは分からん。だが何かを隠している」

それは弁論中に何度も頭を掠《かす》めた問題だった。供述調書を読んでも、本人と直接言葉を交わしても、まだ掴みきれていないものがある。

弁護を引き受けたからには全力をもってこれに当たる。御子柴の数少ない美徳だったが、それも本人の考えが十全に分からなければ迷走する可能性がある。いったい亜季子は何を考え、何を隠蔽しているのか。

世田谷の閑静な住宅街に入り、事前に把握していた津田家の住所に近づく。この辺りは比較的新しい建物が多く、区画が整理されていることも手伝って落ち着いた佇まいを見せている。津田の自宅はその一角にあった。外壁の色もまだ鮮やかだったが、かなり広めの駐車場はがらんとしており、事情を知る御子柴にはうら寂しい印象しかない。一等地の住宅地に居を構えながらも、その内実は夫婦の口論が絶えず経済的には破綻寸前だったのだ。見かけがどれだけ豪奢であろうとも、中身はうそ寒い現実に食い荒らされていた。

チャイムを鳴らそうとする前に、倫子がポケットから鍵を取り出して玄関ドアを開け放つ。

途端に甘い匂いがした。幼児がいる家特有の乳臭さだったが何故か不快には感じない。

「ただいまー。りんこ帰ったよー」

返事はないが、倫子は御子柴の手を引いて二階に上がる。

階段を上がりきると細い通路を挟んで左に一部屋、右に二部屋が並ぶ。それぞれのドアには〈みゆき〉、〈りんこ〉、〈ママ〉というプレートが吊り下げられている。

「お姉ちゃん、お客さん。入ってもいい？」

「待って……」

中から聞こえてきたのはくぐもった声だ。

しばらくしてからドアが開けられた。

「美雪です」

現れた少女はパジャマの上にカーディガンを羽織っていた。長い髪で華奢《きゃしゃ》な身体をしているのが服の上からでも分かる。十三歳というからまだ中学生なのだろうが、母親に似ず美人系の端整な顔立ちなので、見ようによっては高校生でも通じそうだった。

「すみません、こんな格好で」

「病気でしたか」

「あの日から、ちょっと体調を崩して……」

あの日、というのは伸吾が殺害された日のことだろう。母親が父親を刺したのだ。十三歳の少女にすれば体調を崩してしまうのも無理はない。

「君のお母さんの弁護人を引き受けた御子柴という者です。下の部屋を調べさせてもらいますが」

「どうぞ。倫子、案内してあげて」

「オッケー」

「じゃあ……」

消え入るようにそう言うと、美雪は部屋に引っ込んだ。

「ずいぶん悪いのか」

尋ねると、倫子は首を横に振った。

「怖くってね、外に出られないだけ。えっとね、セーシンテキなものだってお医者さんが言ってた。弱っちいねー」

「お前は怖くないのか。母親が父親を殺したんだぞ」

口にしてからしまったと思ったが、倫子はさして気にする風もなく、

「りんご怖くないよ。だって、ママがそんなことするはずないもの」と答えた。

信じる者は救われるか——御子柴は苦笑しながら納得する。何かを信じる力は人を盲目にする。逆に猜疑心は人の感覚を鋭敏にする。世界の実相は知れば知るほど過酷なものだ。だから、幸福になりたければ我を信じよという宗教のお題目はある意味正鵠《せいこく》を射ている。人の世の不幸を見たくなければ神やら理想やらお伽噺《とぎばなし》の世界に遊んでいればいいのだ。

一階に下りると、キッチンは対面式でリビングと区切られている。リビングは十五畳ほどの広さで、廊下を挟んだ反対側に一部屋、それからバス・トイレが位置している。御子柴は捜査資料の中にあった現場見取り図を頭に浮かべながら、配置と距離を確認していく。

一見して気づくのは倫子に対する細やかな配慮だ。

テーブルの角、椅子の角、その他諸々の調度品は全て角が丸く加工された物に揃えられている。これも幼い倫子に配慮してのことなのか、ハサミなど尖った物は全て箱に仕舞われてテレビ台の抽斗に収められていた。

冷蔵庫のドアの至るところにメモが磁石で留められ、そこだけでは足らなかったと見えて壁にも学校のスケジュール表やらが貼ってある。リビングのテーブル周辺には倫子の物らしいオモチャと、これは美雪の物なのかシュシュと髪留めが無造作に放置されている。ソファの上の壁には倫子が描いたものだろう、下手糞《へたくそ》な似顔絵が貼ってある。

ひと言で言えば所帯臭い部屋だった。雑然とした光景は侘《わび》しささえ漂わせる。ところが御子柴にはどこか心地好い光景だった。初めて立つ場所なのに不思議な懐かしさを感じる。物の散らかりようが少しも気にならない。この空間には母子の愛情が満ち溢れている。

そして思い出した。

御子柴の生まれ育った家がちょうどこんな風景だったのだ。

両親と三つ違いの妹。ここよりはいくぶん手狭なリビングだったが、雰囲気はそっくりだ。食事はばらばらで摂っていたが、家族構成が同じだと家の中の光景も似てくるのだろうか。

あの頃、御子柴が帰って来る時間には母親と妹が決まってテレビを見ていた。二人ともよく笑っていた。御子柴には可笑《おか》しくも何ともない内容だったが、まるで姉妹のように笑い興じていた。

その笑い声も今は聞こえない。

思い出そうとしても、記憶の彼方に消えて呼び戻すこともかなわない。あの時、確かに団欒《だんらん》と呼べるものがあったが、自分はその中に入ることを拒絶していた。自分という存在は、ここにいる者たちとは別なのだと思っていたからだ。見かけが同じでも、中身は全く違う孤高の存在なのだと信じていたからだ。

馬鹿な話だ、と御子柴は今更ながらに思う。確かに家族と自分は別の存在という認識は正しかった。ただし天地が逆だった。自分は孤高の存在なのではなく、地中深く穿たれた深淵に潜む原生動物だった。

――いや、感慨に耽《ふけ》っている場合ではない。

御子柴は頭を振って気を取り直した。キッチンに足を踏み入れて周囲を見回す。電子レンジの横に手動のスライサーが一台置いてある。包丁捌《さば》きの苦手な主婦が愛用する調理器具であり、これ一台で大抵の食材は捌けると聞いたことがある。恐らく娘たちにも簡単な調理ができるよう、亜季子が購入したのだろう。だがシンク下の収納部分にも包丁が一本も見当たらないことから、亜季子自身もスライサーを愛用していたのだろうと推測した。

次に御子柴は脱衣所の方に移動した。キッチンから脱衣所までの動線は一直線になっており、キッチンで刃物を手にした亜季子がそのまま脱衣所に向かったという御子柴のストーリーを補強できる。

脱衣所は広い。これなら伸吾の死体をブルーシートの上に置くのも可能だったろう。

浴室を開ける。惨劇が起きたのは半年も前のことであり、鑑識後は徹底的に洗浄されたであろうから血痕一つ残っている訳ではないが、それでも御子柴の鼻は生臭い血飛沫の臭いを嗅いだ。鼻腔が記憶した感覚は、こういう場所を訪れる度に甦る。

浴槽を見つめながら、亜季子の犯行を反芻《はんすう》してみる。

背中を流してやるからと背後から近づく亜季子。伸吾は油断しきって振り返ろうともしない。無防備に晒された頸部。亜季子は後ろ手に持っていたカッターナイフをその首筋に突き立てる。

一回、二回、三回。

刃先は正確に頸動脈を捉えている。これは死体検案書に記述されている通りだ。凶器を抜き差しする度に大量の返り血が噴出して、亜季子の顔や手を赤く斑《まだら》に染める。テレビや映画でこういうシーンを撮ると大抵血飛沫が放射状に勢いよく飛び散っているが、実際には極細のホースから間歇《かんけつ》的にぴゅるぴゅると飛び出す程度だ。それでも至近距離に近づけば顔にかかるくらいの勢いはある。

やがて伸吾は絶命する。全身を血塗れにした亜季子は、しかし少しも動じない。血と脂で全身がぬるぬるするが化粧落としと同様の感覚で洗い流していく。そしていったん服を着直し、裏口を通って納屋からブルーシートを引っ張り出す。浴室に取って返し伸吾の死体を脱衣所に移すと、血飛沫の付着した壁をシャワーで洗い始める——。

御子柴は軽く舌打ちをする。検察側の描いた画に大きな矛盾は見当たらない。いや、現場を見れば見るほど岬の弁論が事実を正確に描写しているように思える。

脱衣所から通路に出ると、リビングの反対側には一部屋があった。恐らくここが伸吾の個室になるのだろう。

入った途端に饐《す》えた臭いがした。リビングに満ちていた甘い匂いとはまるで異質のものだった。

壁際の机の上にはデスクトップ型のパソコンが一式とボールペンが数本、壁にはフローチャートが三枚横に並べてある。伸吾がデイトレードに入れあげていた頃の名残《なごり》だろう。パソコン横にはペーパーナイフが挟まった四季報と会社情報、そして申し訳程度に株式投資の入門書が一冊。

おそらくその程度の資料で事足りると考えたのだろう。自分が他人よりも賢いと思い込んでいる愚者の典型的な装備だ。経験と慎重さを厭《いと》い、勘と度胸で機先を制することが勝利への道だと嘯《うそぶ》く。地道な研究や地を這うような努力を敗者の道と嘲笑する。そして結局はその資料代すら回収することができない。

一方、机の下では混沌が幅を利かしていた。至るところに散乱した紙片、マンガ本、雑誌、新聞の切り抜き、菓子袋、カップ麵の容器、インクカートリッジ、白レーベルのディスク、束ねたコード類、脱ぎ捨てられたままの衣服。屑籠は溢れ返った中身で半分がた埋もれていた。これでも鑑識が毛髪やら微細な埃《ほこり》を採取した後と考えれば、伸吾の生前は更に散らかっていたことが推測できる。

異臭の正体もおおよそ見当がついた。食品と虫の死骸から発散する腐臭、それを強引に抑え込もうとして散布した芳香剤が醸《かも》し合う臭いだった。

この部屋には目的と秩序がなかった。

目的を持った者の部屋には秩序があり、秩序のある部屋には目的が見える。この部屋の主は混迷し、憤慨し、錯乱し、そして停滞している。津田伸吾の精神状態はこの部屋の通りだったのだろう。

「何か分かったの？」

倫子の声で御子柴は我に還った。

「お前のパパが仲間外れだったことは分かった」

「お部屋にはね、誰も入れなかったの。仕事場だからって」

同じ屋根の下にいながら伸吾の部屋は完全に独立している。いや、隔離されていると言った方が妥当だ。そして、その距離感がそのまま家族の距離感に直結している。

この家の中で殺人が起きたことが実感として迫ってきた。

だが他方、どうしても解消されないちぐはぐさも残る。御子柴自身にもはっきりと明示できない何か――。

「センセイ。どうかしたの」

「黙っててくれ」

何かがそぐわなかった。ジグソーパズルの絵に一つだけ形の合わないピースがある。

それは――。

それは――。

突然、閃光が走った。

そうか、ちぐはぐさの正体はこれだったか。

御子柴はリビングに戻り、最前に通った動線を再び辿った。そして亜季子の部屋を開けてあることを確認すると、ようやく捜し物を見つけたように頷いた。

「ねえったら。センセイ」

腰に纏わりつく倫子に気づくと、御子柴はその目線まで腰を落とした。

「最近、誰か医者に診てもらったか」

「お姉ちゃんだけだよ」

「その他には」

「いないよ」

ひょっとしたら大きな勘違いをしていたのかも知れない。

御子柴は携帯電話を取り出して事務所の洋子を呼び出した。

「わたしだ」

『どうしたんですか、先生』

「悪いが明日朝一番でやって欲しい仕事がある」

『明日朝一番は顧問先への明細書の送信が』

「そんなもの後回しでいい。至急、津田亜季子の戸籍抄本附票を入手してくれ」

『附票……ですか？』

「そうだ。彼女の移転履歴を確認したい。いいか、それが第一優先だ」


翌朝、事務所に出勤すると洋子が書類を揃えて待っていた。

「取って、おきました」

時折、雇用主に非難の目を向けるが命令された仕事は迅速にこなす。この点だけでも洋子を雇ったのは正解だった。

御子柴は附票を確認する。生地から神戸市内に異動。その地に十八歳になるまで居住して東京に異動。これは就職のためだろう。その後、結婚して新居に移り、更に一度の転居で現住所に至っている。これだけの記載で亜季子の歩んできた軌跡がうっすらと透けて見える。現住所を定めた日は次女倫子の生年と前後していることから、家族が増えるのを機会に賃貸から一戸建てへ移ったものだろう。

御子柴は附票の一点に注目していた。昨日摑んだヒントはその場所に関わっている可能性が大きい。

「今から出張する」

「今から、ですか」

洋子は溜息混じりに復唱する。この横暴な雇用主の仕事ぶりは先刻承知だろうから、文句を言わせる筋合いはない。

「その間できる仕事は自分の判断で。困ったら連絡しろ」

「出張先は」

「神戸だ。いや、ことによったら彼女の生家にも行かなきゃならない。帰社予定は不明」

それだけ言うと、早速御子柴は旅支度を始めた。洋子はまだ質問がある様子だったが、雇用主が無言で支度を進めていると諦めた顔で溜息を吐いた。

第三章　守護人の懊悩《おうのう》

1

「津田亜季子。面会だ」

刑務官の声で亜季子は上半身を捻った。

「家族が来ている」

聞けば来ているのは義父と倫子だと言う。会いたい気持ちと会いたくない気持ちが同時に起きたが、身体は自然に刑務官に従っていた。

単独室から無機質な廊下を通って面会室に移動すると、アクリル板の向こう側には既に要蔵と倫子が座っていた。東京拘置所に移送されてから倫子と顔を合わせるのは初めてだったので、やはり込み上げてくるものがある。

今この境遇に耐えている身に母親としての感情は却《かえ》って邪魔になる。亜季子は一瞬、同行を許した要蔵に腹を立てた。

亜季子の姿を認めた倫子が顔を板に押しつけんばかりに近寄る。

「ママ！」

久しぶりに聞く声に心がぐらり、と揺れた。それを堪えて自分も席に腰を下ろす。

「少し瘦せたか？　亜季子さん」

要蔵が気遣わしげに顔を覗き込む。化粧っ気のない顔を見られるのは平気だったが、心が折れそうな表情を見られるのは嫌だったので自然と俯《うつむ》き加減になった。

「ここの食事、あまりカロリー高くないから……あの、美雪は」

「相変わらず部屋に閉じ籠もっておるようだ。少量ながら三度三度の飯は食べているらしいから身体面の心配はないが」

「りんこが作ってやってるんだよ」

倫子が作れるとしたら電子レンジで調理できるものが精々《せいぜい》だろう。それでも何も口にしないよりは数段マシというものだ。

「何か欲しい物はないか。食べ物とか菓子とか。直接の差入《さしい》れはできんが売店で買えると聞いた」

この中で必要な物は食べ物よりは替えの下着だったが、それは既に自費で購入済みだ。第一そんなものを義父にねだるつもりなど毛頭ない。

「特に欲しい物はありません。お義父さんには美雪と倫子の世話だけしてもらえれば」

「ああーっ、お姉ちゃんの世話してるのりんこなのにぃ」

倫子が唇を窄《すぼ》めて抗議する。いつもと変わらぬ仕草なのに、アクリル板が双方を遮断している事実がひどく非現実的に思えてくる。

「御子柴という新しい先生のことだけどね」

要蔵の口から出た名前に耳がすぐ反応した。

「あの人は前の先生と全然違う感じがするな。直接ウチにも来たがえらく熱心だった。亜季子さん、どうやって見つけた？」

「あたしが見つけたんじゃないんです。前任の宝来先生と御子柴先生の間に取り決めがあったらしくて……あたしは書類に署名しただけです」

「何だ。あんたの伝手《つて》ではなかったのかね」

「あたしは知りませんでした」

亜季子がそう答えると、要蔵は訝しげに眉を顰《ひそ》めた。

「まず、あの先生はカネが目的ではない。亜季子さんやわしが払える弁護士費用など高が知れているからね。それでわしは、どんな報酬が望みなのかを訊いてみた。するとあの先生は宣伝効果だと答えた」

「ええ、あたしにもそう言いました」

「しかし、それがよく分からん。確かにこの事件は新聞やテレビで大きく報道されたが、一審の判決以後は他に大きな事件が起きたこともあってほとんど取り上げられることはなくなった。今更、弁護人を引き受けたところで大した宣伝効果はないと思うのだがね」

言われてみればその通りなので、亜季子も考え込んだ。面会室での第一印象は今でも忘れることがない。執拗で計算高い目をしていた。あんな目をした男が慈悲や奉仕精神で汗を流すはずはない。必ず何か別の目的があるに決まっている。

「弁護士費用の他に何か要求されなかったのかね」

「具体的なものは何も。ただ、刑事や検察官にはどんな嘘を言っても構わないけど自分にだけは真実を話せと」

「もしも受任した理由が先生の言う通り宣伝効果だとしたら、それを達成する方法は一つしかない。亜季子さんに勝訴判決をもたらすことだ」

要蔵は思慮深さを窺わせる眼差しで亜季子を見る。

「今のままではこちらの敗色が濃厚だが、控訴審で逆転判決が出ればまたこの事件にスポットが当たる。そうなれば先生の言うように宣伝効果とやらも出てくるだろう」

「逆転判決……」

「単に減刑するとかじゃない。あの先生が宣伝効果を狙っているのなら、やはり本気で無罪判決を取ろうとする」

無罪判決。

何かの冗談かと思ったが要蔵の目は真剣だった。そしてまた、この舅が根拠のない当てずっぽうを言う人間でないことも分かっている。

「あの先生を信じてるんですか」

「長い教員生活を送って得たものはそんなに多くなかったが、教育委員会やら組合やらＰＴＡやらに揉まれたお蔭で人を見る目だけは養われた。亜季子さん、あの御子柴という先生はとんでもなく有能だよ。人間性はともかくとして弁護士としての手腕は信じるに足ると思う」

「りんこも御子柴センセイなら信じるよ」

倫子は楽しそうにそう言う。

「どうして倫子がそんなこと分かるの」

「だってあのセンセイ、りんこのこと絶対に子供扱いしないもの。嘘言ってないもの」

亜季子は倫子の言葉に虚《きょ》を衝《つ》かれた。

倫子は年端《としは》もいかないのに妙にはしこい子供で、話した相手の人となりを即座に把握してしまうようなところがある。人間観察の鋭さは要蔵からの隔世遺伝なのかも知れない。

その舅と娘が御子柴を信頼していると言うのに、自分は逆に警戒心を抱いている。理由はよく分かっている。

三人とも御子柴が優秀であることを承知している。だからこそ隠し立てをする必要のない要蔵や倫子は全幅の信頼を置いている。それに対して、自分はある事実を隠蔽しているから戦々恐々としている。当然の理屈だ。

叡智は鋭ければ鋭いほど諸刃《もろは》の剣になり得る。御子柴の智慧が自分にとって騎士の剣になるのか、それとも死神の鎌になるのか、今はまだ見極めがつかない。

「ママ」

「うん？」

「御子柴センセイはいい人だよ」

「いい人かどうかは断言できなくとも、現状あの先生に頼らざるを得ないのはその通りだ。亜季子さん、ここはひとつあの人に託してみようじゃないか」

「はい……」

亜季子は仕方なく頷く。だがそれを見た要蔵は納得するどころか、更に不審そうな顔をこちらに向けてきた。

「亜季子さん。ひょっとしてわしに隠していることがあるんじゃないかね」

「そんな」

「あんたは御子柴先生に対してどこか及び腰に見えるが、それは先生やわしに言えないことがあるせいじゃないのかね」

要蔵の透徹《とうてつ》した視線が自分を射抜いている。心の裡を見透かされそうで思わず下を向く。全く、この舅の勘の良さにはひやひやする。思えば新婚当初からそうだった。見てもいない伸吾の言動について次々と喝破《かっぱ》した。実の父親なら当然という思いもあったが、それ以上に人間観察力の確かさがある。この男の前で隠し立てをするにはよほどのポーカーフェイスが必要になる。

御子柴に知られてならないことは要蔵にも知られてはならない。これは誰にも洩らしてはならない秘密だ。

「あ、そうだ。御子柴センセイも同じこと言ってたよ。ママが何か隠してるって」

ああ、やはりあの弁護士は油断がならない。たった一度の接見と法廷でのやり取りで、自分が抱えているものに気がついたらしい。

「お義父さんにそう見えるのは、きっとまだあたしがあの先生に慣れていないせいです。隠していることなんて何もありません」

「それならいいんだが」

「御子柴センセイね、お家にも来たんだよ」

「家に?」

「りんこ送ってもらったから。お姉ちゃんにも挨拶してね、お家の中をぐるっと回っていったよ」

途端に不安が渦《うず》を巻いた。法廷では自分の唯一の味方であるはずの弁護士が、まるで警察以上の脅威に思える。

「先生、家の中を見て何か言ってた？」

「それから？」

「あのね、パパが仲間外れになってたのが分かったって」

「りんこが、パパの部屋は仕事場だから誰も入らなかったって言ったよ」

「他には何も言ってなかった？」

「えっとね。ママのコセキ何とかヒョウを取ってくれって、事務所の洋子さんに頼んでた」

「戸籍……」

意外だった。御子柴は自分の過去に探りを入れようとしているのか。

だが、自分の過去と今回の事件に直接関連することなど何もないはずだ。それなのにいったい何故調べる必要があるのだろうか。

いつか誰からか聞いたことがある。戸籍は原則本人とその家族しか請求できないが、例外として弁護士も入手することができるらしい。自分が抗《あらが》って阻止できるものではないが、それでも御子柴が入手することには言いようのない不安があった。

「とにかく二審の判決まではまだまだ時間がある。最後まで根気が続くよう、体調を崩さんようにな。ここにはなるべく顔を出すようにするから」

「ありがとうございます」

亜季子は深々と頭を垂れる。

いくら身内とは言え、亜季子は実の息子を殺した犯人だ。本来であれば仇であるはずの自分にこれほど気を遣ってくれる要蔵には、いくら頭を下げても下げ足りない。

「ママ、大丈夫だよ。ママにはりんことおじいちゃんと御子柴センセイがついてるんだから」

面会時間も終わりに近づいた頃、倫子が板に両手を張りつかせてそう言った。

言葉よりも、その手の小ささに亜季子は目を奪われた。

二人に別れを告げ単独室に戻ってからも、御子柴が自分の戸籍を調べていることが頭から離れなかった。現在の事件については自分なりに考えもし、証言もした。担当の刑事や検事から何度も同じことを質問されたお蔭で、事実の推移をまるでタイムテーブルをなぞるように詳述することができるようにもなった。それは法廷での陳述《ちんじゅつ》が己《おの》が武器になったということでもある。

ところがあの御子柴礼司という男は、自分が全く予想もしていなかった場所を掘り返そうとしている。まるで人が感知しない臭いを探り当てる猟犬のように。

では、その鼻が探り出したものはいったい何なのか――。

亜季子は不安を殺しきれないまま、部屋の壁に背を預ける。まさか自分の弁護人にこんな畏怖《いふ》を覚えるなど想像もしなかった。

この事件と過去を繋ぐもの。そんなものがあるとは到底思えない。だが御子柴が調査しているのなら、恐らく亜季子自身も気づいていないピースがそこにあるのだろう。

どうせ考える時間なら無尽蔵にある。

亜季子はゆっくり記憶を遡《さかのぼ》ろうと思った。

せめて過去の映像と声が明確になる地点まで回想してみようと試みる。

記憶の最深層にあるのは赤いランドセルだ。すると小学校に入ってからの出来事なのだろう。そこから以前に遡ることはできない。まるで漆黒《しっこく》の壁に遮《さえぎ》られたように思考が届かない。きっと、それが記憶の限界なのだろう。

後から聞いた話によると自分は福岡市で生まれたらしい。就職試験の際に取り寄せた住民票にも本籍地が明記してあったが、その頃の記憶は一切欠落している。

「ここが新しいお家よ」

母親は幼い亜季子の手を引いてアパートの一室に入って行った。中では父親が引っ越しの荷物を解《ほど》いている最中だった。

アパートの間取りは台所と居間、そして居室が二部屋の３ＬＤＫだが、居室はいずれも六畳程度しかないからさほど広くはない。それでも両親と幼い亜季子三人が住むには充分な広さだった。

「新しいお家で新しい生活が始まるのよ」

母親は憑き物が落ちたような顔で亜季子に言った。その様子から、引っ越し以前の生活が一家にとって快適なものではなかったことが何となく分かる。

解放感を覚えたのは亜季子も同様だった。以前の記憶はないものの、新しい部屋に入った途端、重いコートを脱いだような感覚があった。

「早く友達ができるといいな」

梱包《こんぽう》を解いていた父親が作業を中断して亜季子の頭に手を載せる。太い指で髪をまさぐられると妙に心地好かった。

母親の言う新しい生活というのは比喩《ひゆ》でも何でもなく、両親には新天地での仕事が待っていた。父親は外食チェーン店の店長、母親は保育士と以前の仕事をそのまま続けていた。

「しばらく一人で留守番になるけど我慢してくれよ。新しい仕事に慣れるまで、父さんも母さんもしばらくかかりそうだから」

「うん」

父親から申し訳なさそうに頼まれると、不安でも頷かざるを得なかった。それでも顔を見られたくないのでずっと俯いていた。

二人とも出勤が早く帰宅が遅かった。母親は夜の八時を過ぎてからようやく帰り、更に父親は亜季子が寝入ってから帰宅することが多かった。だから亜季子は小学校から帰ると、そのまま四時間一人で留守番をした。

寂しくなかったと言えば嘘になる。転校したてでまだ友達もおらず、近隣も知らない者だらけ、おまけに全員が聞き慣れない関西弁を話すものだから嫌でも孤立感が募る。まるで異国に一人取り残されたような心境だ。

そしてまた、始終欠落感にも襲われた。以前にはいつも誰かが自分の近くにいてくれていたような気がする。どこの誰とも分からない、名前も間柄も不明の人間だが確かにそんな存在があったはずなのだ。それが記憶の始点では影も形もなく、亜季子は戸惑うしかなかった。

孤立感と欠落感は不安を更に高める。亜季子は小学校から戻るなりドアの鍵を二重に掛け、母が戻って来るまでの四時間はテレビもつけず息を潜めるようにして過ごした。父親の買い与えてくれた本を読み耽り、物語の世界に没入した。そうしなければ泣き出しそうだった。泣くことはできなかった。母親が帰るまで泣かずにじっと我慢していることが自分の義務だと思っていた。両親も亜季子の前では口にしなかったが、望んで転居した訳でないことは空気で察しがつく。喜び勇んで新しい職場に入ったものではないことも表情で分かる。二人が我慢しているのなら自分が我慢するのは当たり前だと思ったのだ。

引き籠もりが癖になり、土日も家から出ようとしなくなると、さすがに母親が心配した。母親だからなのかそれとも保育士という職業柄なのか、亜季子の心が病み始めているのをいち早く察知すると進んで外に連れ出した。

一家の新しい住まいは神戸市長田《ながた》区という地域だった。駅を中心としたメインストリートには洒落た外観の店舗が並び、往来を行き来する客もこざっぱりとした格好をしている。近くに港を控えているせいか外国人の顔も目立っていた。

「綺麗な街やねえ」

母親は声を弾ませて言った。幼い亜季子の耳にもご機嫌取りのように聞こえる口調だった。園児やその父母と話すうちに馴染《なじ》んだのだろう、アクセントが関西弁に染まり始めていた。

「前に住んでたところと全然違うし、お母さん、ここがすっかり気に入ったなあ。亜季子はどう?」

訊かれても答えようがなかったが、街並みの綺麗さには同感だったので頷いてみせた。

「よかった。ねえ、これからも日曜日には港に来ようよ。お父さんも一緒にさ」

母親は亜季子の相槌《あいづち》も確かめないままに言葉を続ける。

「さっき通りかかった公園に三人で行くのもええな。あのお洒落なレストランで食事をするのもええし、ああ、ポートアイランド！　お母さん、一回行きたかったんだ。大阪にも近いから安くて美味しいもの、沢山食べような。そんな風に楽しいことや嬉しいことを重ねてこ。そうすれば辛いことや悲しいこともきっと忘れられる」

話している途中から言葉の端々《はしばし》が途切れがちになった。

「ほ、本当にね、あんな酷いことがあったのなら、この先はいいことばっかりでないと割りに合わないよね」

それを聞いて亜季子は激しく動揺した。

ここに移り住む前に何かがあった。それがどんなものか亜季子には判然としないが、一家を遠く神戸の街まで追いやるには充分な出来事だったらしい。そして、それは全能の守護者にも思えた母親を徹底的に粉砕するような出来事だったのだ。

不意に不安が黒い翼を広げて舞い降りた。全能だと思っていた母親はか弱い存在で、自分を保護してくれていた皮膜が実は脆弱《ぜいじゃく》なものであったことが怖ろしい現実となって立ちはだかる。

亜季子は堪らず泣き出した。今まで堪えていた堤が一気に決壊するように熱い塊《かたまり》が流れ出した。母親の前で泣いたことが悔しくて情けなくて更に涙が溢れた。

「亜季ちゃん」

母親は宥《なだ》めようとはしなかった。怒ろうともしなかった。ただ亜季子を胸に深くかき抱いて嗚《お》咽《えつ》が外に洩れるのを防いでくれた。

二人は道往く者から好奇の視線を浴びながら、しばらく舗道の隅に縮こまっていた。

四月、亜季子は四年生になった。

「亜季子なら、きっと新しい友達が大勢できるよ」

新しい店舗での仕事に忙殺される父親は未だ亜季子と接する時間を持てずにいた。そんな状況下で亜季子の心情を汲み取ることも叶わず、言葉は上滑りするばかりだった。

短い期間といえども、やはり三年生の時分に友人を作っておくべきだった。クラス替えして間もなくは前学年時代の交友関係を核とした集団が形成されていて、亜季子は仲間に加われずにいた。

同じ小学四年生でも男児と女児では精神年齢に大きな差異がある。男児は男児のままだが、女児は第二次性徴の発現と共にこの頃から自分の脆弱さを本能的に知り、身を護るために敵味方を選別し派閥を作り始める。

派閥要員の条件は至極単純だ。容姿の優れた者、成績の良い者、家柄の良い者は引く手数多《あまた》となる。逆にそうでない者は集団から弾かれやすい。そして集団から弾かれた者はイジメの対象候補になる。

容姿や成績は十人並み、両親が共働きの亜季子はどこからも誘いの声が掛からず、加えて関西弁に馴染めないので口数も少ないままだった。

そうして亜季子はあっという間に孤立した。

子供は世知《せち》がない分純粋で、そして残酷だ。どこの派閥からも外れた亜季子は結局、親友と呼べる友人を作れずじまいだった。だが、後から考えてみればそれはまだ穏当な扱いだったと言える。特定のグループに入れないだけでクラスメイトとの会話は成立したし、別に迫害を受ける訳でもない。単に皆の興味の対象外になっただけの話だ。

だが、二学期を境に事態は一変した。

この頃になると既に男児のグループにも女児のグループにもボス格が生まれていた。そして女児グループの中で最大のメンバーを擁するのが麻理香《まりか》を頭とする一派だった。

クラスの成績はいつも三番以内、顔立ちが人形のように整った麻理香は人前で騒ぐこともなく、教師からの信頼も厚かった。優等生というのは彼女のためにある言葉だった。

だが、麻理香は常に自分のための生贄《いけにえ》を必要とした。自分より容姿の劣る者、家が裕福でない者、そして自分の気に障った者を見つけ出し、徹底的にいたぶり、蔑み、罵倒した。まるでそうすることで精神の均衡を保っているかのようだった。現に一学期中に苛《いじ》められた女児が不登校になった時、麻理香はしばらく上機嫌だった。

その麻理香の次なる餌食《えじき》に選ばれたのが朋美《ともみ》だった。大人しく目立たない存在の朋美は、優等生の麻理香にしてみれば格好のオモチャに見えたらしい。

麻理香たちの態度でそのことを察した亜季子は胸が軋《きし》んだ。親友とまでは言えないものの、朋美は数少ない話し相手だったからだ。

せめて麻理香たちに近づかないように警告だけはしてあげよう――そう決めていると、目の前に麻理香たちが立っていた。

「亜季子、いっつも一人やけどあたしたちのグループに入りたい？」

入りたいとは思わなかった。だが拒絶すれば麻理香の怒りを買うことは火を見るより明らかだったので、頷くより他になかった。

「じゃあ、入会テスト受けて」

「入会テスト?」

「簡単や。朋美をちょっとからかうだけでええよ」

「そんな……」

「あ、断るのお?」

断ればお前を標的にしてやる。

麻理香の目がそう告げていた。このクラスに亜季子を護ってくれる者は誰もいない。気がつくと腋の下から嫌な汗が噴き出していた。

麻理香の指示に従い、汚れた水を半分ほど入れたバケツを持って音楽室に行く。ちゃんと取り巻きの二人が横についているので逃げることもできない。すると予想通り朋美はそこにいた。教室では目立たない朋美が唯一輝いて見えるのがこの場所であり、五歳から続けているというピアノは亜季子が聴いても上手いものだった。

この演奏の上手さが麻理香の逆鱗《げきりん》に触れた。麻理香も同様にピアノを習っているのだが、こればかりは才能の有無がものを言う。自分より秀でたものを選《よ》りに選って朋美が手にしていることが、きっと麻理香には許せないのだろう。そして、朋美への迫害について自分の手を汚さないのも麻理香らしい。

朋美の弾いている曲は亜季子にもそれと分かる有名な曲だ。

ショパンのノクターン第二番。

冒頭の印象的なフレーズが装飾を加えながら反復されていく。そのメロディが心地よくて亜季子は思わず歩調を緩める。

朝の乾いた風が吹き渡る。変化する四小節のフレーズを聴いていると、まるで温《ぬる》い羊水の中に浸っているような気がしてくる。

亜季子はとうとうその場に立ち尽くした。

不意に、去って行ったもの失くしてしまったものへの追憶が湧き起こる。それが何なのか明確には分からないが、きりきりと胸を締めつける。

時に躊躇いがちに、時に急峻《きゅうしゅん》にメロディが上下する。

「どうしたん。はよ歩きぃ」

監視役の一人がせっつくが、足が石膏《せっこう》で固められたように動かない。ノクターンの誘う哀愁と後悔の情感が四肢の自由を奪っている。

次の瞬間、亜季子はやっとそのことに気づいた。

朋美に牙を向けさせてはいけない。彼女は自分が護ってあげなくてはいけないのだ。

今すぐ向きを変えて取り巻きの二人を追い返せ。そして麻理香に、朋美には手を出すなと通告してやるのだ。

だが、いきなり後ろをどんと押された。

「行けったら！」

よろめいた勢いで呪縛《じゅばく》が解けた。そうだ、今、自分は囚われの身なのだ。麻理香たちの言うことを聞かなければ学校に自分の居場所はなくなってしまう。いや、それどころか心身がぼろぼろになるまでいじめ抜かれる。

心と身体が別の動き方をする。体勢を崩しながら亜季子はよろよろと歩き出した。

音楽室の入口は二つある。手筈《てはず》通り、監視役の二人はピアノの正面から、そして亜季子は裏側に当たる入口に向かう。

「朋美ぃ、今日も熱入ってるなあ」

二人が朋美に話し掛ける。朋美の注意が二人に向けられている隙に亜季子が背後から近づく。

やめろ、と心が命じた。

それでも両手がバケツを抱えた。まるで他人の手のようだった。

刹那《せつな》、目を閉じた。

だが、ぶちまけた水が標的を捉えたのが分かった。

恐る恐る目を開けると、頭からずぶ濡れになった朋美の後ろ姿があった。その服からも、ピアノからも水滴が滴《したた》り落ちている。

亜季子は空になったバケツを放り出して脱兎《だっと》の如く駆け出した。背後から何かが追いかけて来るような気がしたので、一度も振り返らず必死に逃げた。

自分の教室まで辿り着くと、やっと足を止めた。教室の中では二人から報告を受けたらしく麻理香が満足そうに笑っている。

胸の奥底に黒い澱《おり》を感じた。

麻理香が憎い以上に自分が憎かった。護るべきだった人を逆に責め苛《さいな》んでしまった。

亜季子は堪えきれずに泣いていた。冷えた感触が頬を伝う。今までこんな不快な涙は流したことがない。悔しくて情けなくて、いっそこのまま消えてしまいたいと思った。

朋美はその日とうとう教室には戻らなかった。聞けば水分を吸ってピアノが使用不能になった責任も問われたらしい。二日後には登校して来たがひどく生気が失われ、音楽室からピアノが無くなったことも相俟《あいま》って朋美の存在感はますます希薄になった。

しかし希薄になったのはクラスの中だけで、逆に亜季子の中では途轍《とてつ》もなく大きな存在となった。

朋美は亜季子の罪悪感そのものだった。彼女の姿を見る度、彼女のことを思い出す度に自分の醜悪さと卑小さを思い知らされる。朋美と同じ教室にいる時間はさながら拷問《ごうもん》のようだった。

それがせめてもの抵抗と思ったのだろうか、朋美は己の存在価値を奪われようと、毎日麻理香たちから蔑まれようと登校し続けた。しかしそれが一番苦痛だったのは恐らく亜季子だっただろう。朋美とは五年生になってからクラスが分かれたので姿を見ることは少なくなったが、彼女は亜季子の心に埋めようのない大きな傷を残していた。

亜季子はあの日以来、ショパンのノクターン第二番を冷静に聴けなくなってしまったのだ。

高校に商業高校を選び簿記の資格を取得すると、卒業後すぐ東京の会計事務所に就職した。両親は大学進学を勧めたが、そうなれば経済的な理由で地元の大学を選択せざるを得なくなる。だが亜季子は一刻も早く、朋美への罪悪感と自己嫌悪が染みついた土地から離れたいと願っていた。東京を選んだのは神戸以外の大都市という以外に然《さ》したる理由はない。

十年近く神戸に住んでいたのですっかり関西弁が板についていたが、東京に移り住んだ途端、また訛《なま》りを直す羽目になった。

東京は地方出身者の坩堝《るつぼ》だ。そして大抵の者が標準語を話そうと努めているのに何故か関西出身者だけはそれに従おうとせず、周囲から煙たがられる傾向にある。亜季子は孤立するのが嫌だったので、進んで言葉を矯正した。そうすることで過去が払拭《ふっしょく》されていくような安心感もあった。

東京は隣人同士が干渉し合うこともないので亜季子には至極居心地が良かった。

ここには護るべき人間も護られるべき人間もいない。自分さえ律していれば余計な荷物を背負わずに済む。華やかでいて、その癖どこか雑多な街並みも自分の好みだった。

仕事も順調だった。公認会計士のサポート役に徹していれば誉められもせず貶《けな》されもせず、相応の給料を支給してくれた。目立たずにいれば誰からも何も言われなかった。ときめくような面白味はない代わりに、亜季子の求めてやまなかった平穏が約束されていた。

だが、それも長続きしなかった。

平成七年一月十七日。

出勤前のテレビに映し出された映像に亜季子は金縛りに遭ったようになった。自分の第二の故郷が瓦礫の山と化していたからだ。

通勤ラッシュ前に発生した震災。それでも震度七のもたらした被害は甚大で眩暈《めまい》を起こしそうな惨状だった。

亜季子は慌てて実家に連絡を取る。だが、何度掛けても電話は一向に繋がらなかった。会社に事情を説明するとすぐに数日間の休暇をくれたが、交通網は寸断され被災地に近づくこともできない。情報源はテレビのニュースだけだが、時間が経つに従って被害状況はどんどん拡大していく。

どこかの局が自分の実家付近を映していないかと何度もチャンネルを切り替えるが、目に飛び込んでくる光景はどれもが空爆を受けたような状態で、それが自分の知っている場所なのかどうかさえも判然としない。

灰燼《かいじん》に帰した建物、波打ち陥没した道路、寸断された立体交差、紅い炎と黒煙で陽光を遮られた空。その真下に実家がある。地獄絵図の中に両親がいる。それを思うと亜季子は錯乱しそうになった。

アナウンサーの感情を殺した声が淡々と、死者と行方不明者の数を更新していく。その数字の中に自分の両親が含まれていないことを一心不乱に祈りながら、亜季子はもう気づいていた。

自分の護るべき者は確実に存在していた。そろそろ身体の不調を訴え始めた両親。ただ身近にいなかったから忘れたふりをしていただけだ。

またか。また、自分は護るべき者を見捨てようとしているのか。

一睡もせずにひと晩過ごすと、東海道新幹線も大阪までは運行可能の状態になった。大阪から神戸までは六十キロ程度。歩いて歩けない距離ではない。自転車を調達するという手もある。

とにかく、できるだけ実家に近づこう――そう決心して、リュックに荷物を入れ始めた時だった。

携帯電話が着信を告げた。

亜季子は飛びつくようにして液晶画面を開いた。

『……もしもし?』

母親の声を聞いた途端、安堵《あんど》と後悔がせり上がってきた。

「お母さん！　ああ、無事やったんや」

『家は潰れちゃったけど、わたしはちょうど外に出ていて』

電話の向こうで母親が啜《すす》り泣き始めた。

『何度電話しても繋がらんかったし……』

「お父さんは。お父さんも無事よね？」

会話が途切れた。

背筋がざわざわとする。

『お、お父さんの店は一階やったから……わたしが行った時には、もう……』

その後の言葉はまるで実感を伴わなかった。

父親が、死んだ。

母親の言葉が耳を素通りしていく。

身体中から力が抜けていく。

気がつくと、亜季子は床に突っ伏し片手で上半身を支えていた。

数日後、避難所の母親と共に父親の亡骸《なきがら》を確認した。元々、老朽化したビルの一階部分だったのでダルマ落としのような状態で店舗が潰れていた。父親は着衣で辛《かろ》うじて本人と分かる程度で、全く人間の形をしていなかった。こんなに混乱した状況下でも葬儀屋は最低限の仕事をしてくれ、合同葬儀という形で何とか弔《とむら》うことができた。

だが、それで平穏が戻った訳ではなかった。胸の裡には整理しきれない感情が渦を巻き、時間の感覚が曖昧《あいまい》になっている。

何故、両親と一緒に暮らそうとしなかったのか。

何故、自分だけが居心地のいい場所で安穏としていたのか。

離れた場所で自分一人が災厄から免れたことが、罪悪感となって背中に重く伸《の》し掛かる。そして急ごしらえの祭壇に手を合わせていると、周囲の啜り泣きと慨嘆の声に紛れてピアノの音が聞こえてきた。

あの曲だ。

決して忘れようのない旋律。ショパンのノクターン第二番。

亜季子はすぐにその曲が流れ出ている場所に視線を走らせる。すると棺《ひつぎ》の並べられた向こう側に、その人物を見つけた。

自分と同様、棺に向かって手を合わせている女。あれから十年の刻を隔てているが見間違えるはずもない。

朋美だった。

ノクターンは棺の上に置かれたラジカセから流れているようだった。この第二番は朋美の好きな曲なのか、それとも棺の中に眠る家族が好きだった曲なのか。

いや、そんなことはどうでもいい。どちらにしても亜季子にとっては耐え難い曲だ。

これはあなたの復讐なの――？

喉元までせり上がった叫びは、しかし声にならない。朋美に近づきたくとも足が動かない。

ショパンの旋律が魂の脆弱な部分にきりきりと割って入る。緩やかなはずの四小節が切れ味の悪い刃物となって感情を切り刻む。

居たたまれなくなって亜季子は臨時斎場を飛び出した。涙と鼻水、そして恐怖でひどい顔になっているだろうが、それは外にたむろしている遺族たちも同じだ。

葬儀を終えて母親と話してみたが一緒に暮らすという結論には至らなかった。母親は神戸に、亜季子は東京に生活の拠点がある。一緒に暮らすというのは、どちらかがその拠点を断念することだったからだ。

「お母さんのことは気にせんでええんよ」

母親は気丈に笑ってみせた。

「仮設住宅に入ることもできるし、お母さん一人やったら何とかやってけるから」

きっとそれが母親としての意地だったのだろう。行き渋る亜季子を無理に大阪まで送り届け、新幹線の座席に押し込んだ。

「あたし、お父さんを護れなかった」

亜季子はそう呟いた。

「本当は近くにいなきゃいけなかったのに、一人で逃げてた」

「子供が何を言ってんだか」

母親は顔を近づけて言う。

「いつか、あんたには本当に護らないかんものができる。それまでその気持ちは大事にしとき」

東京に戻り部屋で膝を抱えていると、一人でいることが急に怖くなった。

自由は孤独なのだと知った。

束縛は保護の別名なのだと知った。

転機が訪れたのはその一年後だ。

決算期になって、会計事務所が顧問をしているソフト開発企業から税務書類の取り扱いについて確認したいとの申し入れがあった。亜季子が対応したのだが、説明しても電子メールや電話では埒《らち》が明かない。仕方がないので先方の担当者と直接会うことにした。

その担当者が津田伸吾だった。やぶにらみなのか疑い深さを思わせる目がひどく印象的で、着ている背広はセンスが悪く、風采《ふうさい》もぱっとしない。

説明は最初からまごついた。ソフト開発の企業に勤めているから数字には強いだろうというのは亜季子の完全な見当違いで、結局は会計簿記の考え方から教える羽目になった。それでもやはり優秀なのだろう、伸吾は亜季子の話を理解し、そして納得した。

意外だったのは納得した時の伸吾の様子だった。まるで憑き物が落ちたように晴れ晴れとした顔をしている。

「やあ、あなたに会って正解でした。曖昧だったことが全部腑に落ちた。説明、上手いんですねえ」

笑った顔に少年の面影があった。

「すみません。昔っから納得いくまではとことん粘るタチでして。解決するまではどうも不機嫌な顔になるらしい。これでどれだけ外部の人に嫌われたか」

「あたし、そういうの好きですよ」

亜季子は慌てて言い添えた。

「分からないのに分かったふりして笑うなんて、相手を馬鹿にしてます。自分が納得するまで引き下がらないのが本当の誠意だと思います」

すると伸吾は驚いたように亜季子を見た。

「そんな正論、久しぶりに聞くなあ」

　途端に顔が火を噴いた。持論ではない。ただ目の前の彼を弁護してやりたい気持ちが、そう口走らせただけだった。

「あのう、もしまた書類とかで不明な点が発生したら、あなたが担当してくれませんか」

「え」

「違う人に会う度に自分の癖を理解してもらうのは面倒だし、その……勝手だけどあなたとはウマが合いそうな気がするな」

　仕事上の申し出だから亜季子の方に拒否する理由はない。快諾すると、伸吾は言葉通りその後も幾度となく亜季子を呼び出した。

　お互い美男美女という訳ではないが妙に惹かれる。二人で会う場所が会社から喫茶店、話す内容が税務関係から個人的なものに推移するのはあっという間だった。

　約二年間の交際期間を経て、亜季子は伸吾と結婚した。

　その時亜季子は二十一歳。結婚を報告すると同僚たちは一様にまだ早いと驚いたが、母親の反応は違った。

「そう。おめでとう、良かったわね」

「お母さんは早過ぎるとか言わないの」

「わたしもお父さんと所帯持ったのは二十代半ばやったしね。それにあんたは早く家庭を作った方がええよ。もうそろそろ、独りが辛くなったんと違う？」

　やはり母親には敵わない。自分の心の裡など全て見透かされている。時期尚早という気持ちも確かにあったが、それよりもずっと独りで生活することに耐えられなかった。誰かと一緒にいたい、強靱《きょうじん》な絆で結ばれていたいという欲求は自由気ままな独身生活を駆逐していた。

伸吾からの勧めもあって会社は辞めた。伸吾の給料だけで充分に生活していくことができたからだ。会社の業績が好調なことに加えて、伸吾の昇進が早かったせいもある。伸吾の年収は同世代のサラリーマンと比較してもずいぶん高かった。

新居は八王子にある中古マンションを借りた。最初、伸吾は六本木の高級マンションを希望していたのだが、これに亜季子が異を唱えた。

「どうしてだよ。この程度の家賃なら毎月楽に払えるぜ」

「駄目よ。今からこんな高価《たか》い家賃払ってたら。将来家族が増えることを考えて貯金しとかなきゃ」

「子供一人そんなにカネはかからないだろ。もっと夫婦二人の生活を満喫するべきだよ。養育費の心配なんて、子供ができてからすればいいじゃないか」

「それからじゃ遅いの。あのね、子供服って大量生産できないから下手したら大人服よりも高くつくんだから」

「それにしたって、そんなに早く子供ができるとは思い難《にく》いんだけどな」

だが、伸吾の予想は見事に外れる。翌年、長女の美雪が誕生したからだ。

夫婦二人では広く感じた部屋も、美雪が加わると途端に狭くなる。ベビーベッドと子供服の収納、そして当然ながら夜泣きを考慮すると美雪一人でひと部屋を必要とした。

この頃になると伸吾は開発部の課長に昇進し、給料も増えたが残業時間はもっと増えた。帰宅は大抵夜半過ぎとなり、疲労の残る顔は美雪の泣き声を聞くと更に歪《ゆが》んだ。

どうやら夫が自分ほど子供好きではないらしいことに気づいたが、亜季子は現状に至極満足していた。何といってもここには護るべきものがある。そして絆がある。産着《うぶぎ》に包まれた美雪を抱いていると、母親としての自覚が身体の芯から湧き起こってくる。どんなことをしても美雪だけは護り抜くのだという決意が漲《みなぎ》ってくる。

自分は過去、護るべき者を救うことができなかった。その悔恨が美雪への溺愛《できあい》に転化していることは重々承知していたが、自制が利かない。か弱い者を護っているという意識が自分の存在意義にさえなっている。日中は美雪と二人きりの生活だったので、その思いはますます強固になった。

平日の激務の反動で、休日の伸吾はベッドの中にいる時間が多くなった。自然に二人とは接触も会話も少なくなったが、亜季子は意に介さなかった。その頃には伸吾の家族に向ける関心が低いことが分かっていたし、働き盛りの父親を持った家庭ではそれが一般的だと思い込んでいたからだ。現に自分も幼少期は父親に構ってもらった記憶があまりない。現存している思い出といえば自分が小学校四年生の頃からなので、伸吾にもその時分からスキンシップを深めてくれればいいくらいに考えていた。

バブル経済崩壊から十余年、日本経済は長く暗いトンネルに入っていたが、伸吾の会社は東南アジアに販路を拡大する戦略が功を奏し手堅く業績を伸ばしていた。雨後の筍《たけのこ》のように乱立していた関連企業が軒並み討ち死にしている中、伸吾の会社は特異な存在と言えた。

ところが、この特異性も長続きはしなかった。既に部品調達では中国、ソフト開発ではインドという両大国が人件費と原材料の安さで市場に雪崩《なだ》れ込もうとしていたのだ。だが国内の競争を生き延びた安心感が、取締役連中の警戒心を奪った。

そんな水面下の事情を開発畑一途に過ごしてきた伸吾が察知するはずもなかったが、表向き津田一家の将来は順風満帆《じゅんぷうまんぱん》に見えた。

次女の倫子が誕生したのはちょうどその頃だ。さすがに家族四人ともなると現状の住まいでは手狭になる。そんな時、伸吾が世田谷区に格安の更地物件があることを聞きつけた。話の出処《でどこ》は義父の要蔵で、相続税の支払いに困窮した跡取りが物納よりはマシと売りに出したらしい。

世田谷区といえば、特に人気の高い住宅地が多く集中している場所だ。この地区に一戸建てを持つことに憧れを抱く者も多い。かくいう伸吾もその一人で、すぐ買う気を起こした。実家の近くに越して来るならと要蔵が頭金を捻出してくれる。これに伸吾の貯金を足して二千万円。業者見積もりでは建築費込みの合計金額に四千五百万円足りないが、伸吾はローンで返済できると胸を叩いた。

「返済できるって……あなた、ゆとり返済付きの三十五年ローンなのよ。償還予定日には七十歳になってるのよ」

「六十五歳で退職金が出る。それで残金を払えばいい」

「退職金で払ったら、その後はどうやって生活していくつもりなの」

「馬鹿だな。何も六十五歳で楽隠居するなんて言ってないだろ。再就職するさ。そりゃあ今よりは収入は落ちるだろうが、夫婦二人なら楽に暮らしていけるさ」

伸吾の話を聞きながら、亜季子はその能天気さに呆れ、そして空恐ろしくなった。父親がフランチャイズ店を切り盛りしていたので、無理な住宅ローンの怖さは肌身に沁みて知っている。長期の住宅ローンが通用したのは昔の話で、昨今の景気観測の中で三十五年先を計算するなど鬼どころか日銀が嗤《わら》う。

ところが伸吾は自分だけは定年まで給料も賞与も支払われ続けると算盤《そろばん》を弾いている。そして確実に再就職できると信じている。今日びどれだけのサラリーマンが退職の憂き目に遭っているのか、どれだけの会社がまともな退職金も支給できないまま倒産しているのか、そしてどれだけの高齢者がハローワークの窓口で途方に暮れているか、夫は知らないのだろうか。

しかし亜季子がいくら不安要素を言い募っても、伸吾は根拠のない反論を列挙して潰していく。話していくうちに自分の夫が親子四人の住める家ではなく、高額所得者としてのステータスとして「世田谷の一戸建て」を欲していることに気がついた。それならば自分が何を言ったところで馬の耳に念仏だ。

結局、伸吾が押し切る形で新居の建築が決定した。伸吾と美雪は浮かれていたが、二人目の娘を抱いた亜季子は不安でならなかった。

そして新居に移り住んでから三年目の春、伸吾の会社は二年連続で赤字に転落し銀行の管理下に入った。銀行とはつまりユダヤの金貸しシャイロックの末裔《まつえい》であり、伸吾の会社には心臓近くの肉一ポンドの代わりに社員三分の一の首を切れと通告してきた。

そのリストの中に伸吾の名前も連ねられていた。甚《いた》くプライドを傷つけられた伸吾は人事担当者に捨て台詞を残して退社して来たらしい。数ヵ月後に振り込まれた退職金は給料一年分の金額でしかなかった。

順風満帆だったはずの津田一家は突如時化《しけ》に襲われた。だが船長である伸吾には荒海を乗り切る技術も経験もなく、あるのは過剰なまでの自己顕示欲と根拠のない自信だけだった。狂った羅針盤を手にした船長の率いる船が、まともに航行できる訳がない。

そうだ。全てはあれから壊れ始めたのだ。

2

今、御子柴の手元には津田亜季子の戸籍抄本附票と母子手帳がある。

戸籍抄本附票にはその人間の転出記録が時系列で記載される。そして母子手帳には妊娠期間中の通院歴が記載される。仮に産婦人科以外で通院するとしてもかかりつけの病院かその近辺の病院を選ぶ可能性が高い。

その二つの資料を組み合わせて、御子柴は亜季子の過去を遡ろうとしていた。恐らく今回の事案で突破口となる材料は過去のどこかに埋もれている。それを探し出す以外に審理を覆す手段はない。

倫子の証言はあったものの、一応現住所である世田谷区太子堂付近の病院を周囲一キロの範囲で当たってみた。結果は目ぼしい成果なし、だった。津田一家がこの地に新築一戸建てを構えた二〇〇五年から現在に至るまで、津田亜季子の受診記録は五件。そのいずれもが事件発生の四ヵ月前までに診療完結となっている。興味深いのはこの五件が全て整形外科の扱いになっていることだ。だが、これは御子柴の求める種類の記録ではなかった。

ただ、この確認段階で改めて思い知ったことが一つある。医療機関における個人情報保護法の壁だ。

個人情報保護法という法律は個人情報を取り扱う事業者に対して適用される。その中で医療機関は特に重要な機微事項を扱うことが多いため、情報管理には神経質になっている。

本人の法的代理という身分であっても、電話だけでおいそれと情報開示に応じてくれる訳ではない。たとえ該当する情報がなかったとしても、それすら即答はしてくれない。窓口まで足を運び、委任状を確認させた後にやっと本題に入れる。こんな時だけは警察が羨ましくなる。

次に御子柴は津田一家の一つ前の住所、八王子市を訪れた。母子手帳には美雪と倫子を出産した医院として八王子メディカルセンターの名前がある。二度目の出産を初産と同じ病院にしたのは、病院に対する信頼度が高いせいだろう。

受付で来意を告げ選任届の写しを見せると、すぐ応接室に通された。警察ほどではないにせよ、弁護士という肩書はやはり取次ぎを早くさせる程度には有効なのかも知れない。

五分ほどして姿を現したのは紅林《くればやし》という四十前後の産婦人科医だった。短めの髪を後ろに撫でつけた風貌は、さぞや患者の受けもいいことだろう。

早速、津田亜季子の名前と顔写真を見せるが、紅林の反応は鈍い。

「記憶にないなあ……最後の受診はいつになりますか」

「六年前になります」

「六年前……それだとカルテを残しているかどうかも怪しいな。見てきましょう。少し待っていてください」

紅林は中座し、しばらくしてから一冊のファイルを手に戻ってきた。

「ありましたよ、カルテ」

そう言うなり紅林はファイルを繰り出した。

「名前や写真よりはカルテを見た方が思い出しやすくて……つ、つ、津田亜季子、津田亜季子と……ああ、あったあった」

該当のページを一読してから紅林はようやく顔を上げた。

「思い出しましたよ。初産も二回目もわたしが取り上げた患者さんでしたね。それでお聞きになりたいことというのは」

「初診から分娩までの間、彼女に何か特異な点は見られませんでしたか」

「特異な点？」

「明らかに他の妊婦と変わっていたところです」

紅林は再びカルテに目を落として考え込む。

「ああ。そう言えば、やけに麻酔について訊かれましたね」

「麻酔を？」

「ええ。手術の直前、麻酔を使用することはあるのか、そのことをひどく気にかけていましたね。多分、痛みに耐性がない患者さんなんだなと思いました。二回ともそうだったので、思い出しました」

「その他には？」

重ねて訊いたが、紅林は首を横に振るばかりだった。念のために違う科での受診記録も調べてみたが、こちらは該当がない。

「津田さんの弁護をされているとか……津田さんがいったい何を？」

どうやら亜季子の事件については知らないらしい。きっとニュースを見ても思い出さなかったのだろう。事件のあらましを告げると紅林は眉間に皺を寄せた。

「それはまた……」

驚いているのかそれとも悲しんでいるのか、後の言葉が続かない。そのままカルテを畳んで軽い溜息を吐く。

「話しているうちにまた色々と思い出しましたよ。美雪ちゃんが生まれた時は、ご主人とお義父さんが連れ立って、それから神戸のお母さんも見舞いに来られて、狭い個室が人で一杯になりました。あの仲の良かったご夫婦がそんなことになるとは……」

自分の患者が被告人になるとどんな心境になるのか。恐らくはそれが紅林の職業倫理になるのだろうが、今の御子柴には興味がない。

「娘さんたちが不憫でならない」

おや、そこにいくのか、と紅林を見る。まだ若い医師は物憂げな顔を御子柴に向けた。

「わたしだけかも知れませんが、母親よりも取り出した子供たちの行く末が心配になる方でしてね。その子たちも、さぞ気落ちしていることでしょう」

すぐに倫子の顔が浮かんだ。自分の前では殊更奔放《ほんぽう》に振る舞っているが、子供なりの虚勢であるのは透けて見えている。しかし、それを紅林に伝える義務もない。

八王子メディカルセンターを出た御子柴は、半径十キロ圏内で検索した病院を片っ端から潰していく。対象は特定の科を抱えた病院だけなので大した数にはならないが、いちいち窓口まで行って確認するのに手間がかかる。

結局、八王子市での収穫はなく、この地の病院で御子柴が探し求めるものは発見できなかった。だが、これは当初から織り込み済みの結果だったので落胆するものではない。

次に御子柴は都内江戸川区に向かった。

江戸川区新堀《にいほり》一丁目。ここに亜季子が独身時代を過ごしたアパートがある——いや、あったというべきか。

御子柴が訪れた時、そこに当該アパートの姿はなく、代わりに月極駐車場があった。近所の住人に訊くと、アパートの老朽化に伴い家主が駐車場に転用したらしい。亜季子が住んでいた頃から数えても十六年が経過している計算なので、家主の判断も間違ってはいない。下手に賃貸物件を新築するよりも、駐車スペースとして利用した方が建築コストもかからず管理費用も最小限で済むからだ。

未だ亜季子の胸奥《きょうおう》を読み切れない御子柴は、駐車場の中心に立ってみる。以前の亜季子と同じ場所にいれば心理を共有できるかも知れない——御子柴には珍しい気紛《きまぐ》れだった。同じ殺人を犯した者同士の親近感がそうさせていた。

その時、風が吹き始めた。

皮膚にではなく胸の裡にだ。

少年時代、人を殺《あや》めた時から胸に吹いていた風。荒野を渡り体温を根こそぎ奪うような風が、今また渦を巻いている。これは亜季子の心象に自分が同調したからなのか、御子柴は慌てて頭を振る。

慣れないことはするものではない。やはり自分は依頼人の心理を共有するよりも、冷徹な論理で相手側の主張を粉砕する方が性に合っている。

身を翻《ひるがえ》してアパート跡を立ち去る。向かう先は保険組合の事務所だ。

亜季子は就職して寿退社するまでの四年間、千代田区内の滝本《たきもと》会計事務所に勤務していた。当時でも七人の公認会計士と二十数名の従業員を抱える大所帯で税務会計監査事務所健康保険組合に加入していたのだが、今回はそれが大いに役立った。

勤務先が健康保険組合に加入していると、診療を受けた際、病院から診療報酬明細書が組合に送られる。組合はその中身をチェックした上で、社員に医療費の通知と保険給付金支給決定通知書を渡す。この文書には医療費の内訳はもちろん、診療機関も明記されているので御子柴の調査にはお誂《あつら》え向きだ。亜季子が何らかの診療を受けたとして、健康保険を使わなかったとは考えにくい。しかも税務会計監査事務所健康保険は保険料率が七・二パーセント、本人負担はその半分の三・六パーセントとかなり割安となっている。

保険組合の窓口で名刺を出すと、すぐに担当者がファイルを抱えて飛んで来た。事前に亜季子の保険給付金支給決定通知書四年間分を請求していたのだが、今度は用意していたらしい。

「わざわざお出でいただかなくとも、こちらから郵送しましたものを」

恐らく弁護士がやって来ると聞いて書類探しを優先させられたのだろう。暗に抗議めいた響きが聞き取れた。

「公判が間近に迫り、一刻の猶予もなかったもので」

御子柴も皮肉を利かせるのを忘れない。

郵送によるやり取りにしていたら埒が明かない。別の案件で保険組合に同様の文書を請求した際、二週間も待たされた経験がある。それで懲りた。所詮は公益法人だ。お役所仕事の優先順位に割り込むには多少以上の強引さが必要になる。

まだ何か言いたげな担当者を「どうも」とひと言であしらい、御子柴は早速四年間分の記録に目を通す。健康体だったのだろう。亜季子の通院歴は四年間で四回だけ、いずれも同じ病院だった。運がいい。これでずいぶん手間が省ける。

江戸川堀部《ほりべ》内科。名前から推して、亜季子が独身時代を過ごしたアパート近辺にある病院と思われる。

スマートフォンで検索すると、江戸川堀部内科の名前で一件だけ該当があった。果たして亜季子のアパートがあった場所から数百メートルの距離にある。

問題は十六年も前のカルテが残っているかどうか、そして担当医師がまだ在籍しているかどうかだが、個人病院ならその可能性も期待できる。

だが現地に来てみて御子柴は不安に駆られた。その名に反して江戸川堀部内科は三階建てビルの結構な規模だった。看板を見て納得がいった。内科という看板の下にはそれ以外の科も並んでいる。恐らく古くからの病院名を掲げたまま業務拡大していったのだろう。

受付の女性事務員に事情を説明するとまず、「申し訳ありませんが」と前置きされた。

「当院では診療完結から六年を経過した記録は破棄しておりますので……」

丁寧な口調だが、その目は患者でもない客は早く帰れと言っている。

「では、当時から在籍している先生は」

「それも申し訳ありません。以前は先代が一人で切り盛りしていたんですが、十年前の代替わりを機にスタッフを総入れ替えしたと聞いています」

「総入れ替え？　じゃあ当時の院長は」

「亡くなっています」

御子柴は小さく舌打ちをした。これで亜季子が十九歳からの記録は確認不可能になった。

予想していたことだったが、やはり時を遡るにつれて情報は曖昧になっていく。これで頼みの綱は十九歳以前に残された記録になったが、その内容はますます希薄になるはずだ。

しかし愚痴をこぼしても始まらない。元々干草《ほしくさ》の中から、しかもあるかどうかも判然としない針を探すような仕事だ。元より一日二日程度の調査で成果が出るとは思っていない。

御子柴は四谷のマンションまで取って返すと、東京駅で新幹線に飛び乗った。時刻は午後七時過ぎ。今から向かっても医療機関はどこも閉まった後だろう。朝から歩き回ることを考えれば、今夜は現地で一泊した方がいい。

駆け込み乗車でもグリーン席はがらがらだった。子供連れも大声で語らうサラリーマンもいない。御子柴はようやく思索に耽ることができた。

存在するかどうかも分からない針。これは賭けに近い。だが、そのたった一本の針が法廷を引っ繰り返すのなら賭ける価値は充分にある。

第二回の公判は十日後に迫っている。それまでに御子柴の望む物的証拠が上がればよし、不首尾に終われば別の方策を考えなくてはならない。それを想像すると我知らず眉間に皺が寄る。亜季子本人から訊き出す、あるいは強制的に診察を受けさせるという手段もあるが、弁護人である自分に何事か隠蔽している亜季子が素直に協力するとも思えない。そして被告人非協力の下で証拠を提出すれば採用されない可能性もある。

悪い連鎖で岬検事の顔が浮かび、寄った皺が更に深くなった。前回の口頭弁論は完敗だったが、敗因は偏《ひとえ》に岬の能力を見くびっていた自分にある。

実務家の武器は一にも二にも経験則だ。たとえ集中力や判断力が鈍っても、蓄積された過去の財産で問題を解決していく。だがあの男はそれに加えて学習能力とぎらつくような闘争心を持ち合わせている。捜査資料の隅まで読み尽くした上での波状攻撃は、まるで獲物をとことん疲弊《ひへい》させてから襲い掛かる虎を思わせた。

今まで色んな検事を相手にしてきたが、あんなタイプは初めてだった。どんなに老練でも一度御子柴に敗《ま》けると苦手意識から腰が引けるか、さもなければ勝ちを焦って自滅する。ところが岬は敗因を分析し、あろうことかそれを逆手に取って御子柴の油断を誘ったのだ。

先の論戦でこちらの戦術は向こうに知れた。もし自分が検察側なら前回御子柴が論証できなかった点、即ち正当防衛を主張する根拠としての急迫性の侵害について追及してくるはずだ。御子柴は殺意がなかったことの論拠として正当防衛を主張したのだが、結果的には自分の首を絞めることになった。

まずい、と思った。

いつの間にか負の思考回路に陥っている。このまま考え続けても碌な結論に至らないのは分かりきっている。

御子柴は思考回路を遮断した。いったん遮断してしまえば、意識するまで外部からどんな刺激を受けようと回路が開くことはない。これは医療少年院時代に会得した技術だ。

皮肉にも、塀の内側で学んだことは外側で学んだそれよりもはるかに有益だった。


翌朝、ホテルで朝食を済ませた御子柴は早速その場所に向かった。

神戸市長田区役所。医者探しをする前に、まず当時の状況を把握しなければならない。

ここは亜季子が九歳から高校卒業まで住んだ場所だが、彼女が東京に転出した翌年に震災で甚大な被害を蒙《こうむ》っている。全壊全焼した建物も多く土地の形までもが変わってしまったと聞く。いきおい現況との比較が最初の作業だろう。

「震災以前の地図と現在の地図を比較したいのだが」

御子柴がそう切り出すと、窓口の女性職員は途端に困惑顔になった。

「あの、特にそういう古い地図というのは置いてなくて」

「置いてない？　しかし震災の資料でしょう」

「少々お待ちください」

顔立ちはまだ二十代前半。恐らくはまだ区役所全般を知悉《ちしつ》している訳ではないのだろう。少しの間、内線でやり取りをした後、ほっとした顔をこちらに向けた。

「ゼンリンの地図でよろしければ、震災前と現在のものが三階のまちづくり課に置いてあるそうです」

要は市販のものしか置いていないという回答にいささか鼻白む。震災の前後で街並みがどう変《へん》貌《ぼう》したのか、被災地の区役所なら詳細な資料が作成されているはずと勝手に思い込んでいたのだ。

三階に上がって新旧の地図を揃える。当時の亜季子の住所は長田区小宮山三丁目二―二。平成六年、つまり震災前年に作成された地図上ではグローリアス長田というアパートの二階にその名があった。前面道路はやや湾曲しており幅も狭い。その道路を挟む形で狭小住宅とアパート、そして皮革工場が軒を連ねている。

御子柴の目は亜季子のアパートを中心とした半径五キロを走る。草壁《くさかべ》医院、長田第二病院、日《ひ》坂《さか》小児科、井上内科――住宅密集地を抜けると病院がぽつぽつと点在し始める。この中に亜季子の受診した病院がある確率は非常に高い。さて、この中で現在も診療を続けている病院がいったいどれだけ残っているのか。

次に御子柴は現在の地図を開いて、同じ小宮山三丁目を繰る。

一瞬、見間違いかと思った。

慌ててハシラの見出しを確認したが、やはり小宮山三丁目だ。しばらく双方を見比べてその変貌ぶりに唖然とした。

まず狭く湾曲した道路は姿を消し、代わりに幅の広い直線道路が縦横に並ぶ。住宅はどれも整然と位置しており、集合住宅は数が少ない代わりに相応の広さを維持している。工場の表記もめっきり減っている。逆に目立つのは公園や公共の建築物だ。

それは復興という名の区画整理だった。本来であれば住民の反対や立ち退き交渉で時間と費用のかかる大規模区画整理を震災が可能にした。建築物、土地、道路の全てが灰燼に帰すれば取り壊しも移転も費用不要となり、その後の青写真はどうにでも引ける。

御子柴は旧地図で見かけた病院を探してみた。だが、かつての位置、あるいはその近辺に該当する名前は一つもなかった。

「震災前にあった病院がどこに移転したのか、データベースか何かないのか」

窓口の職員に質問をぶつけてみたが、職員は申し訳なさそうに言葉を濁すだけだ。

「個別移転先は特にデータベース化してないんです。ひと家族亡くなられたところもありますし……」

震災の資料を纏めてある場所を尋ねると七階の震災資料室を案内された。失望感が押し寄せていたが、それでも階上に向かう。そこで被害状況図なる航空写真を見た御子柴は、今度こそ落胆した。

焼野原。俯瞰《ふかん》で写し出された被災地に原形を留めるものは何一つ残されていなかった。念のために旧地図のコピーと対照してみる。目星をつけていた病院はいずれも更地と化している。

各病院の規模はいずれも個人病院の域を出ていない。自宅兼診療所というのが大半だろう。震災が発生したのは午前五時四十六分五十二秒。診療所に寝泊まりしていた医師は家屋共々、潰された可能性が高い。そして新しい地図に従来の病院名が記載されていない事実は、元の地主が生存していないことを示唆している。

いつしか御子柴は仏頂面をしていた。

過去に遡るほど情報が希薄になるのは覚悟していた。しかし、これほど破壊的な証拠隠滅は想像もしていなかった。

情報は人と文書によって伝達される。だが、マグニチュード七・三の震災は両方を一気に消滅させてしまう。

これ以上ここにいても進展は望めない。そう判断した御子柴は長田区役所を後にした。残された可能性は一家が神戸市に転居する以前、つまり九州に在住していた頃しかない。

ＪＲ新神戸駅で博多行の新幹線に乗る。博多まで二時間二十六分。今からなら昼過ぎには現地に到着するはずだ。

行ったところで捗々《はかばか》しい成果が得られるかは甚だ心許ない。亜季子の一家が福岡市に住んでいたのは四半世紀以上も前の話だ。そして、たかが十六年前の江戸川区時代ですら証人には出会えなかった。神戸市時代に至っては場所自体が消滅してしまっていた。これより過去に遡って何らかの証拠が出てくる可能性はおそらくゼロに等しいだろう。

焦燥と疲労、そして失望感が肩に伸し掛かる。これが他の弁護士ならそろそろ胃の辺りが痛んでくるだろう。

別の事件であれば御子柴の反応も少し違った。追い詰められた感覚をどこかで愉《たの》しんでいる自分がいた。今までも弁護の途中でこんな局面には何度も立たされてきたが、その度に蟻《あり》の這い出るような一穴を見つけて検察側の堤を崩壊させてきた。この焦燥と疲労もその兆候とさえ思ってきたのだ。

だが今度ばかりは勝手が違う。もがけばもがくほどゴールが遠ざかっていく。勝てる気がまるでしない。

ＪＲ博多駅到着が午後一時二十分。ここから鹿児島本線に乗り換えて市内に向かう。行先は亜季子の本籍地福岡市南区大橋。そこにあるのはとうに四半世紀以上も経過した過去だ。

亜季子の生家があった場所には電話会社の営業所が建っていた。商業地域らしく向かいも並びも商店や飲食店が軒を連ねている。

神戸の経験から事前に当時と現在の地図コピーを確認していたので、町の変遷は調査済みだった。町名は亜季子の出生後に変更されて今に至っている。以前は田畑の点在する無指定地域だったのだが、近隣に大手電機メーカーの工場が誘致されたことから一気に開発が進んだ。

二つの地図を比較した限りでは、亜季子の家を含めてほとんどの一般住宅が姿を消している。病院に至っては旧地図一ページにはただの一軒もなかったのに、新地図には五軒もある。いずれにしても地図から得られる情報はここまでだ。

御子柴はそれよりも有益な情報を派出所の警官から訊き出していた。商店街の外れに住まう高《たか》峰《みね》老人八十六歳。当時の町内会長であり、老人の例に洩れず現在よりも当時のことをよく記憶しているという。

願ったり叶ったりではないか。

古い木造住宅に高峰老人は独りで暮らしていた。独居でも近所づきあいや訪問者が多いのか、見かけの年齢よりは矍鑠《かくしゃく》としており言葉にも澱みがなかった。

「亜季子ちゃんのことは憶えておるよ。家族仲が良かったなあ。世田谷の夫殺しというのはニュースで見たが、あれがまさか亜季子ちゃんだったとは……つくづく悲劇と縁の切れない子だ。前の事件についてはご存じですかな」

「ええ。家族は彼女が九歳になるまでこっちに住んでいたんですね」

「事件があったからねえ。本当に気の毒だったよ。被害者側なのに近所やマスコミの誹謗中傷に晒されてね」

高峰老人の声は静かに尖っていた。

「それはこの近所ですら例外ではなかった。いったい人というものは自分が特定されないとなるとどこまでも悪辣で不遜になれるものだ。不幸があった家に対して今の気持ちはどうだとか、同情されていい気になるなとかの電話や貼り紙がひっきりなしだったと聞いた。家の者は好奇の目に耐えられず買い物も夜のうちにしなければならなかった」

御子柴は無言で頷いていたが特段耳新しい話ではない。他人の不幸は蜜の味だ。それが手の届く場所にあるのなら、食指が動くのは当然だろう。

「しかし一番可哀想だったのは亜季子ちゃんだったな。事件の後は始終怯《おび》えている風だった。登校する時も両親が同行していたが、以前はよく笑う子だったのにもう一切笑顔を見せなくなった」

「その亜季子さんですが……彼女がその頃、決まった医師にかかっていたことを憶えていませんか」

「医師？　ああ、いたようだな。あの齢でそんな悲劇に見舞われたのだ。医療面の手当ては絶対に必要だった」

びくり、と御子柴の受信機が反応した。

これだ。

ようやく尻尾を摑んだ。

「その、かかりつけの医師の名前はご存じですか」

「ご存じも何も……この近所でお医者さんと言えば溝端《みぞはた》先生のことだったよ。子供から年寄まで住民のほとんどが彼の患者だった」

「その溝端先生は今どこに？　最近の住宅地図ではその名前を確認できませんでした」

「溝端さんも平成になって引っ越してしまったからね。確か廃業して夫婦で息子さんの許に行ったのかな。今はどこでどうされていることやら……ああ、いかんな。懐かしい話をしだすと他のことまで止《と》め処《ど》なく溢れ出てくる。昔話は年寄には酷だ」

高峰老人は目の前の靄《もや》を払うような仕草をする。

「当時の亜季子さんはどんな病気だったのでしょう」

「そこまでは知らんよ。両親に聞いた訳でも噂話に耳を傾けていた訳でもない。干渉しないことが一番の礼儀ということがある」

御子柴は内心で鼻を鳴らす。処世術としては見上げたものだが、犯罪捜査の上では邪魔になる美徳だ。いつでもどこでも秘められた真実は好奇心と悪意で炙《あぶ》り出される。

「何とか、その溝端医師と連絡を取る方法はありませんか」

「そうは言っても、あの先生はわしよりも齢を食ってたからな。生きているのやら死んでいるのやら」

「恐らく溝端医師の証言を得られるか否かで亜季子さんの運命が決まるでしょう」

そう告げると、さすがに高峰老人の顔色が変わった。

「それほど重要なんかね？」

「あなたの想像以上に」

「しかし、言った通りわしも溝端先生とは連絡がつかん」

「今すぐ、とは申しませんよ」

御子柴は顔をぐいと老人に近づけた。自分の酷薄そうな顔と断定口調がもたらす一種の威嚇効果《いかく》は十二分に承知している。この元町内会長が、その気になれば人捜しに東奔西走しそうな人柄であることもだ。

「公判はまだ続きます。最終弁論までに間に合えばこちらにも勝機がある。しかし、それを過ぎてしまえばもう望みはない。お分かりですか、高峰さん？　亜季子さんの生殺与奪《せいさつよだつ》の権はあなたの手に握られているのです」

老人はぐびりと喉を鳴らした。

3

控訴審第二回公判。

岬は開廷十分前に八二二号法廷に入った。まだ裁判官はおろか、弁護人も被告人も不在の法廷にいると不思議と思考が纏まってくる。巌流島《がんりゅうじま》では遅れてやって来た武蔵が圧倒的な勝利を得るが、法廷では大概逆の結果になる。周到な下準備をし、相手を探り、作戦を固めてじっと待ち構えている方がはるかに有利だ。

傍聴人席が埋まる頃に御子柴が姿を現した。岬は横目でその横顔を窺うが、相変わらず能面のように無表情で考えが読めない。前の事案で首尾よく減刑を勝ち取った時も、前回の弁論で劣勢に立たされた時もこの男は同じ顔をしていた。いや、それどころか弁論中にも表情は微塵も動かなかった。

法廷では感情論よりは論理性が優先される。罪の軽重を感情任せに論議しないという前提が厳然と存在するせいだが、それでも凶悪な犯罪者やふてぶてしい被告人に対して、持ち前の正義感から口調の荒くなる検事も少なからずいる。かくいう岬もその一人だ。前の事案では御子柴にその欠点を衝かれて敗北したので今回は可能な限り表情を出さないよう努めているが、それでも御子柴に比べればまだ甘い。

いったい、この御子柴には感情というものがあるのだろうか。酷薄そうな面立ちから激した顔は想像しにくかった。快活に笑った顔を想像するのは更に困難だった。そしてまた、その顔を前にしていると奇妙な居心地の悪さを覚える。この居心地の悪さの正体は何に起因するのか、岬はしばらく考えてから結論を見つけた。

賭博だ。ポーカーでも賭け麻雀でもいい。相手の顔色から心理を読み込むゲームに無理やり参加させられたような気分なのだ。本来なら証拠と論理の積み重ねで争われる法廷に、御子柴はハッタリや心理戦を持ち込む。それが岬を落ち着かなくさせる原因なのだ。

やがて亜季子が、最後に三条率いる裁判官の面々が入廷してきた。法廷中の人間が一斉に起立する。

「開廷します」

そして一同が着席すると、三条はすかさず御子柴に顔を向けた。

「弁護人。早速前回の続きですが、弁護人は被告人の正当防衛を主張しました。その成立要件のうち、急迫性の侵害について本日までに立証するとのことでしたがどうですか」

岬は内心でほくそ笑む。三条もなかなかに意地が悪い。前回の弁論で御子柴が最初に口籠もった箇所をちゃんと憶えている。御子柴が自分のペースで弁論を始める前に出鼻を挫《くじ》くつもりか。

だが御子柴は無表情のまま三条を見返した。

「その立証のために弁護人は今回、弁四号証を提出します。これは開廷直前にやっと用意したものですので事前にお配りすることができませんでした」

廷吏が御子柴の持参したＡ４文書を裁判官席と岬に配る。

またぞろ奇襲攻撃か。岬はうんざりしながら弁四号証に目を落とした。

それは津田亜季子、そして倫子二人分のカルテの写しだった。

「これは被告人家族の事件発生直前までの診療記録です。母子とも同じ地区で開業している友井《ともい》医師によって診療されています」

すると亜季子が怪訝そうな顔を見せた。どうやら御子柴は本人にも告げずにこの証拠を提出したらしい。

「診察期間は平成二十一年の十月から二十三年の一月にかけてのおよそ一年三ヵ月。確認いただきたいのはこの期間と診療内容です。ご覧の通り被告人が五回、次女倫子は二回受診していますが、そのいずれもが外傷によるものです。頰、肩、脇腹、脛《すね》など部位は様々ですが打撲傷という点では同じです。弁護人はこの事実を踏まえた上で被告人に質問したいのですが」

「どうぞ」

御子柴が向きを変えると、亜季子は驚いたように身じろいだ。

それを見て岬はまたもや奇異な印象を持った。御子柴はまるで自分の依頼人まで敵に回しているように思える。

「被告人。この延べ七回に亘る外傷、内訳は長ければ全治三週間短くても全治五日間。どれも痣が残るほどの打撲でしたが、これらは全て被害者である伸吾氏から受けたものでしたね」

「……そうです」

そうか、それで立証しようという肚か。

岬は合点した。

「打撲傷は肌の表面に傷が残るものから衝撃が骨に至るものまであります。全治三週間といえば相当な怪我です。単純に計算しても二ヵ月毎に一度、暴力が行使されたことになる」

御子柴は再び三条に向き直る。

「これはもはや暴力が恒常的に行われていたと言っていいでしょう。前回の弁論で検事は直前に暴力が振るわれていないことから急迫性の侵害を否定しましたが、このように暴力が恒常的になっていた場合、被告人とその子供たちは常に恐怖と隣り合わせだったはずです」

「裁判長」

岬はすかさず手を挙げた。

「弁護人は類推を断定にすり替えています」

「類推ではありません。いかなる暴力も心身に大きな傷を残します。その記憶が完全に消去されない限り、その記憶は恐怖となります」

「弁護人、続けてください」

「常に恐怖と隣り合わせであれば、直前の暴力がなかったとしても、被告人が自身と子供の身を護るため被害者に抵抗したのは急迫性の侵害が生じたからと言えます。もちろん被告人の手にした物がカッターナイフという凶器であったことは間違いありませんが、では翻って受けた暴力と同様、被告人が拳を振り上げて被害者に対峙した場合、向かってくる力に拮抗《きっこう》できるかは甚だ疑問です。非力な女性だからこそ刃物を握らざるを得なかったのです」

「裁判長」

「検察官、どうぞ」

「今の弁護人の発言は誤認への誘導です」

岬はカルテの写しを持って反証に出る。

「このカルテは最新のものが一月十二日になっている。そして事件の発生した日が五月五日。つまり被告人が最後の暴力を受けた日から四ヵ月も経過していたことになる。弁護人は被告人が常に恐怖に晒されていたと言うが、四ヵ月間もの空白があるのならそれが持続していたとはとても言い難い。従って被告人の犯行が急迫性の侵害に対する防衛というのは牽強《けんきょう》付会《ふかい》の誹《そし》りを免れない」

反論された御子柴の顔色を窺うが、案の定蚊に刺されたほどの痛みも見せていない。切り返しに堪えているのか、それともこの程度の反論は織り込み済みだったのかもはっきりしない。

四ヵ月間暴力が中断され、それが脅威になったのかならなかったのか——簡単に線引きのできない話であり、亜季子の行為が急迫性の侵害に対してのものかどうかの判断は偏に客観的にどう見えるかの問題だ。しかし岬の自己採点では、少なくとも御子柴の主張を相殺することには成功したはずだった。

「弁護人。他に意見はありますか」

「ありません」

ここで強弁を続ければマイナス材料にもなりかねないが、御子柴の対応には憎らしいほど無駄がない。敵ながら天晴《あっぱ》れといったところか。

緩急自在の攻めは評価しよう。では守りの方はどうだ？

岬は手を挙げた。

「裁判長。検察側の証人を呼びたいのですが」

「どうぞ」

既に証人申請は済ませてあるから弁護側もこのことは承知している。こちらはあくまで正攻法で攻めるだけだ。

やがて廷吏に引率されて一人の男が入廷して来た。

いくぶん猫背なのは癖なのだろう。表情を見る限り緊張している様子はない。三十代後半の至って普通のサラリーマン風なのだが、それだけに場慣れしたような雰囲気に違和感がある。事前にこの男の商売を知らなければ、岬も胡散臭い目で見たに違いない。

所轄の世田谷署に津田伸吾の貸借関係を調査させたところ、この男の会社が浮上してきたのだ。

岬は男に対峙する。

「証人。氏名と職業を」

「青柳俊彦《あおやぎとしひこ》。東京モーゲージという金融業に従事しています」

「金融業ということですが、どういった種類の金融ですか」

「不動産や証券の担保融資となれば、いきおい顧客一人当たりの融資額も大きいのでしょうな」

「担保融資です」

「ええ。一口座当たりの平均は約三千万円といったところです」

「現在審理中の事件で被害者とあなたはどんな関わりがありましたか」

「津田伸吾さんはわたしが担当していたお客様でした」

「つまりあなたの会社が被害者に融資をしていた。いったい金額はいくらだったんですか」

「融資額を申し上げれば六千万円ですね」

青柳が抑揚のない声で答えると法廷の空気がわずかに張り詰めた。心なしか御子柴の眉も微動したように見える。

被害者が抱えた六千万円の借金。これは検察側にとって大きな攻撃材料になる。

「六千万円。確か被害者は三年前に退職して無職だったはずですが、そんな人間に数千万円もの融資をするのですか」

「いいえ。ご本人は無職ではなくデイトレーダーという申告でしたから。それに商品は証券投資ローンでした。担保となる物さえあれば、審査のうえで収入の多寡は二次的要因に過ぎません」

岬の身分が検察官だと知りながら青柳は平然と言葉を続ける。

信用貸しは人を見る。担保貸しは物を見る。昔から言われる言葉だが、青柳の言葉を聞いているとそれも胡乱《うろん》に思えてくる。借金の種類がどうであれ、返済できる金額を融資するのが真っ当な金融の姿であるはずなのに、銀行をはじめとした金融機関は未だ返済能力を過大評価する傾向にある。貸金業法が改正されると実質的に融資可能な顧客が少なくなり、皮肉なことにその傾向は更に顕著になった。担保融資が総量規制から除外されていることも大きいが、要は少ないパイの奪い合いになっているのだ。

「証券投資ローンについて詳しい説明をお願いできますか」

もちろん岬は知っているのだが、ここは津田一家の隠れた部分を法廷で明らかにするために敢えて訊く。

「最初、お客様には担保となる証券を差し出していただきます。仮にその担保価値が一千万円とすると八掛け評価で八百万円と査定し、その五倍となる四千万円までを融資します。その融資は専《もっぱ》ら証券投資に当てられ、購入された証券も担保として手前どもがお預かりします。そして持株が買い値よりも高くなった時点で売却をすれば、値上がり分がそのままお客様の利益になる仕組みです」

「つまり購入した株がそのまま担保になるので保全もでき、かつ客にしてみれば実際の資金の五倍運用できるので利ザヤも五倍期待できる……そういう理屈でしょうか」

「その通りです」

「しかし被害者の株式投資は破綻していたと聞いています。投資していたほとんどの株が塩漬けになっていたという話ですからね。そんな相手から六千万円を回収することはどう考えても困難でしょう」

「そんなことはありません。お預かりした担保証券にはまだ値上がりの期待もありましたから」

青柳は普通の給与所得者にはおよそ返済不能な金額を、デイトレーダーなる身分も収入も不確かな人物に貸し与えて恥じるところが恬《てん》としてない。この厚顔無恥が岬の倫理観にいちいち障る。

「だが、評価額が融資額を割った時点で全額の回収は不可能でしょう」

「いいえ。津田さんは不動産をお持ちでしたから」

「詳しく事情を説明してください」

「津田さんが手前どもと契約されたのが平成二十年の四月だったのですが、同年の九月に例のリーマン・ショックが起こりました。津田さんの持株も軒並み評価額が急落し追証《おいしょう》の必要が出てきました」

「追証とは何ですか?」

「端的に言えば融資残高に見合う分だけ担保価値を上げることです。つまり追加担保をして保証を厚くするか、逆に融資残高を減らすかして均衡を取ることですね」

「被害者の場合はどうだったんですか」

「津田さんは株取引以外に収入の目処《めど》がありませんでした。しかし幸いなことに自分名義の不動産をお持ちでした。当時、融資残高六千万円に対して津田さんの担保価値は実勢で千四百七十七万円。差引き四千五百二十三万円が不足していた訳ですが、これはご自身名義である不動産に抵当権を設定させていただくことで、ある程度は保全できたのです」

「ある程度というのは?」

「自宅不動産には一番抵当に住宅ローンがついていたため、手前どもは二番抵当となりました。しかし当時の不動産実勢価額から一番抵当の残高を差し引くと千五百万円しか余剰がありません。つまり津田さんは証券や不動産を全て処分したとしても三千万円強の借財が残ります。そしてそれは無担保の借財となる訳です」

「無担保で三千万円。かなりの金額ですが、あなた方はそれをどうやって回収しようとしましたか」

「それはご本人から少しずつでも返済していただかないことには。肝心の証券は塩漬け状態でおいそれと処分もできず、頼みの不動産も実勢価額で右から左に売却できるとは限りませんので」

「あなたは担当者として督促を行いましたか」

「もちろんです。手紙、電話、メールなどで何度もご本人に連絡を取ろうと試みました」

「試みた？　実際には会えなかったのですか」

「全く会えませんでしたね。とにかく手紙やメールには返信がなく電話にも出てもらえません。業を煮やして自宅を訪問しましたが、ご本人は自室に籠もって外には一歩も出ようとしない。ほとほと困り果てました」

「本人に会えなかったらどうするのですか」

「奥さんに伝言をお願いして帰るよりありませんでしたね。保証人でもない方に請求できるものではありませんから」

「保証人ではないから請求しない。しかし借金については被告人に教えた訳ですね」

「ええ。手前どもに多額の借入をされていることはご本人からお聞きになっているという話だったので」

「それを伝えた時の被告人の様子はどうでしたか」

「普通の奥様方と一緒ですよ。迷惑そうな、申し訳なさそうな様子で」

「裁判長」

御子柴が青柳の言葉を遮る。

「検察側は証人の印象を事実と混同させようとしています」

「印象ではありません。夫の借財について被告人がどう捉えていたかを端的に示すもので、第三者である証人ならば先入観のない観察になったはずです」

「認めます。続けてください」

「証人。その時、被告人は督促に訪れたあなたに対して何を話しましたか」

「やっぱり普通の奥様方と一緒でした。夫が甲斐性なしで申し訳ない。自分が払えるものならそうしたいが、自分もパート勤めの身でそれもできない。住宅ローンも残っているので生活も困窮している。夫にはくれぐれも伝えておくのでもう少し返済は待って欲しい……大体、そういった話ですね」

「ありがとうございました。もう結構です」

岬はそう言って青柳への質問を切り上げた。

「裁判長。次に被告人質問に移りたいと思います」

ちらと視界の隅で御子柴を捉える。相変わらず能面のような顔だが、目線だけでこちらを警戒しているのが分かる。つまり岬の狙いを瞬時に理解したということだ。

精々焦るがいい、と岬は嗤う。

前回の口頭弁論で御子柴の弁護方針は把握できた。被害者である伸吾の行状を悪し様に暴いて亜季子の殺意を相対化しようという戦術だ。だが被害者を悪玉に仕立て上げるのなら、それを逆用する手がある。

「どうぞ」

被告人席の亜季子を正面から見据える。亜季子は俯いたまま、こちらに顔を向けようとしないが、別段構いはしない。

「被告人に訊きます。今、証人の話したことは全て事実ですか」

「……事実です」

「夫が多額の借金を作り、自宅が二重抵当になり、そして業者からの督促が毎日のようにやってくる。あなたはどんな風に思いましたか。夫に対して。現状の生活に対して」

亜季子は俯いたまま答えない。

「甲斐性がなく、家族と碌な触れ合いがないだけならまだいい。ところが一家の住まう家に抵当権をつけられ、日々の生活に混乱を招くのならそれはもう邪魔者でしかない。いや、前回公判での弁護人の言葉を借りれば、充分以上に母親としての責任を果たしていた被告人にとっては子供の将来を潰す害悪にも相当した。違いますか。被告人、答えてください」

岬は証言を迫るが、実を言えば口を閉じたままでも一向に構わない。要は、被告人に被害者を疎《うと》ましく思わせる要因が他にも存在したことを証明すればそれで事足りる。

だが案の定、御子柴が割って入った。

「裁判長。今の質問は完全な誘導尋問です。検察側は被告人に白か黒かの二分法を迫っています」

「認めます。検察官は質問の方法を変えてください」

もう、質問を終わります――岬がそう畳もうとした時だった。

「……と思いました」

消え入りそうな声に振り向くと、亜季子がわずかに顔を上げていた。

「鬱陶しいと思いました。憎いとまでは思いませんでしたが、毎日のように大きな借金のことを思い出すと、その度にどこかへ逃げ出したくなりました。でも取り立てに来られても夫は部屋に籠もりきりで、相手をするのはいつもあたしでした。ちゃんと部屋にはあたしとその人の声が聞こえているはずなのに絶対出て来ないんです」

岬は小躍りしたくなった。

この女は自分で墓穴を掘ってくれた。

「ほう。では怒りのような感情はあった訳ですね」

「普通の奥さんだったら、みんなそう感じると思います」

御子柴の方を見ると、さすがの能面も歪んでいた。まるで不発弾だと安心した瞬間に爆発を食らったようなものだ。能面の下ではさぞかし慌てふためいた顔をしているのだろう。

「質問は以上です」

法廷の空気で分かる。現時点でも検察側の圧倒的有利だ。こちらが苦労せずとも被告人の方で勝手に自滅していってくれる。求刑する側としてこれほど有難いことはない。

すると、御子柴が徐《おもむ》ろに手を挙げた。

「裁判長。証人に反対尋問を」

「どうぞ」

立ち上がった御子柴の顔にもう動揺は見られなかった。全く食えない男だと岬は思った。

「証人。あなたはもう何年このお仕事を続けていますか」

「かれこれ十年以上になりますかね」

「では、過去に色んな顧客を担当したのでしょうね」

「それはもう。お客様の数だけ個性がありますから。対応方法も千差万別です」

「今、被告人の話した内容、つまりあなたが回収で津田宅を訪れた際は、必ず被告人が応対に出たというのは」

「ええ、その通りです。担保不足になってから足繁く通わせていただきましたが、ご本人にはいつも会えずじまいでした」

「いつも訪問時刻は一定でしたか」

「いえ。他の案件に訪問することもありましたから同じ時間という訳ではありません。第一ご本人が常に在宅していらっしゃるという稀有《けう》な例ですから、朝の九時から夜の九時まで時間はばらばらでしたね」

「しかし被告人はパート勤めです。日中は不在でしょう。それでも応対相手は必ず被告人だったのですか」

「ああ、いや……」

今まで澱みなく答えていた青柳が不意に口籠もった。

「どうしました。全て相手は被告人だったのですか」

御子柴は何らかの確信があるらしく、攻めの姿勢で青柳に詰め寄る。

「全て、という訳ではありません。まだ夕刻前には奥さんが戻っていない時がありました」

「そんな時は誰が応対に出たのですか」

「上の、娘さんです」

不自然に抑えた口調だった。法廷の中にあって平然としていた顔にも困惑が生じている。

岬は急に不安に駆られた。単に業務命令で津田宅に足を運んでいた回収マシンに、いったいどんな逡巡があるというのか。

「上の娘さんが出て来て、お父さんはいませんとそう言われました。でも、ご本人の部屋からは明かりが洩れているんです。そしてわたしにそれが見えていることを承知で娘さんは頭を下げて言うんですよ。ごめんなさい、きょ、今日は帰ってくださいって」

語尾が、震えていた。回収マシンとしての仮面が剝がれた瞬間だった。

「あなたに何か思うところはありましたか」

「腹が立ちました。本来、お客様について言うべき言葉ではありませんが、人間として許せませんでした」

「何が許せなかったのですか」

「借金取り立ての盾に子供を利用したことです。わ、わたしも人の親なので尚更卑劣に感じました」

「卑劣、ですか」

「客、いや、お客様の中にはたまにいらっしゃるんです。ちゃんと夫婦とも在宅しているのに、わざわざ玄関口や電話に年端もいかない子供を立たせるのが。回収する側だって人間です。子供がいないと言い張っている親を出せなんて、ましてやカネの話なんてできるものじゃない。向こうはそれを知っていて子供を盾にするんです。そ、それが親のすることですか」

法廷は静まり返った。

「あの津田伸吾という人はそういう人でした。言葉を交したこともなかったので余計に酷い人間に思えました」

「反対尋問を終わります」

やられた。

岬は臍《ほぞ》を噬《か》む。

何という男だ。今日この法廷で初めて会ったばかりだというのに青柳の人となりを瞬時に判断し、最前に岬が上塗りした亜季子の印象を薄れさせてしまった。被告人たちと立場を逆にする債権者の証言だから、内容にも一際真実味がある。恐らく回収を生業としている人間に知己でもいて子供を盾にする債務者の話は聞き知っていたのだろうが、それにしても切り返しが俊敏に過ぎる。これは天性のものなのか、それとも司法修習生時代に誰かから学んだことなのか。

やはりこの男を侮ってはいけない。

岬は慌てて手を挙げた。

「裁判長！」

「どうぞ、検察官」

壇上の三条に向かいながら、視界の端で御子柴を捉える。その横顔からは未だ感情が読み取れない。

「ただ今の証人の発言は被害者の人格に言及するものでありましたが、本審理においては反証になり得るのかさえも疑問です。本控訴審で弁護人が主張したところの動機の不在を証明するものではなく、逆に動機の傍証にもなるからです」

三条がわずかに頷く。よし、これは肯定の徴《しるし》だ。

「証言によって浮かび上がった被害者の顔は確かに夫として父親として誇れるものではないが、被告人が被害者を殺める動機を補完します。そして言うまでもなく、生活無能力者あるいは愛情を示さない父親だからという理由で殺害していい理屈はない」

岬の声が法廷に朗々と響き渡る。

「被告人の置かれた状況には同情すべき点もあるが、家庭内暴力、所謂ＤＶについては全国の警察署ならびに各自治体に相談窓口が設けられている。仮に暴力があったとしても窓口に駆け込めば解決しただろう。逃げることも追い出すこともできた。それが正当防衛の理由として認められるのなら、世に蔓延する暴力亭主は全て粛清されても構わないという話になってしまう。殺人の動機について弁護人は様々な論証を試みているが、いずれにしても被告人の短絡的な犯行を肯定することはできない。法廷で裁かれるべきは動機ではなく行為のはずです」

論理が錯綜しそうになった時は原理原則に返るのが基本だ。

長年裁判官席に座る三条には言わずもがなのことだが、御子柴の奇襲を遮るには予防線を張っておいた方がいい。

以心伝心、岬の真意を理解した様子の三条が壇上から御子柴を見下ろす。

「弁護人。何か新しい証拠を提出しますか」

よくぞ言ってくれた。

三条からの注文はカードゲームのコールだった。

手の内を全て見せろ。それができないのならゲームオーバーだ。

だが、三条の勧告に動じた風もなく御子柴はすいと立ち上がる。

「次回、提出します」

一瞬だけ三条の顔が硬直したように見えた。いや、きっと岬自身も同じ表情をしているだろう。

まだ何か隠しているのか、それともただのブラフか。いずれにしても、往生際の悪さに岬は溜息を吐きそうになる。

しかし岬はすぐに気を取り直した。今回の公判も検察側有利のまま推移している。切り返しこそ見事だが、御子柴の方は防戦一方でしかもところどころに綻びが目立つ。そして大勢《たいせい》は既に決しているといってもいい。

「では、次回公判は二週間後に。閉廷します」


法廷を出た時にはもう正午が近かったので、岬はそのまま地下の食堂に向かった。

東京高等裁判所の地下には第一食堂と蕎麦屋《そば》、そして〈Darlington Hall〉の三つがあるが、取り分け第一食堂はどのメニューも安いせいで裁判関係者のみならず他の庁舎の職員がわざわざここまでやって来る。

今日は珍しく空いていると見えて食券売り場の前には誰もいなかった。岬はE定食の食券を買って中に入り、そして後悔した。食券売り場に人がいなかったのは既に食堂が満席だったからだ。

それでも見渡してみると壁際のテーブルに一つ空席がある。岬は足早に近づき、そしてもう一度後悔した。

空席の正面に御子柴が座っていたからだ。

同一事件の検察官と弁護人がテーブルを囲んでいけない法はなかったが、さすがに気後れする。ところが急いで背を向けようとした時、不意に御子柴と目が合ってしまった。

目が合ってしまった以上、ここで後ろを見せれば逃げたように思われる。忌々しいが空いた席に座るしかない。

「いいかね？」

一応は後に来た者の礼儀で言葉を掛けると、御子柴は軽く頷いただけだった。

真正面に腰を下ろす。見れば御子柴が食べているのは刺身定食だ。それを見て気が変わった。気まずい思いをしながら黙々と箸を運ぶよりは、この機会に御子柴礼司という男を徹底的に観察してやろう。

「第一食堂の刺身定食か。羽振りがいいと聞いていたが、食生活は案外に倹《つま》しいものだな」

御子柴はちらと岬を一瞥する。

「この後、地裁で別の案件がある」

庁舎の外に出る時間が勿体ないということか。

「そうか。商売繁盛で何よりだ」

「それはお互い様でしょう」

「ふん。弁護士と違って我々に個別報酬などない」

「暇を託《かこ》つよりはずっとマシだ」

「公務員に暇を与えたら碌なことをしないという意味かね」

「ご想像にお任せする」

ぼそりと呟いて御子柴はまた箸を動かし始める。その顔は、味わうというよりもただ咀嚼《そしゃく》しているだけのように見える。

「えらく不味《まず》そうに食べてるな。ここの刺身定食は美味いと評判のはずなんだが」

「美味いも不味いもない。どうせクソになって出る時は同じだ」

「あまり身も蓋もないことを言うな」

思わず周囲を憚《はばか》る。少なくとも食事時の話ではない。

ブラックジョークかと思ったが、御子柴は至って平静なままでいる。どうやら冗談のつもりではないらしい。

「そんな風に食事中もずっと仏頂面か。君の生活には潤いというものがないのかね」

「潤い？」

「親しい者とテーブルを囲み、その日に起きたことを報告しながら飯を食べる。それが本来の食事であり生活の潤いじゃないのかね」

「家族と顔を突き合わせていても潤いがあるとは限らない。ちょうど津田一家のように」

「それは……」

岬は言葉を濁す。供述調書を読む限り、確かにここ数年津田一家には団欒というものがなかったことが窺える。

「あんたの言うような潤いがなくても、飯は喉を通っていく。子供もちゃんと育つ」

「津田の娘のことを言っているのか」

「父親は刺殺され、母親はその犯人として勾留中。家の中には姉妹だけ。それでもちゃんと生活はしている。親がなくても子は育つとはよく言った」

「あの姉妹に会ったのか」

「会った」

「いったい何を話した」

「ご承知のように、弁護士には守秘義務がある」

姉妹と話した内容に新証拠が含まれているのか。そうも勘繰ってみるが、この男の口からそれを訊き出せるとも思えない。

今更ながら所轄署の初動捜査の甘さに歯嚙みしたくなった。目撃者である舅からの証言を取っているのは当然として、二人の娘からは有益な情報を何も聴取していない。事件発生時には二人とも就寝していたというから、どのみちまともな証言は得られなかっただろうが、それにしても手薄に過ぎる。

「自分も潤いのない食卓で育ったというような口ぶりだな」

御子柴の過去に興味を覚えてそう突っ込んでみた。

返事はない。これは肯定を意味する沈黙かと思っていたら、ふいに御子柴が顔を上げた。

「そう言うあんたはどうなんだ」

「何？」

「ずいぶん前に奥さんを亡くしたと聞いた。一粒種の息子とは数年来没交渉だとも聞いた。愛人の一人も囲っていなければ、あんたの生活だってそれほど潤っているとは言えないだろう」

瞬間、血が逆流しそうになったが慌てて自分を鎮めた。

全く油断のならない男だ。こんな時にまで心理戦を持ち込んできた。これもまた見事な切り返しだ。自分のプライベートに侵入されそうになったとみるや、即座にカウンターを打ってくる。いったいどこからその情報を仕入れてきたのか。

ここで激したら相手の思うつぼだ。

岬は胸の裡でゆっくりと数字を数え始める。
一、二、三、四、五、六——原始的な方法だが、これだけでずいぶん冷静さを取り戻せる。ではこちらも切り返そうかと口を開きかけた時、御子柴の表情に変化が起きた。
「すまない」

素直な口調に思わず耳を疑った。

「今、あんたに言うことじゃなかったな。できたら忘れてくれ」

「……意外に殊勝じゃないか」

「場外乱闘は極力避けるようにしている。時間と気力の無駄遣いだからな」

「場外乱闘？」

「今だって敵は多いが、だからといってこれ以上増やしたい訳じゃない」

ぼそぼそと続ける言葉が妙に言い訳めいていた。

「どちらにしてもわたしは敵だぞ」

「法廷の中だけにしてくれ」

御子柴の入院していた理由を思い出した。以前扱った案件の相手方に刺されたということだったが、それに懲りての言葉なのか。それとも公私混同するなと暗に告げているのか。

「つまり、まだ刺された痕が痛むということかね」

「結構、深い傷だった。何なら調べてみるがいい。得意だろう」

その口調にほんの少し脆弱さを聞き取り、岬はおやと思った。

こんな男にも嫌っているもの、怖れているものがあるのだ。

すると俄然、興味が湧いた。職業意識として敵を知りたい気持ちが半分、加えて個人的な興味が半分。

「それにしても毎度見事な抗弁だ。君に多額の報酬を支払う客の気持ちも分かるよ。あのストリート・ファイトみたいな駆け引きはいったいどこで覚えた」

「……これは尋問か」

「世間話さ。検事と弁護士が世間話をして悪いという法律はあるまい」

「話さなきゃいけないという法律もない」

「そう！　その切り返しだ。それをどこで習得したのか是非知りたい」

「聞いてどうする」

「司法修習生や判事補をそこに放り込む」

御子柴は急に顔を伏せた。何事かと思っていると、テーブルに俯いたまま忍び笑いを洩らしている。

「何が可笑しい」

「無理だよ」

笑い過ぎで言葉が途切れ途切れになる。

「悪いがあんたたちには絶対無理だ」

「どうしてそう言い切れる」

「あんたたちはワルっていう人種を知らない」

「知っているぞ。毎日のように相手をしているからな」

「違う。それは知っているんじゃない。ただ見ているだけだ。小学生が泥濘《ぬかるみ》の中で泳ぐ生物を見下ろしているようにね。本当に奴らの生態を知りたいのなら泥濘の中に飛び込まなけりゃ駄目だ。奴らに並んで泳ぎ、泥を食《は》み、暗い滑《ぬめ》りの中で息をしなけりゃ意味がない」

尚も御子柴は笑い続ける。

この男の顧客には暴力団員をはじめ札束で他人の頬を叩く犯罪者が大勢いる。そういう連中と肝胆相照《かんたんあいて》らすほどに癒着しなければ本当に理解したことにならないという意味か——岬は一人合点してこの質問を切り上げた。

「君に家族はいるのかね」

「弁護士に必要なものじゃない。何故そんなことを？」

「いや。あの一家に、あるいは家族というものに特別な思い入れでもあるのかと思ってね」

「単なる依頼人に過ぎない」

「しかし巷間《こうかん》噂されるように君の依頼人というのは大抵が資産家ではなかったのか」

御子柴は唇の端を上げたまま岬を見た。

「また何か、わたしは可笑しいことを言ったか」

「あんたでもう四人目かな。この事件の関係者たちから同じことを訊かれた」

「君の弁護活動を見聞きした者なら当然だろう。こう言っては何だが弁護側に有利な材料は一つもない。君が類稀《たぐいまれ》な弁論技術を発揮したとしても精々減刑させるのが関の山だろう。被告人が有名人ならともかく市井《しせい》の人間ならば宣伝効果も大きくない。どう考えても労多くして実り少ない仕事だと思うが」

「岬検事。株絡みの事件を扱ったことはあるか」

「少なくないな。バブルが弾けてからの一時はそんな事案ばかりだった」

「だったら一度は関係者からこんな格言を聞いたことがあるはずだ。『人の行く裏に道あり花の山』」

確か他人とは違う道を歩くのが成功の秘訣とかいう意味だ。

「この事件のどこが花の山だ」

「それを言った瞬間に裏道は人の山だ」

それきり御子柴は口を噤んでしまった。どうやらこれ以上追及しても本音を引き出せそうにない。

まあいい。それなら別の切り口がある。

「ときに島根弁護士会の話を耳にしたことがあるかね」

「島根?」

「今はどうか知らんが、昔は弁護士が極端に少なくてね。西郷には一人もいない時があり、それと同時に松江地裁の西郷支部には裁判官もいなかった。だからひとたび裁判となると弁護士も検事も裁判官も地裁のある隠岐へ出向くことになる。交通手段といえば七類漁港からたった一便のフェリーに乗るしかない。狭い船内で三者が顔を突き合わせる。しかも裁判が長引けばまた長旅に付き合わされる羽目になる。そこで船内での簡略裁判が始まる。一行が地裁に到着する頃には既に結論が出ているという寸法だ」

「つまり法曹の談合か」

「それは口が過ぎるな。一番優秀な弁護士は訴訟せず和解に持ち込む弁護士という名言もある」

「今は弁護士過剰供給の時代だ。おまけにここは東京、案件は刑事事件。わざわざそんなノスタルジーを持ち出す意味は何だ」

「できるだけ無駄を省きたい。本当に津田亜季子を減刑に持ち込める材料があれば良し。しかし、あれが単なるブラフなら付き合うこちらだって迷惑だ。君と同様、検察が捌《さば》く案件は山積している」

もちろんこれは嘘だった。

人間は不思議な生き物で、さっきまで殺し合っていた仲でも話し込むうちに少しずつ胸襟を開いてくる。検事職を拝命してから岬が独学で習得した人心掌握術だが、被疑者や弁護士相手には有効なことが多かった。検察官という肩書と岬の風貌から硬質な先入観を抱くのか、いったんざっくばらんな話をしてやるとたちまち隠していた真情を吐露し始める。

それが御子柴にも通用するとは考え難かったが、当たればめっけもの、空振りしても岬は何の痛痒《つうよう》も感じない。

だが、御子柴が見せた反応は意外なものだった。

「そういうことなら聞く価値はあるかな。こちらだって時間が惜しい。私の時間給は公務員さんたちよりは高いのでね」

やはり結局はカネ絡みの弁護だったか――それなら納得できると、岬は合点した。

「では早速訊こう。君の隠しているネタは何だ。いや、そもそもそんなものが存在するのか」

そう問い質すと、御子柴は最後の刺身を咀嚼しながら薄く笑った。驚いたことに岬と会話を続けながら、箸だけは機械的に動かしていたのだ。

「検事。こっちがカードを開く前にそっちが先に開くのがルールってものじゃないのか」

「こちらが開くカード。何だ、それは」

「あんたのことだ。所轄署の作成した捜査資料を逐一当たったに違いない。それこそ所轄の初動捜査の杜撰さを一つ一つ論《あげつら》うように」

事実だったが黙っていた。

「そこで訊きたい。押収した証拠品はまだ保管されているのか？」

「ああ。裁判が終結するまで所轄の倉庫にある」

「凶器となったカッターナイフ、ブルーシート。それだけじゃない。殺害現場の浴室、居間、キッチン、家族の個室、床、壁、廊下、屑籠に捨てられていたゴミ、棚に収められていた書籍、観葉植物の土、それら全部を調べたのか」

岬はすぐに捜査資料の中身を反芻してみる。目を皿のようにして検討した資料だったから仔細まで記憶している。もちろん重要と思われる証拠は全て鑑識に回したが、家中全て備品全部という訳ではない。

「所轄が到着した頃には死体と犯人と目撃者が揃っていた。鑑識は来ただろうが、それだけ状況が整っていれば鑑識は確認作業に過ぎなくなる。恐らくそこまで手をつけてはいないだろう。優秀な捜査員にとって困難さと熱意は大概比例するものだ」

「いったい何に目をつけたんだ」

「さすがにそこまでは明かせない。これは全開すれすれのオープンだからな」

御子柴はすっかり空になった食器を持って立ち上がった。

「断っておくが、今言ったことはハッタリじゃない。あんたには釈迦《しゃか》に説法だろうが、必要な物は全て現場に落ちている。破棄したり破壊しない限り、証拠はスポットライトに照らされるのをじっと待っている。とにかく後生大事に保管しておくことだな」

それだけ言うと御子柴は辞去の挨拶もなくその場を去って行った。後には手つかずの定食を前にした岬がぽつんと残されただけだった。

4

東京高裁を出た御子柴が津田宅を再訪すると、玄関先に現れたのは要蔵だった。

「ああ、先生。裁判からのお帰りですか。ご苦労様でした」

「公判日をご存じでしたか」

「もちろんですよ。傍聴人席に空きがあれば必ず馳せ参じたのだが……」

言われてみれば今日の公判も傍聴人席は満員だった。しかし、これは亜季子の事件が一般の耳目を集めているからではない。最近は裁判を傍聴するのがちょっとしたブームになっているらしく、刑事事件のほとんどは傍聴人席が埋まるという話だ。中には熱心にメモを取ったりスケッチをする者もいるが、御子柴にしてみれば噴飯ものでしかない。ブームやら知的好奇心やらの名前に隠れているが、結局は肥大した野次馬根性を吐き出して悦に入っているだけだ。

「裁判の様子は如何ですか」

要蔵は御子柴の顔色を窺うように尋ねるが、生憎とこの老人を喜ばせるような報告は何もない。

「楽には勝たせてくれません。検察側は伸吾さんの借財状況を動機の補強材料として提出してきました。こちらの旗色は一段と悪くなった」

「本当にあの甲斐性なしときたら！　死んだ後まで面倒を掛けさせおって」

「しかし万策尽きた訳でもありません」

「本当ですか」

「今日はその追加調査のために伺ったのですが」

最後まで言い終わらぬうちに階上から声が落ちてきた。

「お姉ちゃん、お姉ちゃんたらあ」

倫子の声だった。

御子柴が不審げな顔を向けると、要蔵はふるふると首を横に振った。

「美雪の容態がまた悪くなったようで……三食とも半分しか口に入れんばかりか、今朝はとうとう盛大に吐いたそうです。倫子からの電話でわたしもついさっき来たんだが」

「お姉ちゃん！」

倫子の呼び声は尚も続く。

「お邪魔しますよ」

御子柴が上り框《かまち》を跨《また》いで階段に向かうと、要蔵が後からついて来た。

二階では倫子が美雪の部屋の前に突っ立っていた。

「あ、センセイ」

「どうした」

「具合悪いならお医者さんに行こうって言っても聞いてくれないの」

「美雪さん。弁護士の御子柴です。今、お話しできますか」

部屋の中から返事はない。試しにドアノブを回してみるが内側から鍵が掛けられている。

その後何度か呼んでみたが応答がないので、御子柴たち三人は一階に下りた。

「ずっとあの調子ですか」

「ええ。わたしがドア越しに話しても出て来よりません。きっと身体が食い物を受け付けんのでしょう」

要蔵は額の皺を深くして言う。

「しかしまあ当然のことかも知れん。実の母親が父親を刺し殺したなぞ、年頃の娘には悪夢以外の何物でもない。拒食は恐らく精神的なショックからくるものだろう」

「いずれにしろ往診なりしてもらった方がいいでしょうね」

ふと倫子を見るとさすがにいつもの元気はなく、萎れた花のようになっている。こんな時に声を掛けても碌なことにならないのは分かっていたが、つい口が開いた。

「病院の記録を調べた。お前も父親に殴られたんだな」

倫子は無言で頷く。

「しかしお姉さんは？　医者に診せるほどじゃなかったのか」

「パパ、お姉ちゃんだけは叩かなかったの。お姉ちゃんもパパが可哀想だって言ってたし」

「お姉さん、吐いたんだって？」

「……うん」

「後始末は？」

「りんこがやった。お掃除もりんこの係だし」

言われて見回してみればリビングの床にもキッチンにも目立つような埃や毛髪は落ちていない。

「家中、お前が掃除したのか」

「うん。ママの代わりだもん。でもパパの部屋はそのままにしてある」

「どうして」

「ママも部屋には入らなかったし……」

「いや、それで良かった」

「え」

「つまりあの部屋は事件が発生した日から何の片づけもされていないことになる。ひょっとしたら警察が来て、あの部屋の一切合財を塵《ちり》一つ残さず持っていくかも知れないからちょうど良かったんだ」

「また警察がここへ？　もう鑑識とかは済んだんじゃないのかね」

要蔵は不快さを隠そうともしない。

「これ以上、家の中を引っ掻き回されては美雪の容態がますます悪くなる」

「短期間でもいいから入院することをお勧めしますよ。彼女が外に出たがらない気持ちも分かるが、この家の中にいたら逆効果だ」

「何故です」

「惨劇はこの家の中で起きた。彼女にとっては忌まわしい記憶が滲《し》み込んだ場所でしょうからね」

ふう、と要蔵は腹の底から出るような溜息を吐く。

「その方がいいか。倫子はわたしの家で面倒をみよう」

「ああ、それならわたしに連絡先を教えてもらえませんか。ケータイの番号だけで結構ですから」

御子柴は要蔵に名刺とペンを渡す。

「センセイ。お姉ちゃん、お家にいたら駄目なの？」

「今はな。この家には病気の元がはびこっているんだ。教えてもらわなかったか？　病気に罹《かか》った時にはクスリを打つか病原体を駆逐するかしなけりゃ治らん」

「ちゃんとお医者さんが治してくれるの？」

「医者にも頑張ってもらうが、それだけじゃ足りないだろうな。今回、医者はクスリを打つことしかできない」

すると倫子は黙って御子柴の目を見据えた。

「じゃあセンセイが病気やっつけてよ」

それは自分の仕事じゃない——そう切り捨てようとしたが、倫子の目を見ていると言葉が喉に詰まった。

濁り一つない両目が御子柴を射竦《いすく》める。まるで約束を破った相手を非難するような視線だ。御子柴の方に約束した覚えなど微塵もないが、何故か胸の内側に棘が刺さっている。

「御子柴先生。改めてわたしからもお願いします」

見かねたように要蔵が名刺とペンを差し出しながら言う。

「あなたが言う病原体というのは亜季子さんの事件のことだろう。確かに判決が下りて事件が終結せん限り、いくら美雪の体調が回復しても同じことの繰り返しになる。わたしたちが望むような解決は困難だろうが、しかし……」

「依頼者の利益を護る。弁護士の仕事はそれ以上でもそれ以下でもない」

御子柴は要蔵の顔も見ずにそう言った。守れない約束はしない。過度な期待はさせない。その二つを遵守してきたからこそ、過去の顧客たちから信頼を得ることができた。今回もそれを曲げるつもりはない。

だが予定が狂った。今日の訪問の目的は美雪から話を聞くことだったのだが、肝心の本人が天の岩戸を決め込んでいてはどうすることもできない。

考えあぐねたその時、胸ポケットの携帯電話が着信を告げた。表示を見ると未登録の番号だった。

「もしもし」

『御子柴さんか？　わしだ。高峰だ』

すぐに福岡の元町内会長の顔が浮かんだ。

『あんたはこの間、亜季子ちゃんの生殺与奪の権はわしの手に握られとると言ったな』

「言いましたね」

『あんな脅迫紛いの言説で、この死にぞこないを手足のように動かせると思ったか』

「思いましたね。そういう人格でなければ、肩書ばかりで見返りの少ない町内会長なんて勤まらないでしょう」

『人を見透かしたようなことを言う。それではわしが電話を掛けた理由も分かるな』

「悪い知らせなら勿体ぶらない」

『ふん！　面白くもない。いいだろう、良い知らせだ。あんたの探しておった溝端先生の消息が摑めたぞ』

「本当ですか」

『嘘を言って何の得になるかね。安心せい。溝端先生は未だご健在だ。亜季子ちゃんのこともちゃあんと憶えておった』

第四章　罪人の韜晦《とうかい》

1

パソコンで〈御子柴礼司〉と検索すると、まず日弁連のホームページが先頭に現れた。該当のホームページには弁護士情報検索のページがあり、御子柴の名前はそこからキーワードに繋がったらしい。性別、弁護士登録番号、所属弁護士会、事務所名、事務所の所在地と連絡先。他には何も記載されていない。

ちっと舌打ちをする。弁護士会から処分を受けた前歴、プロフィール、手がけた過去の事件とその戦績、ネット上の噂。そういった必要な情報が見当たらない。おまけに御子柴法律事務所はホームページを開設しておらず、また御子柴本人もブログやツイッターの類はしていない模様で、こちらからも情報は得られない。

いったい、あの弁護士は何者なのかと改めて思う。おそらく業務拡大で競争が激化しているのだろう、昨今は車内吊り広告にさえ弁護士や司法書士の広告が溢れている。気の利いた事務所なら大抵ホームページを開設している。それなのに御子柴ときたらそんな商魂は露ほども持ち合わせていないらしい。

優秀な弁護士というのは口コミで客を集められ、また企業の顧問を務めているので広告などする必要がないと聞いたことがある。印象としては実績を重ね、信用の置ける実直な弁護士といったところか。

だが、御子柴から受ける印象はそれと真逆だった。経験は積んでいるだろうが、修羅場《しゅらば》と呼ぶべきような危険な経験だ。抜け目のなさそうな目は警戒感を喚起しても信用はできない。実直かと問われれば、人の意表を衝く策士という印象の方が強い。

どうして、あんな男がこの事件に首を突っ込んできたのだろうか。何故、前任のボンクラ弁護士のままでいてくれなかったのか。お蔭でこちらは疑心暗鬼になり、あの男に喋った内容を後から恐々《こわごわ》確認しているような有様だ。

それもこれも裁判が続いているせいだ。本人が自白しているのならとっとと結審すればいいのに、どうしてこんなにも時間がかかるのか。お蔭であの日から性衝動を発散できずにいる。

彼女はまだ自分の性的魅力に気づいていない。ただ魅力を引き出す者の存在が必要なだけだ。彼女の膣内《ちつない》はとても具合がいい。今まで何人もの女を相手にしてきたが、その中でも一、二を争う。初めて交合した時には桃源郷に踏み込んだのかと思ったくらいだ。それからの逢瀬《おうせ》が数少ない愉しみの一つになった。

最初は抵抗したが、すぐ従順になった。当然だ。こちらには長年培《つちか》ったテクニックがある。彼女を籠絡《ろうらく》することなど造作もないことだった。

ああ、それなのに相手が城壁の中から出て来ない限り、自分は手を触れることもできない。

願わくは煩《わずら》わしいことが全て解決し、平穏な日々が還ってくることだ。取りあえずは御子柴のお手並み拝見といったところか。

御子柴はまるで鋭利な刃物だ。こちらに向けられている時は危険極まりない代物だが、傍《かたわ》らで見物している分にはなかなか昂奮《こうふん》を誘う闘いを見せてくれる。

最終弁論の期日まであと三日。

それまでは彼女の粘膜の感触を反芻して愉しむとしよう。

*

福岡市早良《さわら》区飯倉《いいくら》。

この辺りは周辺に四つの小学校、中学校と高校が一つずつ、そして四年制と短大合わせて四つの大学がひしめき合っている学園都市だ。そして小学校の多さに反映してか新旧の団地がずらり南北に広がっている。

地下鉄七隈《ななくま》線金山《かなやま》駅を降りた御子柴はその場でタクシーを捕まえ、高峰老人から教えられた住所を告げた。運転手は無線で本部とのやり取りを済ませると、すぐにクルマを出した。どうやらワンメーター範囲の距離らしい。

果たして五分ほどで目的地に到着した。

「お探しの番地は、このお宅ですね」

降車すると、目の前に二階建ての木造住宅があった。何度かに亘って増改築を繰り返したらしく、場所ごとに壁の色合いが異なっている。

チャイムを鳴らして名前を名乗ると玄関ドアが開いた。現れたのは頭頂部がすっかり禿げ上がった老人だ。見た目は好々爺然《こうこうやぜん》としており、白い背広を着せてフライドチキンの店頭に立たせれば似合いそうな風貌だが、よくよく観察すれば老人特有の狡猾さも垣間見える。

「あなたが御子柴さんか。遠路はるばるご苦労でしたな。わしが溝端庄之助《しょうのすけ》です。高峰さんから話は聞いておる。まあ、上がらっしゃい」

溝端に先導されて家の中に入る。後ろについて分かったが、やはり寄る年波で歩行に支障がある。小幅で、一歩一歩着地を確認するようにして進んでいる。

するとこちらの考えを読んだかのように、溝端が振り返った。

「歩みがのろくてすまんね。医者の不養生ではないが、まあ認知症を患うよりはずっとマシだ」

本当にそうだろうかと御子柴は疑う。四肢の衰えと棺桶までの距離が日々実感できてしまうのと、既に自分が何者であるのかさえ認識できなくなっているのとではどちらが幸せといえるのか。

「息子夫婦は共働きで留守にしておる。家にいるのはわし一人だけだから、気兼ねなく話せるだろう」

「奥様は？」

「連れ合いは五年前に逝《い》きましたよ」

「申し訳ありません。つまらないことを訊いて」

「いや、構いませんよ。あれは書類手続きやら数字の苦手な女でしたから。わしが先に死んだら、遺産やら葬式やらで四苦八苦したでしょうな。わしが後になって良かった」

やがて通された部屋は溝端の個室らしかった。壁一面に設えられた本棚の前に介護用ベッドが置いてある。

部屋に入った瞬間、湿布薬《しっぷやく》と腐葉土《ふようど》の混じったような臭いが鼻を突いた。

「書斎にはいささか不似合いな寝具だとお思いでしょう。しかし、足が不自由な者には非常に使い勝手の良いベッドでね。どのみち寝たきりになることを思えば、今から慣れておくに越したことはない」

そう言いながら溝端は応接セットの椅子に腰を下ろす。総革張りの椅子に構えた姿は矍鑠としており、老いさらばえた様子など微塵も感じさせない。

「それにしても福岡くんだりまでよく来られた。弁護士という職業も大変ですな。依頼人のためなら昼夜も距離も問わずに奔走する。その辺は医者と同様だ」

「開業されていた頃は、近所に医者は溝端さんだけだったとか」

「ええ。ウチ以外には歯医者しかおりませんでした。お蔭で小児科・内科・泌尿器科と個人経営のちっぽけな町医者なのに、ほとんど総合病院の如きラインナップでしたな」

「さぞかし繁盛されたんでしょうね」

「うふふふ。医者や弁護士さんが繁盛する世の中もどうかと思いますがな。まあ、あの頃は多忙を極めました。休診日は水曜のみだったが、それでも急患が出たら診なきゃならんから、結局は月月火水木金金、一日ゆっくり休めた日など、はて一年に何日あったことやら」

では患者も相当数に上ったに違いない。そんな状況下で、果たして患者一人のことをどれだけ記憶しているものなのか。

「ああ、多忙であったとしても患者は町内の者に限られておったから、全員とまでは言わんが印象深い患者は大抵憶えておるよ」

溝端はこちらの思いを見透かしたかのように言う。

「もう廃業してかなりになるが、医療に携わった三十数年はわしの財産だった。今は隠居の身だが、診察していた患者のことを日がな一日回想するのが唯一の娯楽になっておる。もちろん詳細な病歴や薬剤の投与量などを諳《そら》んじることはさすがに無理だが……しかし、亜季子ちゃんについては如実に記憶しておる」

ああ、あの疲れた風貌の主婦も溝端にとっては今でも〈亜季子ちゃん〉なのだと、妙なところで納得する。

「通院歴が長かったのですか」

「初めて病院にやって来たのは五つか六つの時だった。流行り風邪をこじらせたのだったかな。齢の割には我慢強い女の子で、注射をしても、溢れ出そうな涙をこう、ぐっと堪えていた。理由を尋ねると、わたしはお姉ちゃんだから泣かない、ときた。その意地っ張りが何とも可愛くてね」

「しかし流行り風邪に罹った子供だったら、他にも沢山いたでしょう」

「亜季子ちゃんの印象が強かったのは、その後にひどく悲惨な事件があの子の家庭を襲ったからだ」

溝端の面にふっと影が差す。

「九歳だからあの子が小学三年生の時分だな。ある日、彼女の妹が亡くなったのだ。とても可愛がっていた妹だったから、彼女の受けた衝撃と悲嘆は並大抵のものではなかった。実際、幼い精神力では事実を受容できかねたのだろう。事件の直後、彼女は記憶障害に陥ってしまった」

「所謂、ＰＴＳＤ（心的外傷後ストレス障害）というものですか」

「左様。御子柴さん、ＰＴＳＤについてはお詳しいのかな」

「いえ。聞きかじった程度ですから門外漢だと思ってください」

「過度の体罰やら虐待、その他本人が心に拭い難い傷を負うと、精神がパニックを起こすようになる。すると脳はその働きの一部を麻痺《まひ》させることでパニックを回避しようとする。彼女の場合は、それが事件以前の出来事一切に関する記憶喪失だった」

　溝端は悪しき思いを払い除《の》けるように頭を振る。

「パニックを回避すること自体は悪いことではない。しかし一部だけとはいえ、精神機能が麻痺したままの状態が続けば心身両面に異常信号が発信される。結果、腹痛や頭痛といった身体的影響、悪夢やフラッシュバックなどの精神的影響を引き起こす。もちろん人格形成にも支障を来たしかねない。心療内科の分野だったから、大学病院の知人にも応援を頼んだ。だが医者が二人して知恵を出し合っても根本的な解決法は見出せなかった」

「治療法はなかったのですか」

「本来、ＰＴＳＤには薬剤療法とデブリーフィングという精神療法がある。つまりきっかけとなった出来事を再構成して感情を発散させてしまうという治療法ですな。だが幼かった亜季子ちゃんに薬剤を投与することには副作用の危惧があった。また、当時はちょうどデブリーフィングの効果について懐疑的な論文が相次いで発表されたものだから、その治療法にも我々は二の足を踏んだ。強制的なカウンセリングは却って心理的苦痛を喚起してしまうという報告例もあった。結局は自然治癒《ちゆ》に任せるより他なかったのだ」

　言葉の端々から無念さが窺われる。してみると、溝端が亜季子のことを記憶に留めていたのは、彼女の印象よりは完治させてやれなかった悔恨からとも受け取れる。

「事件以前の記憶を一切、失ったということは……」

「いや、正確には死んだ妹に関する記憶の一切合財ということです。両親についての記憶はちゃんとしておったが、妹の存在と一緒にいた事実を記憶から消去している」

「その記憶喪失は今でも続いているのでしょうか」

「分かりません。一家揃って神戸に引っ越してしまいましたから、その後については何も知る由がなかった。時間の経過と共に寛解《かんかい》するのを祈っていたんだが……」

「一家が引っ越しした理由は」

「悪意です」

　溝端は不味いものを舌の上に載せたような顔をする。

「世間というものは時に途轍もなく残酷だ。被害に遭った者、弱い立場に置かれた者に対して平気で石を擲《なげう》つ。精神的に追い詰められたり、己が欲望を満たされない者はえてして徒党を組みたがる。仲間を作って互いに傷を舐め合いたいからだ。しかし徒党も組めない者は自分より更に弱い者を捜して苛めたがる。きっと、自分が最底辺の人間ではないことを確認して安堵したいからだろう。だが卑怯者であることに変わりはない。そして卑怯者どもがあの一家に為した行為は到底許されるものではなかった。母親からそれを告げられた時には、わしも怒りで我を忘れそうになったくらいだ。聞けば胸糞が悪くなる話だが、それでもよろしいか」

「そのテの話なら慣れていますよ」

「初七日が過ぎると家に無言電話が掛かってくるようになった。無言でないものもあったが、内容は両親にも娘を放置した責任があるとか、そんなに同情を買って嬉しいのかとか、要は誹謗中傷だ。玄関ドアにカラースプレーで〈いつまでも被害者ヅラするな〉と落書きする者さえいた」

話を聞きながら、御子柴は適当に相槌を打つしかなかった。性善説の持主は眉を顰めるだろうが、生憎世の中は悪意と非情に満ち溢れている。かつての御子柴が正にそうだった。溝端が目の当たりにした悪意など、池に落ちた犬に石を投げる程度の至極ありふれたものに過ぎない。

「いったい、不幸に塗れた者は穢《けが》れたとでも思っているのか。悪意は亜季子ちゃん個人にも降り掛かった。下校途中、妹が死んだのはお前のせいだと囃《はや》し立てる馬鹿どもがいたらしい。あの子がPTSDに罹ったのも、そうした外部要因が誘発させた可能性が高い」

「もしや、それが引っ越しの理由でしたか」

「あのままあの家に留まっていたら亜季子ちゃんはもちろん、両親の精神状態も支障を来たしていたかも知れない。父親は世間の謂《いわ》れなき悪意に負けたようで悔しいとこぼしていたが、医者の立場からは転地療養として反対する理由を持たなかった……時に、御子柴さん。あなたは亜季子ちゃんの過去を遡っているらしいが、では家族についても調べたのだろう。ご両親とも健在でしたか」

「母親は今も転居先の神戸に居住しています。父親は阪神淡路大震災で還らぬ人となりました」

ああ、と嘆息するなり溝端は絶句した。

そしてしばらく天井を仰いでから御子柴に向き直る。両目がわずかに潤んでいた。

「不幸というものは特定の人間について回るものなのだろうか……神戸時代の亜季子ちゃんは幸福だったのですか」

「本人からは聞いていません。わたしを十全には信用していない様子で、心の裡を全て語ってはいませんね」

「それはおそらく防衛本能の一つでしょう。辛いことに苛まれ続ければ、大抵の人間は内側に閉じ籠もるようになる。転居に異を唱えはしなかったが、主治医として神戸在住の医師に向けて紹介状を書くべきだったかも知れん」

　気には留めていたが、転居してしまえば自分は手が届かない――暗に弁解のようにも聞こえる口説《くぜつ》だったが、次の言葉がそれを打ち消した。

「わしが気になったのはもう一つの症状の方だった」

「もう一つの症状？」

「事件が起きたのは亜季子ちゃんがちょうど第二次性徴の頃か。いずれにしろ、事件が幼い彼女の精神面に与えた影響はＰＴＳＤだけではなかった。いや、見方によれば記憶障害よりも数段タチが悪い」

　そして溝端はある神経症の名称を口にした。

「治療法はあるんですか」

「一つには抗鬱《こううつ》剤という療法もあるが、症状が緩和できるのは薬の効果が切れるまでだ。抗鬱剤の副作用も無視できない。結局は本人自身が自分に打ち克《か》つのが一番なのだが……」

「その症状について、診察時に判明した詳細を逐一《ちくいち》説明できますか」

そう尋ねると、溝端は悪戯っぽく笑った。

「実は記録が残っておる」

「えっ」

「あなたに詳らかに話せたのも、事前に当時のカルテを読み返したからだ。保存義務のある五年を過ぎた順からほとんどのカルテを焼却してしまったが、記憶に残ったり、これはと思う症例については手元に置いておいた。まあ、現役だった頃の記念という意味合いだったのだが、まさかこんな形で役に立つとは」

やった。

御子柴は心中で密かにほくそ笑む。

「溝端先生、お願いがあります」

「うん？」

「今度は溝端先生が東京までご足労いただけませんか」

「……こんな老体に鞭を打ってまで、かね」

「あなたでなければ依頼人を救うことができません」

すると、溝端は唇の端をくいと上げた。

「全く狡猾な弁護士さんだ。老いぼれの煽《おだ》て方を小憎らしいほど知っておる。今までそう言われたことはないかね？」

「そんなことは」

「まあ、いい。煽てに乗ってみるのも一興だ。だが、あなたの煽てに乗るだけではない。亜季子ちゃんを助けることにこの老体が寄与できるのなら、シベリアの裁判所にだって赴いてやるさ」

福岡から飛行機で戻ると御子柴は事務所に立ち寄らず、そのまま茅場町《かやばちょう》に直行した。

中央区日本橋茅場町。証券会社で賑わう街も後場《ごば》を過ぎると、喧噪も潮が引くように収まる。

御子柴が目指しているのは〈東京モーゲージ〉の入ったオフィスビルだった。

二丁目、新大橋通りから一本裏手に入ると目的のビルが見つかった。この界隈には証券会社はもちろんのこと、証券担保融資を商品に扱う金融会社が軒《のき》を連ねている。バブル期にはそれこそ雨後の筍のように林立していた頃もあったが、さすがに今は統廃合を経て数も落ち着いている。

受付で来意を告げると、女性社員が一瞬だけ不快そうに目を細めた。金融会社の社員には珍しい反応ではない。借りたカネが返せなくなった客は大抵弁護士の許に駆け込むので、自然、弁護士は業者の天敵になる。ただし御子柴は、そういう拒否反応にいちいち苛立つような繊細な神経を持ち合わせていない。

応接室まで続く廊下は瀟洒なインテリアで纏められているが、壁には夾雑物《きょうざつぶつ》としか思えないようなポスターが貼ってある。

〈ハイステージへのご招待〉

〈上級クラスの資産運用〉

〈資産が五倍に！　信用と実績　東京モーゲージの証券投資ローン〉

担保ローンとなれば青柳の証言通り、一口座の平均貸付金額は数千万円単位になる。当然、顧客層は高額所得者の占める割合が大きくなる。フロアの上品さは多分にそれを意識したものだろう。

しかし、扱う金額が大きく、また顧客層が上等だからといって業態そのものが上等とは限らない。

以前、御子柴が弁護を請け負った大物投資家から興味深い話を聞いたことがある。それによれば現在、多くの投資家たちが行っている株式の売買は本来の投資ではないと言うのだ。

投資というのはその会社の将来性に注目し、自らの資本で会社の成長を促進させることだ。だから株の売却益というのは、その駄賃みたいなものだ。だが今の個人投資家の多くは短期で株を売買し、その差益で利益を得ようとしている。要は単なる丁半博打であって、そういうのは投資ではなく投機と言うのだ——。

成る程、博打と捉えるなら、こうした証券担保の金融業者が存在する理由も頷ける。資産運用と言えば聞こえはいいが、とどのつまりは資金不足の客に融通する賭場の胴元と一緒だ。それを虚飾で糊塗《こと》するものだから、余計に胡散臭くなる。

応接室で五分も待っていると青柳がやって来た。不審げな顔つきなのは、やはり来訪理由に思い当たらないからだろう。意外なことに、証言台で見た印象よりも朴訥《ぼくとつ》な感じを受ける。

「ああ、津田さんの奥さんの弁護をされていた先生でしたね……今日はいったい、どんな御用で」

「被害者津田伸吾氏の借入状況について、今一度確認したいことがあります」

「あの時は貸付残高と購入証券の担保価値、並びに不動産担保価値を証言しました。津田さんの借入状況については、それで充分じゃないですか」

「法廷で証言された諸々の金額。あの金額はいつを確定日とした数字でしたか?」

そう訊くと、青柳はおやという表情をした。

「扱う事件の中には資産家の遺産争いなどというものもありますからね。株の実勢価額をどの終値で確定させるかくらいの知識はある。あなたが法廷で証言したのは、おそらく最後に津田宅を訪問した前日の終値だったんでしょう」

「……その通りです」

「実は事件発生当時の株価チャートを取り寄せてみました」

御子柴は鞄の中から小冊子を取り出した。付箋《ふせん》の貼られたページを開くと、日経平均株価の動きを月毎に表示したチャート図が目に飛び込んできた。

「これには伸吾氏が殺害される日まで、およそ半年間の値動きが記載されている。この時期は日本の貿易赤字が過去の記録を更新し、日銀短観が思わしくないことも嫌気され、多少の上下はあるものの、日経平均は下降の一途を辿っている。先行き不安に手仕舞いをした投資家たちも多く、その売りが株価下落に拍車をかけた。伸吾氏の持ち株が全て指定銘柄だったとも思えないが、長期に亘る大幅な下げ基調の中で、伸吾氏の株だけが安定していたとは考え難い。いや、デイトレーダーを気取りながら、その実態は素人同然だった彼なら下落率は平均株価よりひどかった可能性が高い。つまりこの半年間で、伸吾氏の持つ証券の担保価値が想像以上に下落していたとしたら、あなたの証言には齟齬が生じることになる」

「齟齬？」

「あなたの証言によると、平成二十年九月のリーマン・ショック以来、伸吾氏の持ち株は軒並み下落し、不動産を担保にしても尚、追証の必要が出てきた。そして担当者であるあなたは連日本人に接触を試みたが、一度も会うことができなかった……。そうでしたよね？」

「え、ええ。その証言のどこに齟齬があると言うんですか」

「不動産にも多少の値動きはありますが、実勢価額が大きく動くのは公示価格が著しく変化した場合か、近隣の売り物件が従来とはかけ離れた価額で成約した時くらいです。名にしおう世田谷の土地が半年や一年で大きく値を崩すことは考えられない。だが株はそうもいかない。四日もストップ安を続けていれば半額になりかねない株だってある」

「あなたはいったい何が……」

「このチャートを見ると、事件発生の数ヵ月前は株価がずっと下落し続けている。担保が厚くなるか融資残高が減らない限り、債権保全は危機的状況を迎えていたはずだ。あなたは法廷で、肝心の証券は塩漬け状態でおいそれと売却できないと証言したが、それは債権管理の手法として違和感がある。本当に危機的状況に陥った場合、顧客に追証を促す意味も含めて、まず最も下落率の低い銘柄を売却するのが業者の常套手段だからだ」

「お客様に無断で？　いや、それは」

「本来、顧客名義の株券を第三者が処分するのは不可能だが、地場で融通の利く証券会社に話を通しておき、予め顧客の署名・実印がされた書類があれば売却は可能だ。持ち株が塩漬けになっている客は半分自棄《やけ》になっている者が多くて、ひと銘柄売られたくらいじゃビビりもしないが、不動産を担保に押さえられていたら話は別だ。次は不動産の売却に着手されるんじゃないかと恐慌状態になり、親戚縁者駆け回ってカネの工面に奔走する。生活の拠点を奪われることはプライドの高い客には途轍もない恐怖だからだ」

御子柴は畳み掛けるように語る。まるで証人を追い詰めるような弁舌に、青柳は瞬《まばた》きもできない。

「……えらくこの業界に詳しいんですね」

「だが、それでもあなたは伸吾氏の株を売却していないと証言した。ということは担保率が下落していた時期に、伸吾氏から何らかの手当てがあったと考えるのが普通だ」

「先生はわたしにどうしろと？」

「事件発生時から遡って一年間の取引履歴を開示していただきたい」

「御子柴先生、それは駄目ですよ。警察からは正式な手続きを踏んで取引開示請求がありましたけど、先生は奥さんの代理人ではあるものの津田さんの代理人じゃない。債務弁済を前提としている訳でもない、言わば完全な第三者の立場です。しかも警察じゃないから捜査権もお持ちではない。そういう方に取引内容の開示ができないことくらい、先生だってご承知でしょう」

「もちろん承知の上です。ただ顧客である伸吾氏は既に死亡しているのだから、少なくとも個人情報保護法の対象からは外れている」

「これも釈迦に説法かと存じますが、担保融資は人よりも物についています。津田さん本人が亡くなられているとは言え、まだ融資残があり、担保物件が残っている債権については当社の機密情報ですよ。それをどうして第三者に」

　青柳がそう抗弁すると、御子柴は一転、口元を緩めて攻め方を変える。

「誰もが根っからの悪人じゃない。慈悲も正義感も持った優しい人間たちばかりだ。ちょうど、あなたのように」

「……え？」

「だが、組織の中にいると人間は色んなことに不感症になっていく。会社の利益、上司の命令が絶対になり、個人の信条や正義は圧殺される。それでも、一部の人間は自分だけの正義を胸に抱いている」

「先生、急にどうしました。えらく熱っぽいことを仰いますが」

「青柳さん、出廷には慣れているようですね」

「まあ、訴訟担当ですから」

「会社の代表者だから私心を曝《さら》け出す訳にはいかない。それでも情が絡めば人間性が顔を覗かせる。先の法廷であなたが見せたように、だ」

「あ、あれはあなたが誘導尋問みたいに訊いてくるから」

「誘導されるのは、元より青柳さんがそういう感情を抱いていたからです。甲斐性《かいしょう》なしの男のために肩身の狭い思いを強いられる家族。取り分け、借金取り立ての盾に使われた娘さんは本当に不憫だった。そして今また、あの姉妹は父親のみならず母親をも取り上げられようとしている」

「そう、ですか」

「だが、わたしの弁護が功を奏すれば、その期間をずいぶんと短縮させることができる。しかし、それにはあなたの協力が必要だ。東京モーゲージの社員ではなく、青柳俊彦といういち個人のね」

御子柴は言葉を切って相手の様子を窺う。根が善人なのだろう。青柳は公私の狭間《はざま》で葛藤《かっとう》しているように見えた。

「津田さんの取引履歴を開示することが、そんなに有効なんですか」

「あなたが想像している以上に。そして、これはあなたにしかお願いできないことなんです」

「先生は社交辞令もお上手でいらっしゃる」

「あなたみたいな人間に社交辞令が通用すると思うほど、世間知らずじゃない。それから、わたしは頼み甲斐のある人間にしか頼まない」

青柳は何かを堪えるように、口の中でくっと洩らした。

「ちょっと待っていてください」

そう言うなり、いきなり席を立って部屋を出て行った。

拒否されたのか――不安になり始めた時、再び青柳がやって来た。クリアファイルを抱えている。部屋に入ると今度は内側から鍵を掛けた。

「先生、守秘義務は守れますか」

「弁護士たる者の最低条件ですよ」

「これがわたしから漏洩《ろうえい》したことが知れたら、処分の対象になります」

クリアファイルから取り出したのはＡ４サイズの紙片が数枚。

「実は先の公判が終わってから御子柴先生のことを少し調べさせてもらいました」

「わたしのことを？」

「真っ当な客よりはそうでない客の方が多い。法外な弁護費用と規格外の法廷闘争で弁護士会からは異端視されていらっしゃる。そういうお方をどう信用しろと？」

「真っ当ではない依頼人が多いのは事実です。そういう依頼人に対して守秘義務を遵守できなければ、わたしはとっくにどこかの海で魚のエサになっている」

それだけ聞くと、青柳は観念したように紙片を差し出した。

「コピーはできませんので、この場で確認してください」

俄に声を落とした青柳に、御子柴は目礼で応える。

渡された紙片右肩には番号の連なりと津田伸吾の名前がある。縦軸に日付、横軸には入金額、担保総額、追加担保額、融資残高、そして保全率の欄が並ぶ。つまり現金の流れのみならず、追証の有無と担保割れがどの程度なのか一目瞭然で分かる仕組みになっている。

指でなぞっていくと市況の悪化と共に担保総額と保全率が下降しているのが分かる。

「融資残高は増えていないのに保全率が一ヵ月で十パーセント以上も下がってますね」

「月一度の入金が利息分だけですし、津田さんの所有していた株の多くが仕手株だったせいですよ」

仕手株については御子柴も知っていた。資金を持ったグループが意図的に株価を操作し、高値になった途端に売り抜ける。それが仕手株と呼ばれるものだ。元々、実態が安いので仕手グループが売り抜けると下落率も高くなる。

「所謂、提灯《ちょうちん》買いというヤツですか」

「ええ。出来高チャートの中で長い白ローソクに目をつける。二日目も三日目も足が長い、出自の怪しいネット発の噂に押されて買いに走る。買った後もどんどん値が上がる。自分は株の天才じゃないかと思う。ところが、いったん下落し出すとどこで売ればいいか分からない。指値にしても下落の速さに追いつかない。あっという間に買った時の価額を割り込むけど、損切りをする勇気がない。やがて完全に売り時を逃して、哀れ仕手株は塩漬けになるという寸法です」

「何故、注意してあげなかったんです？　そのテの情報は業界の方なら承知していたでしょう」

「銘柄についてあれこれ指示することは社内規程で禁止されてるんですよ。それで客が儲けたら利益供与、損したら虚偽情報を摑まされたと訴訟になりかねませんから」

青柳の弁明はもっともだったので御子柴もそれ以上は追及しない。仕手株に手を出し、上り調子の時には自分の才覚故と嘯《うそぶ》き、下がり始めた途端に狼狽《うろた》える様は、そのまま要蔵から聞いた人間像とぴたり重なる。

次第に入金額の欄に空白が並び始める。そろそろ毎月の利息入金にも事欠くようになってきたのだ。

更に日を追っていくと、御子柴はようやく想像した通りの記載を発見した。事件の起きる二ヵ月前から、月に二回の割合で担保価額にして八万円程度の追証がある。

「現金換算で都合四十万円の追証があったんですね。だが保全率はほとんど変わっていない」

「担保の割れ方が追証をはるかに上回ってますからね。実際、こういう少額の追証というのが一番厄介なんです」

「厄介とは？」

「保全率が一気に改善されるような大口入金や追証じゃない。かと言って全く知らぬ存ぜぬではなく一定の保全はある。返済意思があるように見えるから、こちらも一方的に購入株を売却することに二の足を踏む……まあ、そんなことを繰り返すうち、どんどん不良債権化していくんですけどね。意味のない仏心を出すわたしたちにも責任の一端はあるんです」

「追証と言っても証券である限りは八割程度の掛け目が入る。だったら証券を差し入れるより現金を入れた方が保全率は改善されるはずでしょう」

「それがまた貧すれば鈍すというヤツでしてね。現金だと額面通りの価値しかないが、株で差し入れれば反転攻勢の時機が訪れた時、相乗効果が期待できると考えるんです。追い込まれると正常な判断ができなくなってくるんですね」

焼け石に水のような追証と債権者の無意味な同情。それが不良債権を生むのだとしたら、皮肉以外の何物でもない。いつの世も、中途半端な善意ほど始末に負えないものはない。

「ご協力に感謝します」

「え。もう、ですか」

「お蔭で弁護のスジが見えてきた」


翌日、御子柴は要蔵の家に赴いた。

「あっ、御子柴センセイだー」

悪い予感ほど大抵当たる。案の定、出迎えたのは倫子だった。御子柴が玄関に近づくと子犬のように足元に纏わりつく。

「ねっねっ、九州行ってきたんだよね。ママの生まれたおウチって、まだあったの？」

「家はもう、なかった」

すると倫子はつまらなそうに唇を尖らせた。

「ちぇっ。まだおウチが残ってたら行こうと思ってたのにぃ」

行くな——喉から出掛かった言葉をすんでのところで呑み込む。

「裁判が終わって……ママが戻って来たら連れて行ってもらえ。家はなくともママを知っている人間は残っている」

「うん」

どんな判決になるかは分からない。亜季子がいつ出所できるかも分からない。だが仮に母親が還らなくとも、いつか倫子はかの地に赴くに違いない。ここ数日間で倫子の性格は理解していた。いつの日か自分の家族を襲った不幸の根源を探るために、たった一人でも福岡に向かうだろう。そしてまた新たな哀しみと新たな憤りを覚えることだろう。

御子柴に、それを止める権利はない。

「先生。いつもご苦労様です」

玄関先にやって来た要蔵はもう少し深刻そうだった。

「福岡への出張はどんな塩梅《あんばい》でしたか」

「いや、今日はその報告に来た訳ではないんです。最後にもう一度確認したいことがありまして」

御子柴の口調から何事かを悟ったらしく、要蔵は倫子に別室へ行くよう言い含めた。

「どうせ倫子のいる前では話し辛いことなんでしょう?」

「助かります」

居間に通されてから要蔵と正面きって向き合う。心なしか要蔵の面からは焦燥の色が見てとれる。御子柴が出張している間も、この男なりに心を砕いていたに違いない。

「遠方まで出張された甲斐はありましたか」

「全くの無駄足ではありませんでした。福岡で亜季子さんの幼少期を知る人物に会えたのは僥《ぎょう》倖《こう》でした」

「亜季子さんの幼少期……そんなことが弁護の役に立つのですか」

「幼時から現在に至るまで人格形成がどのように為されていったのか。それは情状酌量の材料になることが多々あります」

「あれを嫁に迎えてから相当経つが、子供の頃の話まではせんかったな」

「それは津田家だけの話じゃないでしょう。全ての人間が子供時分を健やかに育った訳じゃない。中には隠しておきたい過去もあるでしょうから」

「だが、結果的に弁護には有益になるのでしょう?」

「有益にさせるつもりですよ。ただし、やはり伸吾さんの心証を悪くさせる結果になるかも知れません」

「それは最前にも言ったが、もう仕方のないことだ」

「失礼な言い方ですが、亜季子さんと伸吾さんは夫婦でありながらひどく対照的な人間のように思えます」

「対照的とは?」

「亜季子さんは神戸の商業高校を卒業後、すぐ東京の会計事務所に就職します。聞けば同級生で東京に行ったのは彼女だけらしい」

「ああ、その頃から自立心があった訳だ」

「いや、自立心とは限りません。新しい絆を求めた、という見方もできる」

「新しい絆、ですか」

「両親の許では護られる側でしかいられない。だが家を出て新天地で暮らせば、いつか自分が護るべき人間が現れるかも知れない。そして彼女は仲吾さんと巡り合い、護るべき家庭を手に入れた」

「確かに亜季子さんにとって二人の娘は護るべき対象だ。しかし、それはいささか穿《うが》った見方ではないですかな」

「いや。法廷での態度、接見時のやり取りを考えれば強《あなが》ち的外れとも言えないでしょう。それに仲吾さんとの関係もあります」

「亜季子さんとは対照的な人間、と言われましたな」

「仲吾さんは会社員の頃から薄々とした野心を持っていました。それは会社からリストラを宣告されるなり、負の方向に顕在化した。自身が代表取締役となる事業計画。だが計画書の段階で頓《とん》挫《ざ》すると、会社設立の夢はさっさと放棄し、デイトレーダーで一攫千金を目論んだ。本来なら事業を興すにしてもデイトレーダーを始めるにしても準備期間なり研修期間を置くものだが、それもせず、ただ自分の才覚だけに頼っていたフシがある」

「……他人からあからさまに指摘されると抵抗を覚えるが、その通りだ」

「ところがデイトレーダーでの実入りが芳しくなくなると、証券投資ローンに手を出して傷口を広げる。それでも投資の失敗は全て市況のせいにして自分では何も手を打たず、いよいよ回収マンが家にまで督促に来ると知らんふりをして娘に応対させる。まだまだ例を挙げればキリがないが、要は他人への依存傾向が顕著なんです」

要蔵は反論もせずに黙り込む。御子柴の言うことは全て事実なので反論のしようもない。

「共依存、というのをご存じですか」

「いいえ」

「たとえば介護される側とする側で、される側は当然介護者に依存している訳だが、介護者の方も介護に自分の価値を見出して、互いに依存し合うという関係のことです。伸吾さんと亜季子さんの関係はややそれに近いものを感じますね」

「自分の殻に籠もり家庭を顧みなかった伸吾と、家族を護ることに意義を見出した亜季子さん、ですか。まあ亜季子さんはともかく、伸吾が家族や他人に依存しておったというのは実際にその通りだから耳が痛い。先生の言葉を借りれば、あんな人格に形成させてしまったのがわたしの不徳の致すところと言われれば、返す言葉もない」

「それは幼少期だけとは限らないんじゃないですか」

「……何を言われる?」

「実は昨日、伸吾さんが株を購入していた証券投資ローンの取引履歴を開示してもらったんです」

「取引履歴の開示。しかし借財のあらましは先の法廷で、あの青柳という社員が証言したではないですか」

「あの証言だけでは単に伸吾さんの無責任ぶりを露呈させただけだが、その取引を仔細に見ていくと、伸吾さんの無責任ぶりに拍車を掛けていた要因があったことに気づきます」

御子柴は事件発生の二ヵ月前から現金換算で十万円程度の追証が四回差し入れられていたことを説明する。

「その頃、伸吾さんは銀行預金のほとんどを利息支払いで食い潰し、しかも無収入だった。では、この四十万円というカネはどこから工面してきたのか。銀行預金以外、伸吾さんにさしたる資産があったとは思えない。生活費の捻出に苦慮していた亜季子さんにもそんな余裕は到底ない。第一に考えられるのは第三者からの資金提供だ。要蔵さん。ひょっとして、それはあなただったんじゃないんですか」

御子柴が言葉を切ると、要蔵は俯き加減になって低く呻いた。

「その通りですよ、先生。あのろくでなしにカネを渡していたのは、確かにわたしだ」

「どうして黙っていたんですか」

「体裁が悪かったからだ。伸吾についても、そしてわたし自身についても」

口調はどこか自嘲気味だった。

「四十を過ぎていても息子だ。七十を過ぎていても親だ。馬鹿で甲斐性なしで生活無能力者だが、それでも崖っぷちに立たされたら何とかしてやりたいと思う。これもさっき先生が言われた共依存というものですかな？」

「そうは言いませんが、中途半端な同情をしても解決が遅れるだけです」

「中途半端、か。なけなしの年金だったから結構、痛い出費だったのだが」

「それは失礼。しかし伸吾さんの債務総額からすれば焼け石に水です」

「相変わらず明け透けな物言いをする」

「これはまた失礼。しかし、もしあなたがあのまま伸吾さんを突き放していたら、東京モーゲージも業を煮やして担保証券を処分していたでしょう。しかし不動産は即座に売却できるものではないから、一家もすぐに家を追い出される訳じゃない。結果としてまだ莫大な借金は残るものの、本人に資力がない限り、債権者も泣き寝入りするしかない。事と次第によっては伸吾さんが民事再生を申し立てるという手段もあった。民事再生なら少なくとも不動産だけは処分せずに済む」

「それはわたしも考えた」

「民生委員は借金の相談を持ち込まれることも多いそうだから当然でしょうね。では、どうしてそれを伸吾さんに勧めなかったのですか」

「あれが……伸吾が破産とか民事再生とかいうのは敗残者の烙印《らくいん》なんだと言って聞かなかった」

つまり馬鹿息子の見栄に親が付き合ったという訳だ。きっと亜季子も要蔵と同じ提案をし、そして同じように拒否されたのだろう。何のことはない、亜季子も要蔵も伸吾に追随して事態を悪化させただけではないか。

「次男の隆弘が良くできた分、伸吾は頼りなく見えて仕方なかった。だが、そういう子供に限ってなかなか突き放すことが難しい。先生にはこの気持ち、理解してもらえんだろうな」

「ええ。全く分かりませんね」

皮肉でも叱咤でもなかった。

こういうことを言う親は沢山いる。だが本当は突き放すことが難しいのではなく、突き放すことによって子供との距離ができることを怖れているだけだ。

要蔵は肺の底から搾り出すような溜息を吐いた。

「今、先生が何を考えているのか、よく分かる。親馬鹿と言われようと、意気地なしと罵られようとそれは一向に構わん。しかし、わたしはせめて亜季子さんと孫娘たちに平穏な生活を取り戻してやりたいと思っておる。それだけは信じて欲しい」

深く垂れた頭を、御子柴はただ見下ろすだけだった。

「実は……先生にもう一つ打ち明けなければならんことがある」

「何ですか」

「明日の最終弁論、今度は検察側の証人として出廷を要請されました」

「証言内容は？」

「伸吾への金銭的援助の件、と言われた」

御子柴はふん、と鼻を鳴らす。自分が気づいたネタなら、早晩岬も気づくに違いなかった。おそらくは夫の甲斐性のなさを補完させた上で、亜季子の殺意を強調しようという肚だろう。

「先生。わたしは検事から訊かれたら、どう答えればいい？」

「素直に答えればいい。あの検事相手に妙な隠し立ては却って藪蛇《やぶへび》ですよ。では、わたしはこれで」

立ち上がった御子柴に、要蔵は縋《すが》るような視線を投げる。

「勝算は……ありますか」

「勝算の多寡で仕事をしたことはありません」

要蔵を居間に残して玄関に向かうと、そこで倫子が待っていた。

「まだ、何か用か」

そう尋ねると、倫子は珍しく目を逸らせた。

「明日、なんだよね……」

「お前も来るのか。しかし、折角だがお前に来られても迷惑なだけだ」

「りんこ、外で待ってるの。明日はおばあちゃんも来るし」

「おばあちゃん?」

「ママのお母さん」

つまり親類縁者勢揃いという訳か。だが今度の事案は被害者も加害者も身内だから、どんな結果に終わろうが誰一人として快哉《かいさい》を叫ぶ者はいないだろう。

そう、御子柴以外は誰も。

2

控訴審最終公判。

開廷五分前、エレベーターから出た御子柴は八二二号法廷に向かう。途中の待合室を一瞥すると、倫子の姿が見えたが敢えて足早に通り過ぎた。倫子の方も御子柴には気づかなかった様子だ。

法廷では既に岬検事と傍聴人が着席していた。今日の岬は前二回と比べるといくぶん穏やかな表情をしている。一瞬だけ御子柴を見たが、すぐに視線を戻す。不安を隠しているのではない。検察側有利の状況のまま最終弁論も終了できると思っているからだろう。してみれば、地下食堂で最後に向けた警告もさほど耳に残らなかったと見える。

まあいい。敵は岬ではない。

傍聴人席の後方隅に、およそ法廷には似つかわしくない姿があった。銀髪を丁寧にセットした細面の老婦人。開廷の刻《とき》を待つかのようにじっと俯いている。おそらく彼女が亜季子の母親なのだろう。

戒護員《かいごいん》に連れられて亜季子が入って来た。前と変わらぬ様子で力なく歩いている。減刑を望みながらも、その可能性は低いものと決めてかかっているようだ。

思えば、この生気のない顔に隠された過去を知るための遠出だった。ふと見出した一縷《いちる》の望みを辿るつもりだったが、結果的にはこの女が何を喪《うしな》い、何を護ろうとしたのかを確認する作業になった。

ふと思う。

喪ったものの代償に別の何かを護ろうとしているのは自分も同じだ。自分が亜季子を弁護している意識下には、そんな想いが作用しているのかも知れない。

いつものように法廷には厳粛な静謐が落ちている。傍聴人席からは時折ひそひそ声も聞こえるが、すぐ静寂に掻き消される。

やがて三人の裁判官が出廷してきた。廷内の全員が起立する。

ラスト・ファイト。

御子柴は心の中でゴングの鳴る音を聞いた。

裁判長席に座った三条は相変わらず柔和な顔を見せている。その柔和な顔のまま閉廷を告げるのか、それとも憮然《ぶぜん》とした表情に変わるのか。全ては御子柴の弁論次第だった。

「それでは開廷します。前回は弁護人側から新しい証拠を提出するということでしたが……弁護人。今回も事前の提出はなかったようですね」

「申し訳ありません。作成に手間取りまして。法廷で提示するつもりでした」

「それでは、今回事前に検察側から新たな証人申請が出されています。こちらを先にして構いませんか」

「構いません」

「では、検察側の証人を」

廷吏に促されて証言台に立ったのは、予定通り要蔵だった。岬が咳を一つしてから立ち上がる。

「証人。氏名と職業を」

「津田要蔵。地域の民生委員です」

「先の弁論でも証言いただいた、被害者津田伸吾氏のお父さんでしたね」

「左様です」

「まずお手元にある乙二十三号証、東京モーゲージから提出された被害者名義の債権管理票をご覧ください。注目すべき箇所は事件発生から遡ること二ヵ月前、三月八日からの記載です」

岬の指定する乙二十三号証とは、先日青柳から提示された資料と全く同一のものだった。

「三月八日と十八日、四月十一日と二十八日、それぞれ積和セラミックス株が一千株ずつ追証として差し入れられている。積和セラミックスは低位株で、当時の株価は百円前後。つまり手数料込みの時価にすれば一回当たり十万円程度の追証だったことになります」

その銘柄についても、既に御子柴は概容を把握している。

積和セラミックスは相次ぐ不祥事で値を崩していたが、それでも東証一部上場会社だ。業績回復や他の好材料があれば急騰する可能性もあるので、射倖心《しゃこうしん》の強い伸吾が選びそうな銘柄だった。

「そこで証人にお訊きします。当時、被害者は無収入であり、新たな株を自費で購入できたとは考え難い。この四回に亘る追証について、資金を提供したのはあなたなのですか」

「確かに、指摘された日近辺で本人に現金を渡したことはありますが」

「裁判長」

御子柴はすかさず疑義を唱える。

「検察は誤導を誘っています。証人が融通した金銭がどんな使途に消費されたのかは、死亡した被害者しか与り知らぬことです」

対する岬は疑義など織り込み済みといった風で続ける。

「自室に閉じ籠もり気味だった被害者に十万円単位の使途は限定されています。また、後ほど使途については別の証言も用意しています」

「続けてください」

「では再び証人にお訊きします。あなたは被害者に四度に亘る資金提供をされたということでしたが、それは証人の自発的なものだったのですか」

「いえ、それは……」

要蔵は不意に口籠もる。

「不肖の息子ですが、そこまで詳らかにするのは勘弁していただけませんか」

御子柴は要蔵らしい言い回しだと思った。だが、結局は岬の言葉を認めているのと同じだ。岬も満足げに頷いている。

「では別の質問を。現金は手渡しでしたか」

「いいえ。伸吾名義の口座に振り込みました」

「何故わざわざそんな手間なことを？　家が近所なら手渡しの方が手っ取り早いように思うのですが」

「証券会社との取引は銀行口座を介してなので、最初から振り込みにしてくれた方が手間も省けると言っておりました」

「証券会社。つまり被害者はあなたから融通されたカネを株式購入に充てることを、その時点で告白したという訳ですね」

「そういうことになります」

「あなたはそれを聞いていながら、何故カネを渡したんですか。泥棒に追い銭とまでは言わないが、それこそドブに捨てるようなものでしょう」

「そのカネがなければ家屋を手放さなければならない、と伸吾は言いました。わたしも伸吾が憎かった訳ではないが、それ以上に嫁と孫娘たちが不憫でなりませんでした」

いいぞ、と御子柴は成り行きを見守る。岬の意図に反して、要蔵の証言は被害者への心証を悪化させる方向に作用している。

しかし岬の手綱《たづな》捌《さば》きは俊敏だった。

「嫁たちの住まう場所が人手に渡ると聞かされれば、親として」

「ああ、証人。そこまでで結構です。事情はよく分かりましたから。質問は以上です」

まだ言い足りなそうな要蔵を押し留め、岬は三条に向き直る。

「今の質問に関連して被告人の証言を求めます」

「どうぞ」

「被告人に訊きます。今の証言にあった被害者への資金提供を、あなたは承知していましたか」

問われた亜季子は頭を垂れたまま答えない。その様はさながら魂の抜け殻のように見える。

「被告人？」

「……知って、いました」

第一声はひどく掠《かす》れていた。

「どうやって知りましたか」

「通帳を見たら義父の名前で振り込みがありましたから……光熱費の引き落としを確認するために、あたしは定期的に全部の通帳を記帳していたんです」

「成る程。では、その送金された現金がどう推移したかも通帳に記載されていましたか」

「はい。送金された当日、証券会社にほとんど同じ金額が振り込まれていました。夫名義の口座なので、それも夫がしたことだと分かりました」

先刻、岬の言った別の証言とは正にこのことだった。主婦なら銀行口座の流れを把握していても当然と言える。そして亜季子がカネの流れを把握していたのなら、次の展開は容易に想像できる。

「あなたは要蔵氏からの送金について、要蔵氏本人、あるいは被害者に問い質したことはありましたか」

「お義父さんに聞きました。夫からどうしても必要だから、と言われて送金したんだと」

「それを聞いて、あなたは被害者に対して何を思いましたか」

やめろ、と声を上げそうになったが遅かった。

「夫を憎いと思いました」

決定的なひと言。

少しは考えて証言してくれ――御子柴は危うく法廷での敵を間違えそうになる。今まで数回に亘って、伸吾への殺意を仄《ほの》めかすような証言はするなと注意していたのにこの有様だ。

いや、ここは亜季子の自制心の弱さを責めるより、岬の狡猾さを称えるべきだろう。最初に資金提供の件を要蔵から証言させたことで、亜季子は罪悪感と羞恥心を覚えたに違いない。岬はそれにつけ込んで、自制心に揺さぶりをかけたのだ。

そして、御子柴なら必ずそう続けるであろう言葉を岬も口にした。

「何故、憎いと思いましたか」

「家計が苦しくなっていたのは夫も承知していたはずです。その家計を助けるためにお義父さんに無心するのだったら、恥ずかしくて申し訳ないけど仕方がないと割り切れます。でも、そのおカネを自分の道楽に遣うなんて……」

借金の穴埋めではなく、自分の道楽と表現したところに亜季子の思いが反映されている。それも岬の呼び水があったからこその結果だ。

人間が隠し持つ暗黒や醜悪に知悉していなければ、なかなか考えつくことではない。これまで岬が被疑者相手にどんな駆け引きをしてきたかが、透けて見えるような気がした。

「つまり、そんな状況になっても家庭を顧みることがない被害者に非常な憎しみを覚えた。そういう意味ですね？」

岬は駄目押しにかかるつもりだ。

「裁判長。今の質問は誘導です。証言の中で被告人は一度たりとも感情の度合いを陳述していません」

「認めます。検事は被告人の証言を引用する際は正確に願います」

岬は三条に向かって一礼するが、形ばかりのものであるのは明白だ。三条も御子柴の側から抗議の手が挙がることを織り込んだ上で、岬の発言を制止しようとしなかった。全ては検察側全面勝訴の方向に舵が切られている。

「では質問を変えましょう。前回の証言で、あなたは金融業者の度重なる督促を受け、結果として怒りを感じたと言った。そして今また、折角義父が用立ててくれたカネを自身の道楽に費やした被害者が憎いと言った。怒りと憎しみ。それはもう普段から慢性化した感情ではなかったのですか。特に事件の起きた直前などは」

「……よく、分かりません」

「分からない？　自分が感じたことですよ」

「口論した日までの一週間は碌に口も利きませんでしたし、夫のことよりも娘たちとの生活を維持していくのが精一杯だったので……その都度その都度はともかく、大抵は娘たちの将来を心配していました」

「質問を終わります」

上出来だ。

岬の苦々しい顔を見た瞬間、御子柴は亜季子を少し褒めてやりたくなった。三条の目にどう映るかはともかく、最悪の印象を与えることだけは免れた。しかも反転攻勢に出るきっかけまで用意してくれた。

「裁判長。反対尋問を」

「どうぞ」

御子柴はゆっくりと立ち上がる。これが反転攻勢の狼煙《のろし》だ。

「まず、予め裁判長にお断りしておかなくてはならないことがあります」

突然話を振られた三条は訝しげに目を細める。

「口頭弁論の準備段階で、被告人と弁護人は弁護方針などの擦り合わせと共に証言内容を確認することがあります。ただその際、被告人が誤った認識を持っていると、弁護人にも誤った認識が伝わるケースがあります。これはご承知いただけますか」

「考えられないケースではないでしょうね」

「その場合、つまり誤った認識に立ったものであったのなら、先に記録された証言内容も記憶違いとして扱っていただきたい」

「記憶違いであることが明白であれば、認めましょう」

「ありがとうございます」

御子柴は改めて亜季子に向き直る。亜季子の方は今のやり取りが理解できず、戸惑っている様子だった。

「では被告人。さきほど検察側の質問に『口論した日までの一週間は碌に口も利かなかった』と証言しましたが、その点に間違いはありませんか」

「間違いありません」

「本当に？」

「はい」

「口も利かなかったのであれば、当然その間の性交渉もなかった訳ですね」

法廷内の空気が一瞬、硬直した。三条と岬は意表を衝かれたように目を瞬き、亜季子は立ち尽くしている。

「被告人、答えてください。その一週間、性交渉はなかったんですね」

「あの、それが何か関係あるんでしょうか」

「被告人は質問にだけ答えてください。さあ、あったんですか。それともなかったんですか」

「あ、ありませんでした」

畳み掛けるような勢いに呑まれて亜季子は答える。すると、御子柴は三条の方に再び向き直る。

「お聞きの通りです、裁判長」

「何がですか」

「思い出してください。第一回公判、弁護人の最初の被告人質問は、事件の発生した頃に被害者との夫婦関係が継続していたかどうかでした」

三条は机上の記録に目を走らせながら答える。

「そう……そうでしたね」

「被害者と被告人は合意の上で夫婦関係を継続し、それは夫婦間で修復を図ろうという雰囲気があったからだとわたしは主張しました。しかし、それでは今の証言との齟齬が生じます。弁護人も被告人と協議する中で、その事項については記憶違いがありました。訂正します。事件発生の一週間前から被害者と被告人の間に性交渉は存在しませんでした。従って、前々回に被告人が発言した内容は記憶違いであったと考えます」

法廷にはますます困惑した空気が広がる。

「弁護人、わたしにはあなたの主張することの真意が理解しかねるのだが」

「甲七号証の三枚目をご覧ください。第一回口頭弁論でもお話ししましたが、キッチンの屑籠に投げ込まれていたゴミの中に避妊具のパッケージが紛れていました。しかし、このゴミの数々は全て事件発生の三日前から溜められていたものです。つまり被告人の証言を改めて吟味すると、この避妊具は被告人が使用したものとは思えないのです」

御子柴は被告人席に顔を向ける。

亜季子は明らかに動揺していた。いや、動揺していたのは亜季子だけではない。三条も岬もいきなり頰を叩かれたような顔で御子柴を凝視している。

「甲七号証には、もう一つ納得し難い点があります。それはパッケージのみが残存し、肝心の使用済み避妊具はどこにも存在していないことです。これは事件発生直後に駆けつけた世田谷警察署の鑑識課が被害者の部屋のみならず、家中の残留物を採取したにも拘わらず、文書には一切記載がありません。記載なしということは事実、存在しなかったことを意味します。更に留意すべき点は、第一回公判の場でパッケージの存在が告げられた際、被告人がそれについて疑義を差し挟まなかったことです。記録を遡れば下級審でもそうでした。被告人は一貫してパッケージの存在を知りながら、その中身についてはひと言も語っていないのです。そして付け加えるのなら、パッケージがキッチンの屑籠に捨てられていたこと自体が不自然極まりない」

堪りかねたように岬が声を上げる。

「それはどういう意味かね」

「前二回での証言を思い出してください。審理されている罪状はともかく、被告人は母親として躾が行き届いていました。では躾に厳しい母親が、娘たちの頻繁に出入りするキッチンに避妊具のパッケージを捨てるものでしょうか？　いいえ、有り得ないことです。通常そうしたものは閨房で使用され、閨房で処分されるもののはずです。また、閨房で処分されたものをわざわざキッチンまで持ってくる理由も思い当たりません。このことは、避妊具は被告人によって使用されたものではなかったことを示します。つまり」

御子柴は再び言葉を切る。空気が読める。まだ誰も御子柴の指摘しようとすることを察知していない。

「被告人は、家庭内で自分以外の誰かが性交渉をした事実を知りながら、それをずっと秘匿《ひとく》していたのです」

名指しされた亜季子は蒼白な顔で肩を細かく震わせている。

しばらく沈黙が流れた後、岬が思い出したように口を開く。

「弁護人。まさかそれが本当の殺害動機だったというのか」

「本当の殺害動機？」

「家族の中で男性は夫である被害者だけだ。被告人は夫の不義を疑い、それで」

「検事、その弁明についてはもう少しお待ちください。この後に控える証言と関連することなので。裁判長、弁護人からの反対尋問を終わります」

くるりと向いた背中に、亜季子が声を掛ける。

「あ、あのっ」

「わたしからの反対尋問は終わりました。被告人」

御子柴は突き放すように言う。ここで亜季子の下手な抗弁を聞いた上で粉砕するという選択肢もあるが、流れを停滞させたくない。亜季子は発言を封じられて証言台に立ち尽くす。

「裁判長。お約束していた新しい証拠ですが、まず証人を呼びたいと思います」

「結構です」

「証人、お願いします」

御子柴の合図を受け、廷吏がその人物を法廷に招き入れる。姿を現したのは溝端老人だった。

溝端は宣誓をした直後に座り、三条を仰ぎ見た。

「裁判長さん」

「はい」

裁判長に向かってさんづけはなかったが、それでも溝端は三条よりも更に高齢であり、どこか飄々《ひょうひょう》とした風貌は相対する者の警戒心を粉砕した。

「法廷で真実を述べるのであれば、もちろん起立すべきなのだが、ご覧の通りとんと足腰が弱っておる。申し訳ないが腰を下ろしたままでよろしいかね」

「構いませんよ。どうぞ楽な姿勢でいてください」

心なしか三条もいくぶん恐縮しているようだった。これも心理的には有利な要因と言えよう。

御子柴は溝端が落ち着いたところを見計らって目礼を交わす。

「では証人。氏名と職業を」

「溝端庄之助。現在は隠居の身です」

「以前の職業は？」

「福岡市内で町医者をしておりました」

「開業されていた期間はどのくらいですか」

「あれは皇太子がご生誕された昭和三十五年から平成三年までだから、およそ三十年といったところですか」

「三十年。結構な期間ですね。さながら地域に密着した診療体制だったのでしょうね」

「その通り。当時、まだ医師の絶対数は少なく、開業すれば町民全員の主治医になったようなものでした」

「患者一人一人に深く関わるという訳ですね」

「というよりも深く関わらざるを得ない。同じ町内だから深夜や休日の急患も必ず受け入れる。寝たきりの患者には往診に行く。カルテは作成するが、そのうち患者の病状は自然と頭に入る」

「成る程、それでは患者の顔も数多く記憶されているでしょう」

「最近の知己よりは、過去に診た患者の顔の方を憶えております」

「では、この法廷内に以前の患者がいますか」

「います」

「その人物を指差してください」

溝端は上半身を左側に捻り、亜季子を指した。

亜季子は射竦められたように身体を硬直させた。ひどく意外そうな顔をしているので、どうやらすっかり溝端の顔を忘却していたらしい。

三条と岬は手品師の振る舞いを観覧する客よろしく、成り行きをただ見守るしかない。

「ところで証人。あなたの専門は何でしたか」

「よろず屋の町医者だったから歯科と産婦人科以外は何でも熟《こな》したが、専門は心療内科だった」

「心療内科を簡単に説明してください」

「ごく大ざっぱに言えば心身症を主な対象とする医療分野です」

「心身症、ですか」

「日本心身医学会の定義では、身体疾患の中で、その発症や経過に心理社会的な因子が密接に関与し、器質的、ないし機能的障害が認められる病態をいう」

「その中には神経症も含まれますか」

「神経症や鬱は厳密に言えば心身症には含まれないが、わたし自身は過去に何人もの神経症患者を診てきた」

「では、あなたの診てきた神経症患者がこの法廷内にいますか。いれば、その人物を指差してください」

「彼女です」

溝端は再び亜季子を指す。

「嘘」

亜季子は声を震わせた。

「あなたが、あたしの先生だったなんて」

　溝端は懐かしそうに笑ってみせる。

「もう二十六年も昔の話だからね。それに当時、あんたは記憶障害に罹っていたから、治療時の記憶に錯乱があったことは想像に難くない」

「待ってください」

　岬が慌てて手を挙げる。

「証人。あなたがその時分、被告人の主治医であったという証拠はありますか」

「非常に興味深い症状だったので、廃業する際にも彼女のカルテは保存しておいた。それは前もって弁護人に渡しているが」

「被告人のカルテは確かにわたしが預かっています」

　御子柴は書類を携えた手を高々と掲げる。

「説明が遅れました、裁判長。被告人の過去のカルテを弁十八号証として提出します」

　御子柴の口上と共に廷吏が三条と岬に弁十八号証を配付する。半ば慣習化した事前提出を弁論間際まで遅らせるのは、御子柴なりの計算がある。

「証人。カルテを作成されたご本人として、内容の説明をお願いできますか」

「患者はＰＴＳＤを患っていました」

　老いたとはいえ溝端の声は野太く、朗々と法廷内に響き渡る。

「九歳になった頃、彼女の妹が亡くなりました。非常に可愛がっていた妹であり、九歳という幼い精神力ではとてもその事実を受容できなかったのでしょう。ＰＴＳＤというのは言わば自己防衛本能です。精神がパニックを起こそうとする際、脳はその機能の一部を遮断してそれを防ごうとする。彼女の場合は妹の存在した記憶そのものの消去でした」

溝端は御子柴に告げた内容を再度繰り返す。

一番驚いた様子で聞いていたのは当の亜季子だった。

「患者の年齢を考慮すると薬物療法も腰が引けた。強制的に記憶を引き出すことは危険なので、両親にも死んだ妹については口を噤むように申し入れた。後は自然治癒に任せるより他なかったのだが……治療の途中で一家は神戸に転居してしまったので、その後の経過を知らないまま現在に至っている」

「治療途中で中断されたことは、さぞ心残りだったでしょう」

「そうです。わたしとしては時間がかかってもよいので、自発的に本人が自分自身と向き合うよう誘導するつもりでした。それにもう一つ、彼女には厄介な病状が発症しており、そちらの治療も懸案事項だった」

「幼い被告人にもう一つの病状。それはどういった種類の病気だったのですか」

「強迫神経症の一種ですが、原因は明白でした。妹の死という強烈なショックが、彼女に心的外傷を与えたのです」

「その強迫神経症は自然治癒する類のものなのでしょうか」

「症状は重篤だったので、あのまま放置していたら自然治癒の可能性は極めて低かった。本来は抗鬱剤で対処すべき症状だが、結局は薬効期間内の保証しかできない」

「裁判長。ここで弁護人は、被告人の病状が現在どの程度であるかを明らかにするため、証人にあるものを見せたいと思います」

「待ってください、裁判長」

岬は慌てて口を差し挟む。

「弁護人にお尋ねする。被告人が幼少の頃に精神障害を負ったことは分かった。だが、それと現在係争中の本案件とにどのような関連があると言うのかね。弁論を徒に長引かせるのが目的なら姑息な手段だと断ずるしかない」

「弁護人、わたしも同感です。いったい、あなたは何を証明しようとしているのですか」

次々に繰り出される新証言に翻弄されたのだろう。冷徹なはずの三条もさすがに困惑した表情を隠さなかった。

「第一回公判の際に陳述した通り、動機の不在を証明するつもりです」

すると岬が噛みついた。

「まさか刑法三十九条の適用を主張するつもりなのか」

「とんでもない。精神鑑定をするまでもなく、被告人には確固たる責任能力があります。それは取り調べをした警察官や検察官が一番よくご存じのはずだ」

「それじゃあ」

「あなたこそお待ちください、検事。わたしが証明しようとしているのは、あくまでも動機の不在だ。今しばらく弁護側の陳述に耳を傾けていただきたい。さて、裁判長。証人への質問を続けてよろしいでしょうか」

「……どうぞ」

「証人には被害者宅内部の写真を見ていただきます」

御子柴の指示で正面に大型モニターが設えられる。

「ここに映し出す被害者宅内部の写真というのは全て検察側から提出された甲十四号証、つまり事件直後世田谷署の鑑識課が撮影・記録したものをそのまま使用しています。従って、弁護側が何らかの編集や改竄《かいざん》を行ったものではないことを付け加えておきます」

まずモニターに現れたのはリビングの内部だった。御子柴が最初に所帯臭いと感じた十五畳の部屋。テーブルや椅子、その他諸々の調度品の角は丸く加工され、ハサミなどの文具類はどこかに収納されているのか見当たらない。冷蔵庫に留められたメモと壁のスケジュール表で、亜季子と子供たちの日常が浮かんでくる。頻繁な学校行事とアンケート、それに連動する形で弁当の中身と買い物の内容が決まっていく。音声は流れていないものの、そのメモ類の一つ一つを見ているだけで母と娘たちの会話が想像できる。

カメラはキッチンに入る。整理された調理器具の諸々。電子レンジの横には手動のスライサーが一台置いてあるだけのさっぱりした光景だ。箸やフォークが置きっ放しになっていることもない。シンク下の収納部分は扉が開けられているが、包丁はおろか、調理バサミの一本もない。ただしシンクの中には夕食で使用したものなのか、皿とスプーンが無造作に重ねられている。

次に殺害現場となった浴室が映し出されると、雰囲気は一変した。

壁に赤い飛沫が残っている。亜季子が血を洗い流している最中に要蔵が飛び込んで来たため、作業が中断されたのだ。浴室に置いてあるものは大抵丸みを帯びているが、その血飛沫一つのせいでひどく禍々《まがまが》しい空間に見える。傍聴人席からも微かに声にならない呻き声が上がる。何を今更、と御子柴は思う。関係者でもないのに傍聴人席に座る理由は、こういう血の臭いが漂ってきそうな写真なり証言を見聞きしたいからではないか。

三番目は亜季子の部屋だった。

元は夫婦の寝室だったのだが、伸吾が自室に閉じ籠もるようになってからは亜季子の個室になったのだろう。ダブルベッドに枕は一つきりだった。広さは六畳ほどしかないので、ベッドだけで部屋がほぼ占領されている。備えつけの棚には家族写真がずらりと並ぶ。どのフォトスタンドも丸みがあるので、部屋の印象も至極穏当なものに映る。

カメラは美雪と倫子の部屋に入った。

それぞれ十三歳と六歳の女の子の部屋だったが、美雪の部屋に勉強机がある他は似たり寄ったりの雰囲気だ。片やポップス歌手、片やアニメキャラクターのポスターが壁に貼ってあり、ベッドの周辺は縫いぐるみに占領されている。母親の整頓好きも個室にまでは及ばず、美雪の机の上にはノート類に混じってコンパスやハサミ、シャープペンや消しゴムが散乱し、一方倫子の部屋も床の上は画用紙と色鉛筆で足の踏み場もない。じっと眺めていると、画面の外から母親の叱る声が聞こえてきそうだった。

最後は伸吾の部屋だ。

この部屋に家庭の匂いは皆無だった。無機質なモニターとプリンターの周りには赤と黒のボールペンが何本も転がり、まだ真新しい四季報には栞《しおり》代わりのペーパーナイフが挟まれている。机の下は混沌そのもので、株式投資の資料と菓子袋とコーヒーの空き缶、パソコンの各種アクセサリーとコード、そして脱ぎ散らかした衣類が床を埋め尽くしている。

大写しになった写真に見入っていた溝端は、やがて短く呻いた。聞き取ったのは間近にいた御子柴くらいのものだったが、それは明らかに当惑と失意の入り混じった響きだった。

御子柴は確認した。

やはり溝端はこの写真の中から発見したのだ。

「証人、もうよろしいですか」

「……ああ、もう結構です。よく分かりました。この家の中を見れば一目瞭然だ」

「この写真をご覧になって何が分かったんですか」

「亜季子ちゃんは……患者は未だあの神経症に囚われている。二十六年の歳月も彼女を癒すことはできなかった。かつての主治医として、これほど残念で口惜しいことはない」

「証人。患者は神経症を患っているということですが、その症名を教えてください」

「彼女は先端恐怖症です」

「やめて！」

今まで口を閉ざしていた亜季子が沈黙を破った。被告人席から身を乗り出し、溝端に摑みかかろうと手を伸ばしている。

「あ、あなたは何の権利があって」

「被告人は静粛に」

暴れ出した亜季子が控えていた戒護員に押さえられる。その様子を見て溝端は狼狽《うろた》えたようだが、御子柴は操縦を忘れない。

「証人、証言の続きを」

「あ。はい」

「それでは先端恐怖症とは、いったいどんな症状を指すのでしょうか」

「針とかアイスピック、それからナイフなど先端が鋭利なものを意識すると、動悸がしたり恐怖心に襲われるようになる症状です」

「恐怖心、ですか」

「その先端で他人、あるいは自分を傷つけてしまうのではないかという恐怖ですな。たとえば高所恐怖症というのは割と広く人口に膾炙《かいしゃ》されていると思いますが、あれは自分が高所から落ちるのではないかという恐怖で身体の自由が利かなくなり、足が竦んでしまう。先端恐怖症も似たところがあって、とにかく尖ったものを見たり想像すると身体の自由が利かなくなる。個人差もあるが、症状のひどい者はその場にしゃがみ込んでしまうことさえある」

「被告人が未だ先端恐怖症から解放されていないと推測できたのは、何故ですか」

「推測ではなく、看破だ。リビングとキッチン、そして本人の寝室を見れば分かる」

「具体的に」

「リビングの調度品はことごとく角が丸く加工されている。そして通常こうした部屋にはペン立てにハサミやカッターナイフが挿し込んであるが、そうした先端の尖った物は人目につかない場所に収納されているようだ。寝室も同様だ、およそ鋭角な部分が見当たらない」

　溝端の説明を聞きながら、岬が手元の捜査資料を猛烈な速さで繰る。現場写真のいずれもが溝端の指摘通りであることを確認し、半ば呆然としつつある。それでも真実を見極めようと遠慮がちに手を挙げる。

「しかし証人。角が丸まっている家具や調度品は一般的な物で、文具類を決まった場所に収納しておくのは整理好きな主婦がいる家庭ではごく普通のことだ。それだけで先端恐怖症だと断じるのは早計ではありませんか」

「だが一方、患者が普段足を踏み入れない場所、つまり家族の部屋には先端の尖った物やナイフ類が無造作に放置してある。患者の目の届く部屋とそうでない部屋との差異が極端だとは思いませんか。これはつまり自身の恐怖症を封じておくための処置です。それに、より顕著な傾向がキッチンに見て取れる」

手回しよく御子柴がモニターにキッチンの写真を映すと、溝端がその一点に指を突きつける。

「見なさい、この収納部分を。包丁がただの一本もない。台所に一本の包丁も調理バサミもないなどと、こんな奇妙な光景をわたしは知らん」

電子レンジ横に置かれたスライサーの意味が今こそ明確になる。幼い娘たちにも調理ができるように揃えたのではない。包丁の切っ先を何より怖れた亜季子が、その代用品として購入せざるを得なかったのだ。

回答を承知の上で御子柴は溝端に水を向ける。

「先端恐怖症であった被告人は包丁を握れなかった。つまり、そういうことですね」

「握るどころか触れることができたのかも疑問だ。これほど徹底的に先端対策をしているということは、裏を返せばそれだけ怯えていた証拠だ」

ここだ。

御子柴は間髪を入れずに畳み掛ける。

「では被告人が刃物、たとえばカッターナイフを握って他人を刺し貫くことは可能でしょうか。具体的には無防備な頸部を狙い、同じ箇所に三度刃を突き立てることが」

「目を瞑《つむ》れば柄を摑むことくらいは可能かも知れないが、それを先端の尖った凶器と認識した時点で身体の自由は利かなくなるでしょう。有体《ありてい》に考えて、その行動は不可能に近い」

「でたらめ言わないで！」

　戒護員の制止を振り切って、亜季子が被告人席から飛び出す。

　伸ばした腕が溝端に近づいた時、御子柴が二人の間に割って入り、懐から取り出した物を亜季子の正面に突きつけた。

　突きつけたのはただのブックマークだった。

　ただし金属製で先端が尖っている。

　効果は覿面《てきめん》だった。亜季子はブックマークの先端を見るなり、ひっと短く叫び、顔を背けてその場にしゃがみ込んでしまった。

　法廷内がしんと静まり返る中、その神経症患者はうずくまったまま瘧《おこり》のように震えている。

　三条と岬は口を半開きにして亜季子を見ている。その目はもはや非道な殺人者を見る目ではなかった。

　御子柴は満足してブックマークを懐に戻す。溝端の説明だけでは訴求力が乏しかった場合を考慮して用意しておいたのだが、想定していた以上に役立ってくれた。

「裁判長、今ご覧になった通りです。現在も神経症に囚われている被告人は、凶器であるカッターナイフを握るどころか近づくことさえできません。従って被告人に犯行は不可能ということになります」

「し、しかし」

岬が切羽詰まったように声を上げる。いちいち三条に発言の許可を請うような余裕はもうなかった。

「凶器には被告人の指紋がしっかりと付着していた」

「それこそ凶器として使用された後で、目を瞑って摑んだのですよ。おそらく実際に使用した人間の指紋を拭き取る際に被告人のものが付着したのでしょう。被告人はその人物を庇おうとしていたに過ぎません。凶器から指紋を拭き取り、夫の死体を脱衣所に移し、浴室の壁を洗い流している最中に要蔵氏がやって来た。被告人は真犯人の名前を告げる訳にもいかず、要蔵氏は現場の状況から被告人の犯行と信じきってしまったのです」

「いったい、誰を庇っていると言うんだ」

「それはわたしにも分かりません。ただ、それを類推する手段はあるでしょう」

「どういうことだ」

「先刻わたしは被告人以外の家人が性交渉の痕跡を残し、それを被告人が承知していた可能性を示唆しました。もしその状況で伸吾氏が殺害された場合、被告人には当然その犯人も動機も分かっていたのです」

「やめてえっ」

亜季子の絶叫が法廷内に響き渡る。

「後生だから。後生だからもうやめてください！」

戒護員二人に両脇を摑まれても、亜季子は身を捩《よじ》って抵抗を続ける。今までの借りてきた猫のような態度とはまるで別人の振る舞いだった。

「被告人は静粛に。さもなければ退廷させます」

再度の注意を促す三条も収拾のつかなさに苛ついている様子だ。

これでいい。岬にしても三条にしても、亜季子が犯人だとはもう思っていまい。後は溝端が過去に作成した先端恐怖症のカルテについて若干の説明をした上で、改めて専門医に亜季子を診察してもらえれば完璧だ。

我知らず、御子柴は肩の力を抜いた。

勝利の余韻が胸を充たす。

だがその時、岬が水を差した。

「弁護人。質問はもう終わりですか」

「ええ」

「では裁判長。反対尋問をよろしいでしょうか」

反対尋問だと？

何という諦めの悪い検察官だろう。

よかろう。それでは最後の一手まで完膚なきまでに粉砕して差し上げよう。

「どうぞ」

「証人にお訊きします。先ほど被告人が先端恐怖症であること、またそれが現在に至っても治癒していないことを我々は確認しました。しかしながら、人間がナイフ一本握れないほどの恐怖に囚われるとは、やはり俄に信じ難い。証人は被告人の妹の死がその原因だと証言されたが、いくら可愛がっていた者が死んだからといって、それほどトラウマになるものでしょうか。証人の話はいささか大袈裟にも聞こえる」

「それももっともです。しかし、彼女の場合はトラウマになるのも無理からぬ話ではある。何しろ残虐非道、目を覆わしむる事件だった」

「事件？」

「当時五つになる妹は殺されたのです。新聞やテレビでも大きく報道されたから、中にはご記憶の方もおいでだろう」

そこまで言うと、溝端は不快そうに頭を振る。

「とにかく尋常な事件ではなかった。無辜《むこ》の命を屠《ほふ》るだけでも許し難いというのに、彼女の妹は絞殺された挙句、首と四肢をばらばらに切断された。彼女を問診して、わたしはすぐに思い至った。彼女が先端の尖ったもの、取り分け刃物にトラウマを抱くようになったのは、それが直接の原因だった。本来であれば重大事件として遺体の詳細など報道されるものではないが、あろうことか妹の遺体は郵便ポストの上、幼稚園の玄関前、神社の賽銭《さいせん》箱の上に置き去りにされ衆目の餌食となった。しかも、しかもだ。犬畜生にも劣る非道を行い、〈死体配達人〉と名付けられた犯人は何とわずか十四歳の少年だった」

そして岬が更に尋問を続けようとした時だった。

「その男を、その弁護士を逮捕してください！」

突然、傍聴人席から甲高い声が上がった。

「その男はわたしの娘を、みどりを殺した園部信一郎《そのべしんいちろう》です」

声の主は亜季子の母親——佐原成美《なるみ》だった。品のある老婦人の顔をかなぐり捨て、半狂乱の体で絶叫している。

やっと気づいたか。

御子柴は物憂げに成美を眺める。御子柴の方はひと目見るなりみどりの母親と推測したが、成美の方では名前を変えていることも手伝って、園部信一郎と御子柴礼司がなかなか結びつかなかったのだろう。

成美の声を合図にして傍聴人席は蜂の巣を突《つつ》いたような騒ぎになった。明らかにマスコミ関係者と思しき何人かは、特ダネを大事そうに抱えて法廷から飛び出して行く。

「〈死体配達人〉の事件なら俺も憶えてるぞ」

「弁護士があの少年だっただとお？」

「殺人犯が何で弁護士になれるんだよ！」

「最初っから弁護士失格じゃねえか」

「法廷から出て行けよ、この鬼畜野郎！」

三条と岬は今度こそ開いた口が塞がらないようだった。特に、岬は視線を御子柴に釘づけにしたまま啞然と立ち尽くしている。法曹の世界で〈死体配達人〉事件を知らぬ者はまずいない。今まで対峙してきた弁護人が、〈死体配達人〉本人であることを告げられた岬の心中を思えば、それも当然の反応と言える。

要蔵と溝端の反応はどちらも似たようなものだった。信奉していた神が実は邪神であることを知らされた信者の顔をしている。

今や八二二号法廷は怒号と野次の飛び交う、御子柴指弾の場と化していた。そんな中、一番冷静な対応を見せたのは意外にも亜季子だった。

「御子柴先生。あなたをたった今、あたしの弁護人から解任します」

凛《りん》とした声に法廷中が静まり返る。

その声に狼狽や怯懦はなかった。

御子柴は納得顔で頷くと、机上の書類を小脇に抱えて出口に向かう。左右から憎悪と軽蔑に満ちた視線を浴びるが、御子柴は悪びれる様子もなく涼しい顔で歩く。

下手をすれば、もう弁護士という立場で法廷に足を踏み入れることはないかも知れない。

それでも御子柴は妙に晴れ晴れとした気分だった。

法廷の扉を開けた時、背中で三条の声を聞いた。

「次回、二週間後に判決します。閉廷」


正面玄関には自分の出自を知ったマスコミ関係者が待ち構えているはずだ。御子柴は人目を避けて弁護士会館に向かう。弁護士会館から東に行けば日比谷公園側に抜けられる。

そこで背後から声を掛ける者がいた。

「待ってください、御子柴先生」

振り返れば要蔵が自分を追いかけていた。その後ろには岬の姿も見える。

「あなたには、お礼を、言わなくては、ならん」

御子柴の前に立った要蔵は息を切らしながら喋り始めた。

「わたしは亜季子さんの仇ですよ。お聞きになったでしょう」

「それでもあなたの弁護のお蔭で亜季子さんの無実が証明された。本当に見事だった。あの弁論の後で亜季子さんを犯人扱いできる者はもういないだろう」

その後を岬が継ぐ。

「恥を忍んで言うがその説には肯《うべな》うしかない。まさか被告……いや、失礼。彼女がそんな神経症に罹っていたとは思いもよらなかった。いったい、いつから気づいていたのかね」

答える前に、御子柴は周囲を見回す。

「要蔵さん。あの煩い六歳児は一緒じゃないんですか」

「倫子は公園に待たせています」

御子柴にはその方が都合がいい。今から話すことは、いくら真相とはいえ子供に聞かせるような内容ではない。

「気づいたのは初めて津田宅を訪れた時ですよ、検事」

「本当かね」

「もう弁護人は解任されましたから。下手な策を弄するつもりはない」

「そうだとしたら所轄の世田谷署を含め、我々は揃いも揃って阿呆どもということになるな」

「気にする必要はない。ただ、わたしにはあんたたちにはないアドバンテージがあっただけだ」

「アドバンテージ？」

「津田亜季子、いや佐原亜季子が被害者遺族だという事実を知っていた。そして被害者遺族の多くが、大なり小なり心に傷を負っていることも知っている」

加害者の立場で、というのは言わずもがなだった。

「それと、あんな風に部屋ごとのちぐはぐな点が気になった。すぐに亜季子の精神疾患を疑った。後は亜季子の過去を遡って心療内科の診療記録を漁ればそれでよかった。まあ、賭けではあったが」

亜季子のことはよく憶えていた。

いつもみどりの保護者を気取り、可愛がっていた。その大事な存在をこの上なく残酷で苛烈《かれつ》な形で喪失すれば、残された亜季子にどんな心理的影響が及ぶのか。そんなことは少し想像力を働かせれば大体の見当はつく。

「恥掻きついでにもう一つ訊きたい。彼女が自分で罪を被ってまで護ろうとした真犯人は、いったい誰なんだ。さっきのように知らないなどとは言わせんぞ。君は明らかにそれが何者かを知っているはずだ」

「その言葉は、そっくりそのままお返しする。検事、あんたならとっくに気づいているはずだ。それともわたしを答え合わせに使うつもりかな」

挑発するように言ってみたが、岬に乗る気はないらしい。御子柴の目を直視して微動だにしない。

「答え合わせか。それならわたしの方から先に言うのが流儀だな。第一、君からは大きなヒントを与えられたからな」

「ヒント?」

「被害者が亜季子以外の人間と性交渉を持っていたという事実だ。そして、亜季子が我が身を犠牲にしてまで護ろうとする人間は娘たちしかいない」

岬の後ろにいた要蔵が大きく息を吐いた。

「被害者を刺したのは長女の美雪……そうなんだろう？」

御子柴は敢えて返事をすることも首を振ることもしなかった。

沈黙が肯定を意味することは岬も知っているだろう。

「下の倫子はまだ六歳だ。とても相手の頸部にナイフで致命傷を与える力はない。とすれば消去法で容疑者は美雪しか残らない」

「妥当な推理だ」

「被害者は自分の娘に性的虐待を繰り返した……犯行は美雪からの報復、もしくは過剰防衛。つまりはそういうことだったんだな」

事件以来、美雪は自室に閉じ籠もったきり外に出ようとしない。家族の起こした事件だからショックだったのではない。自分の起こした事件であり、その他にも閉じ籠もらなければならない理由があったからだ。

「美雪が性的虐待を従順に受け入れたはずがない。そして亜季子は避妊具のパッケージを見つけてその事実に気づいていた」

御子柴は黙っている。ここまでの推理は自分の立てたものと一緒だ。

「そしてあの夜、美雪の中で精神の均衡が崩れる。亜季子と口論した被害者が浴室に行くと、美雪は納戸の工具箱からカッターナイフを取り出し、入浴中で無防備になっていた被害者を背後から刺した。そこに亜季子が駆けつける。二人の性交渉のことは知っているから、現場を見てすぐに事情を察した。とにかく死体を始末しようと浴室から美雪を追い出し、死体を脱衣所に移し、そして浴室の壁を洗っている最中に要蔵さんが現れた。まさか美雪の仕業であることを告げる訳にもいかず、自分が殺ったのだと告白するしかなかった。美雪を警察から護るために、そして家族の名誉を護るために……そういうことか」

「概《おおむ》ねはそうだったんじゃないか」

これればかりは当の本人に訊かなければ分からないが、おそらく亜季子は美雪を庇うために最後まで否定するだろう。

幼少時、亜季子は自分が護るべき者を喪った。長じて家族を手に入れた時、亜季子が本来の母性本能以上に娘たちを庇護しようとしたのは想像に難くない。言わば代償行為のようなものだ。

「君が法廷で美雪の犯行であることを指摘しなかったのは、亜季子の心情を慮《おもんぱか》ったためか」

「心情？」

「真実を全て暴露すれば、当然警察は美雪を取り調べることになる。十三歳で少年法適用対象ではあるが、性的虐待が立証されたとしても過剰防衛の線が濃厚だから家裁送りの可能性が高い。君はそこまで美雪を追い込むことに躊躇した」

「ふん、何故そんなことに配慮する必要がある？　わたしはあくまでも亜季子の無罪を勝ち取ればそれでよかった」

「美雪が少年院送りになれば亜季子が一番絶望するだろうからな」

「くだらん」

御子柴はひと言で切って捨てたが、要蔵は深々と頭を下げた。

「もう君は弁護人を解任されたから伝えても構わんだろう。あの流れではこちらも主張を翻さざるを得ない。無罪とはいかないまでも犯人隠避が妥当だから、罪状を切り替えて改めて立件することになろう。裁判長もそれなら納得する」

「亜季子に真実を供述させるのは難儀だぞ」

「もう騙されんさ。彼女には酷だが美雪からも供述を取る。今度こそ正しい捜査をさせ、正しい裁判を受けてもらう。彼女が君の後任にどんな弁護士を選任しようが、もう大勢に影響はあるまい」

「そいつは……どうかな」

御子柴は感情のない声で嘯《うそぶ》く。

「君が弁護に立てば無罪を勝ち取れるというのか？　生憎だが彼女は君を二度と選任しないぞ。誰より彼女の母親がそれを絶対に許さないだろう」

「そういう意味じゃない。亜季子に真実を供述させるのが難儀なのは、彼女が強情だということの他にもう一つ、彼女が物事を正しく把握していないからだ」

「何だって」

「伸吾を殺害したのは確かに美雪だろう。だが、殺害動機は性的虐待の報復でもなければ過剰防衛でもない。それを亜季子は知らないんだ」

岬と要蔵は目を剝いた。

「さっき法廷で陳述した。事件発覚直後、世田谷署の鑑識課が家中を捜索した際、避妊具のパッケージはあっても使用済みの中身はどこにもなかった。もし伸吾が恒常的に性的虐待を繰り返していたのなら、当然使用済みの避妊具も残存して然るべきだ。何せ自室に閉じ籠もって、家の外には滅多に出ない男だからな。自分の娘を近所のラブホテルに連れて行くようなマメさもないと、なれば引き出される解答は一つ。美雪を凌辱《りょうじょく》していたのは伸吾じゃない」

絶句する岬をよそに、御子柴はもう一人の男に冷たい視線を投げる。

「それはあなただ。要蔵さん」

「馬鹿な！」

要蔵は気色《けしき》ばんだ。

「いくら恩のある先生でも言っていいことと悪いことがありますぞ」

「いくら肉親でもやっていいことと悪いことがある。日中、亜季子は仕事で不在、伸吾は一階の自室に閉じ籠もりっきり。あなたはそれをいいことに二階の部屋で美雪を凌辱した。避妊具のパッケージだけが屑籠にあったのは、中身をあなたが持ち帰っていたからだ。いくら厚顔無恥でも自分の精液を現場に残しておくことに気が引けたんだろう。わたしが二度目に津田宅を訪れた時、美雪はドアを閉ざして一歩も外に出ようとしなかった。あれは事件の衝撃が尾を引いていたからじゃない。あなたがいたからだ。あなたを部屋の中に入れるのが、あなたと顔を合わせるのが恐怖だったからだ。まだある。第一回公判で証言台に立った時、あなたは美雪も伸吾から殴られて唇を切ったと証言した。だが、彼女の診療記録は存在せず、倫子も伸吾が美雪だけには手を上げなかったと言っている。にも拘わらず、あなたが美雪の外傷に言及したのは、彼女に暴行を加えたのがあなた本人だったからだ」

「あ、あまりにも失礼極まりない」

「そうか？　あなたは孫娘を犯す時、コンドームは使わなかったのか」

「汚らわしい。わたしはそんなものは知らん。身に覚えがない！」

「では検事に相談してみよう」

そこで岬に向き直る。

「検事。今の要蔵氏の言葉を胸に刻んだ上で聞いて欲しい。高裁の地下食堂でわたしが言ったことをまだ憶えていますか。押収した証拠品は大事に保管しておくこと」

「ああ。一つ残らずそのままにしてある」

「これは」と、御子柴はビニール袋に入った一枚の紙片を取り出す。

「連絡先を確認しようとしてもらった要蔵氏の名刺です。もちろん表面には要蔵氏の指紋がべっとりと付着している。避妊具のパッケージを調べてみなさい。おそらく同一の指紋が検出されるはずだ。もっともその前に美雪から証言を引き出したら一緒だけどな」

指紋と聞いた途端、要蔵の態度が一変した。

急に不安顔になり、真横の岬を窺い始める。岬の方はちらと要蔵を一瞥するだけだったが、片手はしっかりと要蔵の腕を捉えて離さない。

「それからもう一つ。あなたの前職は小学校教諭だったな。悪いが弁護士会を通じて教育委員会に照会をかけてみた。退職したのは定年間近だったが、その理由は自己都合とあった。だが、実際にはあなたに猥褻疑惑が浮上したからだ。当時十一歳の女児があなたにイタズラをされたと親に暴露した。幼女趣味は昔からだったんだな。女児の証言だけで物的証拠は何もなかったため、学校側と教育委員会は知らぬ存ぜぬを押し通し、結局女児とその家族は泣き寝入りするしかなかった。だが教育委員会にも一片の良心があったとみえる。諭旨《ゆし》免職という形であなたを辞めさせた。諭旨免職だから履歴書上の扱いは自己都合となり、あなたは無事民生委員になることができた」

暴露を続けると、要蔵はいよいよ顔色を失くしていった。その場から逃れようと足掻《あが》くが、岬に腕を捕まえられて身動きが取れずにいる。

「待て、それでは話が通じなくなるぞ。美雪は被害者から虐待を受けたから殺意を抱いたのではないのか。君の話が真実なら、殺されるのは要蔵氏のはずだ」

「いや、それでも伸吾には充分殺されるだけの理由があった。彼は裏切った。娘を自分の父親に売ったのですよ」

「う、売った、だと」

「検事も着目した四度に亘る送金。あれは伸吾の窮状を見かねての資金提供じゃない。自室にいた伸吾は階上で行われた暴力に勘づいていた。だが伸吾は父親を断罪するどころか脅迫し、口止め料を要求したんだ。いや、ひょっとしたら父親の方から取引を持ちかけたのかもな。お前の娘を一回十万円で売れと。そうでもなければ、なけなしの年金をドブに捨てるような真似をするものか。どちらにしても父子間の心温まる話で涙が出そうになる。しかし生贄にされた娘が知れば殺意が芽生えても不思議じゃない。そしてその場合、その矛先は自分を穢《けが》した祖父よりも、売り渡した父親に向かう」

説明を聞いた岬は、要蔵をじろりと睨んでから喋り出した。

「相手は十三歳の少女といえど殺人事件の重要参考人でもあるから、供述は可視化された下で詳細まで徹底的に詰めていく。そして、もし御子柴先生の言ったことが真実なら、あんたの行為はれっきとした強姦、児童買春だ。しかも今回は教育委員会も庇護してくれんぞ。加えて世田谷署も検察も意趣返しの意味を含めて、さぞかし捜査に熱が入ることだろう。どうせならこの場で身の潔白を叫んでみるかね」

「……誰にでも隠しておきたい醜悪がある」

要蔵から篤実な老人の仮面が剝がれ落ちた。

「あんたにも、そしてそこの弁護士先生にもね。あんまり格好つけなさんな」

「つまり自分の醜悪を認める訳だな」

「強姦だって？　とんでもない。美雪は従順だった。それに、あの娘の魅力はわしにしか分からん」

傍で二人のやり取りを聞いていた御子柴は、急に興味を失ったように踵《きびす》を返した。

「じゃあ、後はよろしく。岬検事」

「待ってくれ」

「まだ何か？」

「最後に教えてくれ。亜季子は君が殺めた娘の姉だ。今日の法廷には母親も姿を見せていた。亜季子の無罪を証明するためには溝端医師の証言が必要だったにしろ、亜季子の過去を暴くことで君の過去が白日の下に晒されるのも必然だった。法廷でのやり取りは記録に残るばかりか、マスコミ関係者も見聞きしている。衆人環視の中で過去が暴かれれば君の弁護士生命はもちろん、社会的生命さえ絶たれたも同然になる。今まで築いた信用は失墜し、皆が君に石を投げる。友人は一人残らず離れていくだろう。それくらい君だったら百も承知していたはずだ。なのに何故、敢えてあんな愚挙に出た？　いや、そもそも津田亜季子の裁判記録を読み、本人と接見した時点で彼女が君の手にかかって殺された少女の姉であることは分かったはずだ。それなのに何故、前任者を脅してまで弁護人を買って出た？　それは、二十六年前に犯した君自身の罪を贖《あがな》うためだったのか？」

「……買い被りもいいとこだ」

今度こそ御子柴は後ろも見ずに歩き出した。

後には断罪する側とされる側に分かれる二人が取り残された。

霞門《かすみもん》から日比谷公園に入り鶴の噴水方向に歩いていると、すぐ倫子に見つけられた。

「センセイ！」

まだ六歳だというのに駆け足は怖ろしく速い。逃げる間もなく、御子柴はズボンの裾を摑まれた。

「裁判、どうだった？　勝てた？」

「ああ……勝った」

「じゃあ、ママ、もうおウチに帰って来るんだよね」

「明日という訳にはいかないがな」

「やったあっ」

喜びを爆発させて倫子が御子柴の足元で燥《はしゃ》ぎ出す。

御子柴は自己嫌悪に陥る。

確かに亜季子を救うことはできた。だがその代償に、倫子の姉と祖父を司法に差し出すことになった。それを知ったら、倫子は自分を恨むだろうか。

亜季子が夫殺しで起訴されたのを知った時、無実ならばそれを晴らし、そうでないのなら可能な限り減刑させようと思った。それが自分の使命だと思った。

逮捕後、移送された関東医療少年院で園部信一郎は御子柴礼司として生まれ変わった。仲間の院生からは人としての感情を、担当の稲見《いなみ》教官からは贖罪《しょくざい》の意味を教えられた。

仮退院を二週間後に控えた面談で、院長たちを前に誓った言葉はその後の御子柴を縛り、そして律する羅針盤となった。

自分は奈落から手を伸ばしている者を生涯かけて救い続ける――。

赦しを乞うた訳ではない。

見返りを求めた訳でもない。

それだけが鬼畜から人間に戻れる唯一の道だと信じたからだ。

亜季子は正しい罪で改めて裁かれる。そして美雪と要蔵もまた、自分の罪と向き合うことになる。おそらくそれは亜季子の望んだことではない。倫子の望んだことでもないだろう。

だが真実はいつでも一条の光だ。時に冷淡で、時に残酷ではあるが、暗闇に迷う者の灯台になる。奈落に落ちた者の道標になる。

御子柴は倫子の目線まで腰を落とした。

「わたしとお前のママとの契約は終わった。もう二度とお前に会うことはないだろう」

幼い顔が寂しげに歪む。

「だから最後に言っておく。ママが人を殺したという疑いは晴らしたが、誰もが生きている限りは何かしらの罪を犯している。ママも、お姉さんも、おじいさんも、みんなそうだ」

「……りんこも？」

「ああ、倫子も。そしてわたしもだ。それでもみんな生きている。生きることを許されている。それは全員に償《つぐな》う機会が与えられているからだ」

「……よく、わかんない」

「今は分からなくてもいい。だが忘れるな。償うことで人は生きていけるということを」

御子柴はゆっくりと立ち上がり、倫子の頭をわしわしと撫ぜた。

「じゃあな」

その時、一陣の風が正面から吹きつけた。

季節の変わり目に吹く突風だった。

目を瞬かせるが、それほど不快な感触ではない。

これでいいんだよな、稲見教官。

向かい風にジャケットをはためかせて、御子柴は歩き出す。その背中に、最後の声が届いた。

「またね！　センセイ」

初出
「メフィスト」2012 VOL.2～2013 VOL.2

この物語はフィクションであり、
実在するいかなる場所、団体、個人等とも一切関係ありません。

中山七里（なかやま・しちり）

1961年、岐阜県生まれ。『さよならドビュッシー』で第8回「このミステリーがすごい!」大賞を受賞し、2010年にデビュー。受賞作のほかに「災厄の季節」（のちに『連続殺人鬼カエル男』として刊行）も同賞初のダブルノミネートされた。2011年刊行の『贖罪の奏鳴曲《ソナタ》』が各誌紙で話題となる。近著に『スタート！』『いつまでもショパン』『切り裂きジャックの告白』『七色の毒』などがある。

追憶《ついおく》の夜想曲《ノクターン》

第一刷発行　二〇一三年十一月二十日

著者　中山七里《なかやましちり》

発行者　鈴木　哲

発行所　株式会社講談社
東京都文京区音羽二-十二-二十一
郵便番号　一一二-八〇〇一
電話　出版部　〇三-五三九五-三五〇六
販売部　〇三-五三九五-三六二二
業務部　〇三-五三九五-三六一五

本文データ制作　凸版印刷株式会社

印刷所　凸版印刷株式会社

製本所　株式会社若林製本工場

定価はカバーに表示してあります。

落丁本・乱丁本は購入書店名を明記のうえ、小社業務部宛にお送りください。送料小社負担にてお取り替えいたします。なお、この本についてのお問い合わせは、文芸シリーズ出版部宛にお願いいたします。

ISBN978-4-06-218636-0
N.D.C.913 303p 20cm